HAYMONkrimi

Jetzt ist die Mutter wirklich tot. Endlich Ruhe, endlich nicht mehr gebraucht werden, endlich ein Moment allein. Maria fährt los, gönnt sich ein Sektfrühstück, dann eine Nacht mit einem Fremden im Hotel. Als sie am nächsten Morgen in die Einfahrt biegt, steht die Polizei vor jenem Haus, in dem die tote Mutter liegt. Maria gerät in Panik – und verschwindet.

Sie beginnt eine Reise zu verschiedenen Orten, verschiedenen Menschen, an verschiedene Arbeitsplätze. Wird immer wieder eine andere, wenn sie ankommt. Doch Maria muss feststellen: Sich selbst zu entkommen, ist unmöglich. Sie bleibt abhängig von den Entscheidungen anderer, die ihr sanftes Temperament oft gnadenlos ausnutzen. Lange geht sie den Weg des geringsten Widerstandes, passt sich an ... so lange, bis es ihr reicht und sie erkennt: Sie muss ihre eigenen Regeln machen.

Gudrun Lerchbaum nimmt uns mit auf eine Tour de Force entlang der Schicksale jener Frauen, die ungesehen bleiben. Marias Wechselspiel aus Passivität und radikalen Befreiungsschlägen lässt sie dich spüren: die Hilflosigkeit und den lodernden Zorn, die aus Ungerechtigkeit erwachsen.

Gudrun Lerchbaum

Zwischen euch verschwinden

Kriminalroman

Erster Teil

Jetzt ist die Mutter wirklich tot.

Maria sitzt auf dem Bett, umgeben von Libellen. Über einem Paar weißgeränderter Flügel liegt ihr Zeigefinger. Die Landschaft der Adern und Sehnen auf ihrem Handrücken tritt im flachen Schein der Nachttischlampe plastisch hervor.

Seit ihrer Kindheit liebt Maria Libellen. Einen Moment lang scheinen die stilisierten Umrisse noch über dem blassblauen Untergrund zu schweben, dann lassen sie sich nieder, reihen sich ein in das strenge Raster, nichts als ein Muster auf billiger Bettwäsche. Gleich nach dem Frühstück ist sie damals los zum Diskonter, um noch zwei Garnituren zu ergattern. Die schönen Sachen sind immer schnell vergriffen.

Ihre Hand, im Gegensatz zu den Libellen alles andere als zart, eine Arbeitshand, gräbt sich noch immer in den Kissenbezug und die Federn darunter. Maria löst ihren Griff, streicht die Libellen glatt, zupft an einer Daune, deren Kiel sich durch das Gewebe bohrt, und bläst sie von der Kuppe des Zeigefingers. Ihre Finger mit den kurzgeschnittenen Nägeln sind von der Art, die schlecht Ringe tragen kann, weil das Mittelgelenk dicker ist als der Knochen dahinter. Nach dem Scheitern ihrer Ehe hat sie sich den Ring vom Finger schneiden lassen, weil er sich weder mithilfe von Seife noch Handcreme hatte entfernen lassen.

Wie sie sich an jeden vorbeihuschenden Gedanken klammert.

Nie zuvor ist ihr beispielsweise aufgefallen, dass Denken Spuren erzeugt, fedrige Klänge, die durch den Raum flirren. Es muss an der Stille liegen. So still ist es um sie herum, dass sie ein Dröhnen in ihrem Inneren hört, das sie noch nie zuvor vernommen hat. Kein Rauschen des Blutes, eher ein grollendes Wummern, als fräße sich zehn Meter unter der Erdoberfläche ein Tunnelbohrer durch Granit. Dazu gesellt sich ein anschwellendes Pfeifen im linken Ohr. Wie soll es weitergehen?

„Wie soll es weitergehen?", flüstert sie.

Das Pfeifen wird leiser, erstirbt.

Maria stemmt sich hoch, pflügt mit schleppenden Bewegungen durch den Raum wie durch ein Wasserbecken. Behutsam öffnet sie die zimtfarbenen Vorhänge, dann die Stores, achtet darauf, dass sich die Haken nicht in der Schiene verkeilen. Selbst die kleinste Panne wäre imstande, den Rest an Fassung zu sprengen, die sie sich bewahrt hat und weiter bewahren muss. Sie öffnet das Fenster, holt tief Luft, stellt sich vor, wie die Stille und alles Leid, das ihr vorausgegangen ist, gegen ihren Rücken branden, sie umspülen und an ihr vorbei ins Freie fließen, um sich im Graugelb der Morgendämmerung aufzulösen.

Sie schließt das Fenster und die Stores.

Auf dem Weg zurück zum Bett gerät der Raum aus dem Gleichgewicht. Alles dreht sich, der Messingkronleuchter mit den falschen Kerzen, die Blumentapete, die Möbel in Eichendekor mit naturweißen Akzenten, die goldgerahmten Drucke aus dem Möbelhaus. Maria taumelt gegen die Kommode, stößt sich die Hüfte am Ladengriff, reißt um ein Haar die Kristallschale zu Boden, weil sie sich mit einem Finger in der Häkeldecke darunter verfängt. Ihre Nase, ihr ganzes Gesicht fühlen sich taub an. All das Zeug, das hier herumsteht, Braun und Beige, wohin sie blickt. Farbtöne, die für Behaglichkeit stehen sollen. Sie lauscht auf ihren keuchenden Atem, bis der sich beruhigt, wartet, dass die umherwirbelnden Dinge sich wieder an ihre Plätze verfügen.

Jemand sollte die Vorhänge von den Fenstern und die Tapeten von den Wänden reißen und alles entsorgen.

Maria sitzt wieder auf dem Rand des Bettes, umgeben von Libellen. Sie hält den Atem an, fasst das Kissen mit beiden Händen, drückt es an die Brust und zwingt sich hinzusehen. Erleichtert atmet sie aus. Das Gesicht der Mutter ist schlaff und völlig ausdruckslos, die Augäpfel unter den halbgeschlossenen Lidern matt und leer, der Mund steht offen. Weder die Leiden der letzten Jahre noch die Mühsal des Sterbens haben sich ihren Zügen eingeprägt. Vor Maria liegt ein erlöster Körper, frei von den Qualen der Existenz.

Dabei hat die Mutter sich nach Kräften gegen das ersehnte Ende gewehrt. Vergeblich schließt Maria die Augen vor der Erinnerung. Wie die Mutter sich aufgebäumt hat, als die Luft ausblieb, das Entsetzen in ihrem Blick, das Zucken und Röcheln. Und jede Möglichkeit, ihr zu einem weiteren Atemzug zu verhelfen, erschöpft. Kein Wunder, dass Marias Kopf angesichts dieser Qualen kapituliert hat, dass sie wieder einmal einen ihrer Aussetzer hatte.

Wie lange sie bewegungslos auf dem Bettrand gesessen ist, kann sie nicht sagen. Hat sie das Kissen unter dem Kopf der Mutter hervorgezogen und auf ihr Gesicht gelegt, um sie nicht tot sehen zu müssen, oder schon zuvor, um sie nicht länger leiden zu sehen? Sie erinnert sich nicht. Fast sicher ist sie hingegen, dass sie es nicht fertiggebracht hat zuzudrücken, sich auf das Kissen zu werfen und dem Elend endlich ein Ende zu machen, obwohl die Mutter sie wieder und wieder angefleht hat, genau das zu tun.

Behutsam streichelt sie die knittrige Wange der Mutter. Ihre Haut fühlt sich kühl an wie ein alter Lederhandschuh. Die Matratze schwankt. Marias Hand zuckt zurück, ihr Herz stolpert, rast – die Mutter hat sich bewegt! Erst als das Surren verstummt, begreift sie. Wie hat sie das vergessen können? In regelmäßigen Abständen pumpt der Motor die Luftkammern der Matratze auf und entlüftet andere, um dem Wundliegen vorzubeugen.

„Das ersetzt zwar nicht regelmäßiges Umlagern, doch jede Hilfe zählt bei der Betreuung einer bettlägerigen Patientin", hat Doktor Dobler gesagt, als Maria vor viereinhalb Jahren nach dem Schlaganfall der Mutter eingezogen ist. Zwar war die Mutter schon vorher mit Krankheiten reichlich bedient gewesen, doch erst seit damals war dauernde Betreuung nötig, die Maria zwar nicht rund um die Uhr beschäftigt, aber doch wirkungsvoll von jeder anderen Tätigkeit abgehalten hat. Dass die Matratze nun weiteratmet, obwohl der Mutter die Luft weggeblieben ist, geht zu weit. Maria geht zum Fußende des Bettes und schaltet das Gebläse aus.

Ob die Seele durch das Fenster entwichen ist? Doch wie hätte sie durch das Kissen auf dem Gesicht entkommen sollen? Maria versucht, sich zu öffnen für eine eventuelle Restpräsenz der Mutter, spürt nichts. Dennoch hebt sie, gegen den Widerstand der einsetzenden Totenstarre, Kopf und Schultern der Mutter an, bettet sie auf das Kissen. Auch die Lider wehren sich gegen ihre Daumen, wollen nicht schließen. Erneut öffnet Maria Vorhänge und Fenster, nur zur Sicherheit. Die Mutter hat sich jede Freiheit verdient. Viel zu lange war sie hier eingesperrt, in diesem Haus, in diesem Körper.

Es ist höchste Zeit, den Arzt zu verständigen. Oder soll sie warten, bis die Praxis öffnet? Sie könnte im Internet nach der korrekten Vorgangsweise suchen, doch das kommt ihr lieblos vor. Ein wenig wird sie noch bei der Mutter sitzen bleiben. Da der Leichnam schon erstarrt ist, gibt es keinen Grund, Doktor Dobler aus dem Schlaf zu reißen. Insgeheim wird er froh sein, dass sie ihn hat schlafen lassen.

„Na, na, na", wird er sagen und an der Tür beiläufig ihre Schulter tätscheln. Noch nie hat er ihr in die Augen gesehen und trotz seiner häufigen Besuche bezweifelt Maria, dass er sie auf der Straße erkennen würde. „Sie trifft nicht die geringste Schuld, Frau Arnold!", wird er ihr versichern, als hätte er das zu entscheiden. „Eher früher als später war damit zu rechnen, wenn wir ehrlich sind, nicht wahr. Ihre liebe Mutter hat das Ende seit Jahren herbeigesehnt."

Als wüsste Maria das nicht. Als müsste erst der Doktor seinen Stempel auf jede Wahrheit drücken. Und dann wird zwischen ihnen die Erinnerung daran aufsteigen, wie die Mutter ihn vor einigen Wochen angefleht hat, sie *totzuspritzen*, wie sie es genannt hat.

„Ich mach's doch. Eh nicht mehr lang und. Ich will nicht. Ersticken! Jedem Viech. Gönnt man die. Barmherzigkeit. Oder muss. Meine Maria. Mich mit dem Polster. Ersticken?" Der darauf folgende Hustenanfall hat Marias geflüsterten Protest übertönt.

„Glauben Sie, ich würd das nicht merken? Wollen Sie ihre Tochter ins Gefängnis bringen, nach allem, was sie für Sie getan hat? Ich werde Ihnen noch was Beruhigendes aufschreiben. Und wenn es Ihnen wirklich ernst ist mit dem Sterbenwollen, dann stellen Sie einen Antrag, das geht ja jetzt. Da müssen Sie sich dann aber einen anderen Arzt finden, weil ich bin katholisch." Auf dem Weg zur Tür hat er Maria noch zugeraunt: „Wenn es Ihnen zu viel wird, Frau Arnold, dann bleibt immer noch die Option Pflegeheim. Manchmal trägt ein professioneller Pflegeansatz zur Beruhigung der Patienten bei. Niemand würde Ihnen einen Vorwurf machen."

„Nicht ins Heim!", hat die Mutter gerasselt, als Maria zurückgekommen ist. Ihr Gehör, die Augen und der Verstand funktionierten weit besser, als ihr Zustand vermuten ließ, was ihr den Verfall des Restkörpers noch schwerer erträglich machte. „Bring mir ein Messer! Ich mach's selber."

Wie ferngesteuert hat Maria die Porzellanfiguren in der Vitrine abgestaubt und zurechtgerückt.

„Mach dir nichts vor!", hat die Mutter nicht aufgegeben. „Du denkst doch. Jeden Tag nach. Was du machen wirst. Wenn ich endlich. Am Friedhof daheim bin."

Maria hat den Kopf geschüttelt und wirklich nicht gewusst, was sie sagen soll.

„Mirli? Was hast. Du vor? Wenn ich nicht. Mehr bin?"

Erst in diesem Moment hat Maria angefangen, darüber nachzudenken. Das Schlimmste war, dass ihr nicht sofort etwas einfallen wollte. Sex ist ihr als Erstes in den Sinn gekommen, dann Tanzen. Reisen vielleicht. Oder war erst Tanzen und dann Sex?

„Nicht einmal. Vierzig bist du."

„Einundvierzig."

„Die Zeit. Vergeht."

Jetzt, da die Mutter tot ist, denkt Maria weder an Sex noch ans Tanzen oder Reisen. Die ganze Nacht war sie wach. Sie hat Hunger. Mehr als alles andere wünscht sie sich ein Frühstück mit allem Drum und Dran, eines, das sie nicht selbst zubereiten muss. Und was spricht dagegen, noch ein wenig zu warten mit all den Anrufen und Erledigungen? Noch einmal schaut sie die Mutter an, die so friedlich daliegt und sie nicht mehr braucht, und küsst sie auf die Stirn. Dann steht sie auf, geht ins Bad, um zu duschen, schminkt sich zum ersten Mal seit Wochen Augen und Lippen, zieht sich an und verlässt das Haus.

Schon nach zwei Schritten bleibt sie stehen. Sobald sie das Café Rafi betritt, wird Rafaela sie fragen, wie es der Mutter geht. Was soll sie dann sagen?

Die Rosen verblühen. Sie bückt sich, hebt ein Blütenblatt auf, das sich unter ihren Fingerspitzen anfühlt wie die Haut an den Innenseiten der Arme oder an den Lenden eines Mannes, samtig und feucht, als wäre er gerade aus dem Meer aufgetaucht. Viel lebendiger jedenfalls als die Haut der Mutter in den letzten Jahren. Wie es wohl sein wird, wieder einmal einen Mann zu riechen, zu schmecken und seine Wärme zu spüren.

Gegenüber fährt das Rolltor der Garage hoch. Sie sieht Alfred den Helm aufsetzen und sein Motorrad starten. Er arbeitet in Hollabrunn im Baumarkt. Grüßend hebt er die Hand, als er auf die Straße schwenkt. Wenn er sie mitnähme und unterwegs irgendwo auf einer Wiese … weg ist er.

Sie öffnet das Garagentor, setzt sich ins Auto, schiebt rückwärts und steigt aus, um das blecherne Kipptor wieder zu schließen. Dann steuert sie den Ford aus der Einfahrt, umkurvt den klappernden Kanaldeckel und sieht im Rückspiegel das fahlgelbe Haus hinter der Eibenhecke verschwinden.

Weil sie nicht zu schnell ankommen will, nimmt sie die andere Richtung, fährt bis Krems und durch Krems hindurch, gondelt am Ufer der Donau entlang. Als die Felsen und Wälder und Weinberge zu beiden Seiten des Flusslaufes ihr endlich echter erscheinen als die Geschehnisse der letzten Stunden, entdeckt sie das Café, raumhoch verglast und nur durch die Uferstraße vom Strom getrennt.

Bio-Räucherlachs und Rührei, einen Korb voll knusprigem Gebäck, Joghurt mit Heidelbeeren, frisch gepressten Orangensaft und Kaffee arrangiert der Kellner auf ihrem Tisch. „Einmal Breakfast Deluxe ohne, die Dame."

Der Milchschaum ist in herzförmige Schlieren gegossen. Sie bedankt sich mit gesenktem Kopf, will nicht, dass er sie für übergeschnappt hält, weil ihr beim Anblick einer Schale Kaffee Tränen in die Augen treten.

„Oder darf es doch ein Glas Prosecco dazu sein?"

Zerstreut nickt Maria, lächelt nun doch den Kellner an, während sie den ersten Bissen in den Mund steckt. Fast verschluckt sie sich, weil der aufmerksame Blick eines Mannes und der Lachsgeschmack an ihrem Gaumen zu viel auf einmal sind. Jahrelang hat sie keinen Lachs mehr gegessen, die Mutter mag keinen Fisch. Dann fällt ihr ein – doch der Kellner ist schon fast bei der Theke. Maria räuspert sich, um die Bestellung zu stornieren, doch er reagiert nicht.

Die Mutter ist tot, ist heute gestorben und leicht ist es ihr nicht gefallen. Maria muss deshalb unendlich traurig sein, auch wenn sie es nicht spürt. Nicht einmal, wenn sie sich darauf konzentriert, kann sie die Traurigkeit fühlen, mit dem Lachs und dem Rührei im Mund, der Säure des Orangensaftes, den Blick in den Himmel und auf die bewaldeten Hänge am gegenüberliegenden Ufer gerichtet. Eine Tragödie ist es, kein Anlass, der mit Sekt begossen werden darf. Was würde die Mutter sagen?

„Ist Ihnen nicht gut? Sie sind so blass um die Nase."

Der Kellner stellt den Prosecco neben den Kaffee, beugt sich herab, mustert sie, Sorgenfalten auf der Stirn, sein Gesicht so nah, dass Maria schielen muss, um ihn scharf zu sehen.

„Kreislauf", murmelt sie und glättet die Serviette, die sie in der Rechten zerknüllt hat. „Es war recht viel in letzter Zeit und das Wetter ..." Sie schaut zum Fluss, über dem Wolken in Richtung Wien jagen. Sie ist aus der Übung, was Gespräche mit Fremden angeht. Nicht, dass sie je viel geredet hätte.

„Das wird schon wieder!" Flüchtig berührt der Kellner sie an der Schulter. „Nichts bringt die Lebensgeister so schnell in Schwung wie Kaffee und Prosecco. Lassen Sie es sich gut gehen!" Als sähe er ihr an, was sie braucht, was sie hinter sich hat. „Prost! Wenn Sie einen Wunsch haben, rufen Sie. Dragan mein Name."

Angesichts der Aufmerksamkeit dieses Fremden bringt Maria es nicht fertig zu widersprechen. Nach viereinhalb Jahren Kräutertee hat sie sich den Prosecco verdient. Mit einem Schluck leert sie das halbe Glas.

Draußen werfen sich Vögel gegen den Wind oder lassen sich von ihm beschleunigen, um wie Pfeile kreuz und quer über den Fluss zu schießen. So wird sie es auch machen, bald, sich umherwerfen lassen, bis sie sich wieder spürt.

Mehr als ein Glas sollte sie nicht trinken, sie muss noch zurückfahren. „Herr Dragan", sagt sie so leise, als stünde er immer noch neben ihr und nicht Gläser polierend hinter der Theke. Wenn er es hört, dann soll es so sein. Er hebt den Kopf, dann eine Augenbraue und schließlich die Flasche.

Als Maria den letzten Rest Joghurt vom Löffel schleckt, ist es nach elf und sie fühlt sich beschwipst. Die Zeit ist verflogen, fast als hätte sie einen Aussetzer gehabt. Dabei hat sie nur jeden Bissen ausführlich gewürdigt, dem Prickeln bei jedem Schluck nachgespürt und dann gleich den nächsten genommen. Mit der Zeigefingerspitze pickt sie ein paar Brösel vom Teller, schleckt sie ab. Höchste Zeit ist es. Sie schaut sich nach Dragan um, der ausgerechnet jetzt telefoniert, in dringlichem Ton, die Brauen gesenkt, dazwischen tiefe Zornesfalten. Es dauert eine Weile, bis sie Augenkontakt herstellen kann und ihr Portemonnaie hebt. Bis er kommt, schaut sie hinaus in die Landschaft. Schön ist es da, viel schöner als daheim. Überall vielleicht schöner als daheim.

„Ich habe Ihnen den Flaschenpreis berechnet, das ist günstiger als fünf Gläser", sagt Herr Dragan und legt die Rechnung auf den Tisch.

„Fünf Gläser?"

Er zuckt mit den Schultern. „Ist noch ein Rest drin, wenn Sie mögen."

„Ich muss fahren", sagt sie, mehr zu sich als zu ihm.

„Vielleicht machen Sie vorher einen Spaziergang. Oder Sie nehmen sich ein Zimmer, eine Nacht weg von allem, was Sie bedrückt. Könnt ich auch gerade brauchen. Balkon mit Blick über die Donau. Wir sind halbleer, und für Sie mache ich einen Sonderpreis."

Ob er erotische Hintergedanken hat? Doch selbst wenn. Läge nur die Mutter nicht tot zuhause, inzwischen sicherlich steif wie ein Brett. Doktor Dobler muss endlich verständigt werden.

„Entschuldigung, ich hab nicht verstanden. Was ist mit Ihrer Mutter?"

Maria spürt die Röte vom Hals in die Wangen ziehen. „Nichts, gar nichts. Sie ist nur – sie wird schon einen Tag ohne mich auskommen. Ich nehme das Zimmer. Und den Prosecco, bitte!"

*

Als Maria am Morgen die Augen öffnet und aus dem Fenster sieht, flattert es in ihrem Bauch. Anstelle der Eibenhecke und der Kastanie im Nachbargarten fliegt ihr die Weite der Flusslandschaft entgegen, dass sie sich fühlt wie ein Kind auf der Schaukel. Der Abschwung folgt beim Blick auf ihr Handy. Acht Uhr sechsundzwanzig schon! Sie hat über neun Stunden geschlafen. Dabei wartet die Mutter daheim, tot seit über vierundzwanzig Stunden.

Unter der Dusche wird sie ruhiger, versichert sich, dass die Mutter eben nicht wartet, dass sie nie wieder warten wird, und dass es auf ein paar Stunden mehr oder weniger nicht ankommt. Das Begräbnis soll dafür doppelt schön werden. Gegen eine Spende singt der Kirchenchor, und danach ein schönes Buffet bei Rafi.

Der Duschvorhang bläht sich, fällt zusammen, klebt an ihrer Hüfte. Die Badezimmertür steht einen Spalt breit offen. Maria hat sie offengelassen, ganz automatisch, damit sie die Mutter hören kann, wenn die was braucht. Jetzt kommt ihr vor, als könnte sie hereingeweht sein, der ganze Raum ist voll von ihr. Aber es ist nur der Wasserdampf, sicherlich nur der. Was bildet man sich nicht alles ein, wenn man überreizt ist. Sie dreht das Wasser ab und greift nach dem Badetuch. Wenn sie da wäre, die Mutter, würde sie sich freuen, dass es auch der Tochter ein wenig leichter ist.

Mit den Fingern kämmt Maria die nassen Haare, zieht sich an und geht hinunter. Schnell einen Kaffee hinunterkippen, zahlen und dann gleich fahren will sie. Doch Dragan hat ihr schon einen Tisch hergerichtet mit Obst und Müsli und frischem Gebäck.

Gestern nach dem Abendessen hat er sich mit einer Flasche Wein zu ihr gesetzt und von seiner Scheidung erzählt, wann immer die anderen Gäste ihm Zeit gelassen haben. Einen Donauwalzer hat er mit ihr zwischen den Tischen getanzt, weil die deutsche Reisegruppe wissen wollte, wie Linkswalzer geht. Später hat er an ihre Zimmertür geklopft und sie hat ihn eingelassen. Da kann sie seine Freundlichkeit jetzt nicht zurückweisen, als wäre er ein Fremder.

„Ich muss wirklich bald los", sagt sie, berührt seinen Arm und fühlt sich weltgewandt und souverän wie lange nicht mehr, vielleicht wie noch nie. Sie ist ja nie irgendwo hin, allein, seit sie damals die Lehrstelle in Linz angetreten hat.

Die Fahrt zurück nach Eichschlag zieht sich. Auf halber Strecke setzt Nieselregen ein. Inzwischen kann sie es gar nicht erwarten, zur Mutter zu kommen, ein paar letzte Minuten mit ihr zu verbringen, bevor der Arzt kommt und sie endgültig Abschied nehmen muss.

Sie wird das Haus verkaufen, so schnell wie möglich, und abhauen aus dem Dorf, aus dem Wald. Das ist plötzlich so klar, als hätte sie nie etwas anderes in Betracht gezogen. Sie wird in die Stadt ziehen oder in die Berge oder ans Meer, einfach irgendwo anders hin. Und vorher verreisen. Ein bisschen Geld liegt noch am Sparbuch, sowohl auf ihrem als auch auf dem der Mutter, und wenn das Haus gut weggeht, wird noch einiges dazukommen.

Zuletzt sind viele Städter in die Gegend gezogen, Künstler zumeist oder welche, die sich dafür halten. Solche werden ihr das Haus aus den Händen reißen, werden in Gummistiefeln einkaufen gehen und den Nebel malerisch finden, die Kälte erfrischend, die dunklen Wälder mystisch.

Maria hingegen hat die Nase gestrichen voll davon, ebenso vom Heckenschneiden und Rasenmähen. Eine Wohnung mit Balkon und weitem Ausblick wird sie sich nehmen, an einem Ort, an dem es ihr wirklich gefällt, den sie sich selbst aussucht. Den sie finden wird, indem sie sich so lange umschaut, bis sie sich entscheiden kann. Sie wird in Bars gehen, sich an die Theke setzen und warten, bis sie einer anspricht, mit dem sie gehen mag, sich aber um alles in der Welt nicht gleich wieder binden, nicht einfangen lassen. Nicht so bald jedenfalls. Sie wird ihre Freiheit genießen. *Like a rolling stone!*

Sie dreht das Radio lauter, versucht mitzusingen, reiht Silben aneinander, obwohl sie nur Bruchstücke versteht von dem englischen Text. Sie wird sich Arbeit im Fremdenverkehr suchen, eine Weile herumziehen, bevor sie sesshaft wird.

„*He's got the whole world in his hands*", jubelt sie ihr Lieblingskirchenlied über das Geschnatter der Möbelhaus-Werbung hinweg, während sie von der Landstraße in den Ort abbiegt. „She*'s got the whole world in his hands. Her hands*", flüstert sie. Seit Monaten war sie nicht mehr in der Messe, bei der Beichte schon gar nicht. Hoffentlich macht ihr der Pfarrer keine Vorhaltungen deshalb, wenn sie die Totenfeier mit ihm bespricht.

Gott sei Dank ist ihr das Sparbuch vorhin eingefallen. Sie bleibt vor der Bank stehen und hebt am Automaten sowohl das Geld vom Girokonto als auch vom Sparbuch der Mutter ab. So macht man das, machen es alle, wenn Angehörige sterben, rasch, bevor der Tod offiziell wird. In Marias Fall geht es gar nicht anders, da sie über kein eigenes Einkommen verfügt. Auch das Pflegegeld fließt über das Konto der Mutter. Es dauert Monate, bis eine Erbschaft freigegeben wird, und die Beerdigung will schließlich finanziert werden.

Sie nickt Werner zu, dem Filialleiter, der an seinem Platz hinter der automatischen Glasschiebetür telefoniert und salutierend mit der Handkante an die Stirn tippt. Sie stellt sich sein wissendes Schmunzeln vor, wenn er vom Tod der Mutter hört und sich an ihren Besuch erinnert. Obwohl sie nur große Scheine nimmt, ist das Bündel so dick, dass sich ihr Portemonnaie nicht schließen lässt, also steckt sie die Hälfte in das Reißverschlussfach ihrer Umhängetasche.

Als sie den Minimarkt passiert, bremst sie kurz, überlegt umzudrehen und schnell die wichtigsten Einkäufe zu erledigen. Daran hätte sie besser beim Supermarkt nach der Schnellstraßenabfahrt gedacht. Der Doktor wird ebenso bewirtet werden wollen wie die Kondolenzbesucher und sie hat nur noch einen Rest Marillenschnaps und den ranzig schmeckenden Nusslikör von der Nachbarin und keine Knabbereien im Haus. Doch jetzt, da sie gesehen worden ist, mag sie die Mutter nicht mehr länger auf die Anerkennung ihres Todes warten lassen. Sie tritt aufs Gas und biegt in den Mühlenweg ein.

Hundertfünfzig Meter weiter, vor dem Haus der Mutter, parkt ein Polizeiauto. Und in der Einfahrt der schwarze Kombi des Doktors. Etwas knirscht in Marias Brust, ihrem Kopf, verhakt sich, setzt sich kreischend wieder in Bewegung, läuft weiter, unaufhaltsam in die falsche Richtung. Radiowerbung dröhnt in ihren Ohren, während sie im Schritttempo näher rollt.

Die Haustür steht halb offen, doch niemand ist zu sehen. Auch die Nachbarn sind um die Zeit gottlob ausgeflogen. Sie hält auf der Straße, kein Platz in der Einfahrt. Ihre Nasenspitze, ihre Lippen sind schon wieder taub, ihr Herzschlag nimmt Fahrt auf.

Was, wenn die Mutter noch lebt? Wenn Doktor Dobler sie gerade zurückholt aus dem Scheintod? Wenn sie doch nicht sterben wollte. Wenn sie verrät, dass die Tochter sie einfach hat liegen lassen, nicht einmal versucht hat, sie zurückzuholen, keine Herzmassage, keine Mund-zu-Mund-Beatmung, nichts. „Ist einfach dagesessen wie weggetreten, meine dumme Mirli, stellen Sie sich das vor, Herr Doktor. Stellen Sie sich. Das vor!" Und der Doktor wird wissend nicken. „Die Hellste war sie nie, Ihre Maria, bringt ja kaum ein Wort heraus."

Doch selbst, wenn die Mutter tot ist, wird der Doktor erkennen, dass ihr letzter Atemzug schon eine Weile her ist, über dreißig Stunden genauer gesagt. Sie muss ja inzwischen kalt sein wie ... ja, wie eine Leiche halt. Wie steht Maria dann da? Fährt einfach davon. Um zu frühstücken. Ausgerechnet. Als gäbe es nichts Wichtigeres. Nein, die Hellste war sie nie. Jeden Moment kann jemand aus dem Haus kommen. Was sagt sie dann? Nichts am besten, wie immer.

Sie muss nachdenken. Weil sie am ganzen Körper zittert, ruckelt der Wagen, als sie anfährt, macht einen Satz, bevor es ihr gelingt, ihn in gleichmäßigem Tempo die Straße hinunterrollen zu lassen, dann nach links, am Bach entlang durch die Felder, bis der Asphalt ausläuft, und weiter auf dem Forstweg in den Wald, wo sie neben einem Holzstoß anhält.

In ihrem Kopf ist wieder diese dröhnende Stille, als drückte ihr jemand den Kopf unter Wasser. Sie stößt die

Wagentür auf und findet die Luft erst recht zum Ertrinken, riecht nasses Laub und Pilze, vollgesogene Erde. Das wäre was, wenn sie hier an der Luft ertrinken würde, nachdem die Mutter erstickt ist – eine Geschichte für eines dieser Magazine, die sie früher gern gelesen hat. Unerklärlich das Wasser in ihrer Lunge, die Kleider trocken. Übernatürlich. Wie das Auftauchen des Doktors und der Polizei, ausgerechnet heute.

Was sie schon wieder denkt, anstatt sich auf das Wichtige zu konzentrieren. Wenn die Mutter noch lebt, muss sie zurück. Wer soll sich sonst um sie kümmern? Dann muss sie ihr wieder und wieder hilflos beim Verröcheln zusehen, bevor es endlich so weit ist. Weitere Wochen, Monate, Jahre vielleicht.

Trotz des Nieselregens steigt sie aus. Die Erde schmatzt unter den Profilsohlen ihrer derben Schnürstiefel. Noch leuchten an manchen Stellen die prächtigen Grün-, Gold- und Orangetöne der gefallenen Blätter wie lackiert. Bald wird das Schwarzbraun des Erdgrundes die Farben verschluckt haben.

Tropfen rinnen ihr von den Haarspitzen in den Nacken. Sie fröstelt.

Manchmal, wenn der Doktor in der Nähe ist, klingelt er spontan, um sich den zusätzlichen Weg an einem anderen Tag zu ersparen. Als heute, zum ersten Mal in all den Jahren, niemand geöffnet hat, wird er die Polizeiwache verständigt haben.

Jetzt werden sie die Mutter, wie im Fernsehen, auf einem stählernen Tisch aufschneiden. Das müssen sie tun, weil sie ihren Todeswunsch geäußert und ausgerechnet dem Doktor angekündigt hat, dass sie sich von Maria mit dem Kissen ersticken lassen wird. Hätte sie doch den Mund gehalten. Zu den Klängen von Countrymusik oder Klassik wird ein Gerichtsmediziner Baumwollfasern an ihren Lippen finden oder gar eine Daune, die – wer weiß, wie? – in ihren Mund gelangt ist. Mit triumphierendem

Lächeln wird er sie in einer hochgereckten Pinzette präsentieren. Vielleicht ist es auch eine Frau, die das macht. Eine üppige mit Tattoos stellt Maria sich vor, den weißen Mantel bis über die Ellbogen aufgekrempelt, im Hintergrund dann vielleicht eher Heavy Metal.

Sie fährt jetzt zurück und behauptet, sie sei im Schock ziellos umhergefahren. Oder sie rennt mit dem Kopf gegen den Ast, der dort drüben quer über den Weg ragt, schlägt sich damit selbst k. o. und wartet, bis sie gefunden wird.

Was, wenn Werner berichtet, dass er sie in der Bank gesehen hat? Wenn herauskommt, dass sie nach dem Tod der Mutter die Konten leergeräumt und die Flucht ergriffen hat? Genau so schaut es doch aus.

Sich das alles zu überlegen. Nichts zu übersehen. Sie kann das nicht. Aus! Jedes Mal ärgert sie sich, wenn im Film die Leute lügen, aus lauter Angst, dass man ihnen die Wahrheit nicht abnehmen könnte. Sie wird die Wahrheit sagen, auf Verständnis hoffen und vorbei ist die Geschichte. Kopfschütteln und Augenverdrehen über ihre Dummheit und Verschrobenheit – Frühstücken, um Himmels willen, in der Situation! – wird sie aushalten müssen. Aber alle im Dorf wissen, was sie für die Mutter auf sich genommen hat und dass sie eben nicht die Hellste ist. Da kann man in einer Ausnahmesituation schon einmal unlogisch handeln. Es ist ja nicht wie im Fernsehen. Es ist nicht wie in London oder LA, nicht einmal wie in Wien. Hier hält man zusammen und deckt gemeinsam zu, was man nicht sehen will.

Maria geht zurück zum Auto, setzt sich hinein und startet. Die Räder drehen durch auf dem glitschigen Laub, fressen sich in den Schlamm, das linke Vorderrad sinkt ein. Sie steigt fester aufs Gas, sodass der Motor laut aufheult, obwohl sie weiß, dass es nichts nützen wird. Der Ford steckt fest.

Maria lehnt die Stirn ans Lenkrad, faltet die Hände im Schoß, betet, dass alles gut wird. Der Regen prasselt jetzt auf das Dach, als wollte er das Weinen für sie übernehmen. Mindestens zwanzig Minuten dürfte es sie kosten, zu Fuß zurückzumarschieren. Bis dahin wird die Mutter längst abtransportiert sein.

Sie steigt aus, holt den Regenschirm aus dem Kofferraum, zieht das Handy aus der Tasche, um Doktor Dobler anzurufen. Ihr Herzschlag beschleunigt, als sie auf das Display sieht. Vier Anrufe vom Doktor und weitere drei von einer unbekannten Nummer. Sie hat wieder einmal vergessen, am Morgen den Klingelton aufzudrehen. Normalerweise macht das nichts, weil sie höchstens alle paar Tage einen Anruf erhält.

Das, was sich vorher verhakt hat, reißt jetzt. Maria schleudert das Telefon in den Wald. Es prallt an einen Baumstamm und verschwindet in einem ausgedehnten Brombeerdickicht. Der Autoschlüssel fliegt hinterher. Noch während er durch die Luft pfeift, wendet sie sich ab und stapft davon. Sie muss sich beeilen, bevor der Morast zu tief wird. Eine Dreiviertelstunde wird es bei dem Wetter schon dauern bis in den nächsten Ort, bergauf durch den Wald. Den Mittagsbus nach Krems will sie erreichen.

In Krems hat sie den nächsten Zug nach Linz genommen. In Linz kennt sie sich aus. Hier hat sie acht Jahre lange mit ihrem Exmann gelebt, mit dem sie seit der Scheidung nur ein einziges Mal telefoniert hat. Es ging um die Lebensversicherung, aus der er sie als Begünstigte streichen lassen wollte. Sie haben sich so weit voneinander entfernt, wie es nur zwei Menschen möglich ist, die Jahre miteinander verbracht haben und gemeinsam daran gescheitert sind, ein Kind in die Welt zu setzen. Es kommt ihr undenkbar vor, dass ihre Wege sich je wieder kreuzen könnten, und wenn doch, würden sie sich nicht mehr erkennen. Sie hat sich verändert in den Jahren mit der Mutter, ist eine von vielen mittelalten Frauen in Jeans, praktischen Boots und grauem Mantel geworden, die niemandem gefallen muss, bei der niemand zweimal hinschaut.

Vom Bahnhof aus durchquert sie den Volksgarten. Aus Gewohnheit hält sie anfangs den Blick gesenkt, doch mit jedem Schritt dehnt sich eine Leichtigkeit in ihr aus, eine Freude, als fiele die Sonne nach einem langen Winter zum ersten Mal wieder durch das Fenster und zauberte Schattenrisse auf den Frühstückstisch.

Im Bus und während der Zugfahrt hat sie überlegt, wie es weitergehen soll. Sie ist auf nichts gekommen. Es gibt das Gestern mit der Mutter und ganz bestimmt gibt es ein Morgen, in dem sie wieder alles Mögliche bedenken wird müssen. Aber dazwischen gibt es seit langem erstmals wieder ein Jetzt, das sie genießen will, solange es dauert. Sollen sie nach ihr suchen, sie finden. Alles, was sie ihnen jetzt erklären könnte, kann sie dann immer noch sagen. Sie sollen Zeit haben, sich an ihre *Konzentrationslöcher* zu erinnern, wie Doktor Dobler ihre Aussetzer genannt und mit einem Zucken seiner Augenbrauen in Anführungszeichen gesetzt hat. Er wird glauben, dass sie nicht weiß, was sie tut, und recht hat er.

„Stehen Sie doch woanders im Weg herum!", fordert ein grauer Mann, schwenkt ärgerlich den Aktenkoffer. Maria entschuldigt sich. Mitten vor dem Eingang zu einer Trafik ist sie eingefroren. Wie lange schon?

Einen Rollkoffer, ein paar Kleidungsstücke, Sneakers in übermütigem Violett und Körperpflegeprodukte zahlt sie bar in den Läden an der Landstraße, bevor eine Fremde sie vor sich her in den Friseursalon schiebt, vor dessen Eingang Maria eine erneute Gedankenpause eingelegt hat, geradezu berauscht von der ungewohnten Shoppingtour.

„Sie haben einen Termin?"

Maria nickt, errötet angesichts der Verwegenheit dieser stummen Lüge. Sie wird zu einem Sessel geführt. Die Stylistin löst ihr die schlampig aufgesteckten Haare und streicht mit der Bürste hindurch, während sie nach ihren Wünschen fragt. Kurz? Dann taucht die Kundin auf, deren Platz sie gekapert hat. Ein Missverständnis. Der Ärger der Friseurin löst sich auf, als sie Marias verschrecktem Blick im Spiegel begegnet. Ein Kollege aus der Herrenabteilung wird aushelfen, wenn es recht ist.

„Kurz!", bittet Maria und zeigt mit Daumen und Zeigefinger einen Abstand von fünf Zentimetern an.

„Haben Sie eine Trennung hinter sich?", fragt der junge Mann mit Seitenblick auf ihren Koffer. Als Maria nickt, legt er die Schere weg. „Blond und kurz."

Im Spiegel beobachtet sie, wie ihr verzagtes Lächeln

gefriert. Färben, waschen, dann fährt das Messer mit dem Geräusch reißender Seide durch ihre Haare, macht sie innerhalb von Minuten zu einer Fremden, die interessanter aussieht, als Maria sich je gefühlt hat. Mit einem Lippenstift, den er vom Wagen der Kollegin schnappt, tupft der Friseur mattes Rot auf ihre Lippen, ohne die Konturen auszumalen, sodass sie aussieht wie eine Drogensüchtige oder eine verwegene Nachtschwärmerin aus London oder Paris. Kaum ist sie draußen, reibt sie die Lippen aneinander, um die Farbe besser zu verteilen.

Sie geht hinunter zum Fluss, setzt sich in das Café des Lentos-Museums und bestellt Cappuccino. Ihr Kopf fühlt sich zum Wegfliegen leicht an.

Wie lange das Wasser, das in diesem Moment vorbeifließt, wohl braucht, bis es an dem anderen Café ankommt, in dem sie heute Morgen erst gefrühstückt hat, geschätzte hundert Kilometer flussabwärts? Heute Morgen erst!

Sie trinkt ein Glas Wein, stöbert im Shop und kauft sich eine Kette. Das bunte Gespinst aus Draht und Wolle verwandelt ihr Spiegelbild in das einer Frau, die aussieht, als besuche sie Ausstellungen zeitgenössischer Kunst. Sie wölbt die Oberlippe auf, fühlt sich französisch.

„Wie haben Ihnen die Collagen gefallen?", fragt die Verkäuferin.

„Aufregend?", probiert Maria mit Blick auf das Plakat, das ein durchlöchertes Schwarz-Weiß-Porträt einer Frau zeigt. Aus den Löchern quellen rote Wolle, Draht und Harz. Die Verkäuferin schwärmt von der sensiblen Brutalität in den Werken der neofeministischen Künstlerin und für einen Moment hat Maria eine Ahnung, dass sie selbst etwas davon begreifen könnte. Was alles in ihr steckt.

Sie muss sich um ein Quartier kümmern. Eigentlich. Stattdessen setzt sie sich wieder ins Café, bestellt mehr Wein und etwas zu essen, vegetarisch, wie die am Nachbartisch. Ohne Handy bleibt ihr nichts anderes übrig, als sich umzusehen. Sie kauft sich ein Taschenbuch über moderne Kunst, das ihr vertraut erscheint, weil auf dem Titelbild Marilyn Monroe abgebildet ist, und blättert darin.

Beim dritten Glas Wein beginnt sie zu glauben, dass der Mann auf der anderen Seite des Lokals ihr zulächelt, obwohl er mit zwei Frauen am Tisch sitzt. Als sich ihre Blicke begegnen, sieht sie schnell weg. Sie streicht über die kurzen Haare in ihrem Nacken, die sich wie Pelz anfühlen, und lächelt in die Nacht hinaus. Die Brückenbeleuchtung und die Lichtinstallation auf dem Gebäude am anderen Ufer lassen flirrende Reflexe über das Wasser tanzen.

„Stört es Sie, wenn ich mich zu Ihnen setze?" Der Mann ist um die fünfzig und weniger schlank, als es im Sitzen den Anschein gehabt hat. Ein Büroangestellter in mittelmäßig sitzendem Anzug mit Kinnbart und leuchtend blauen Augen.

Maria sieht zu den beiden Frauen, die sie unverhohlen beobachten. „Was sagen Ihre ..." Sie deutet hinüber.

„Ach, die Kolleginnen, die sind froh, wenn sie mich los sind. Die reden die ganze Zeit nur über Autos und Fußball, Sie wissen schon."

Sein Lachen erinnert sie an diesen Schauspieler, dessen Name ihr nicht einfällt. Kürzlich erst hat er in einem Krimi den Bruder der Mörderin gespielt. Da sie nicht sicher ist, ob das eine passende Bemerkung für einen Flirt ist, nickt sie nur, und er setzt sich.

Sie muss nicht viel reden. Ein Schauspieler ist er nicht, sondern ein Netzwerkadministrator, für eine Nacht nur in der Stadt, um in einer Zweigstelle ein Feuer zu löschen, wie er sagt. Das Bild heizt ihre Fantasie an. Er hat eine angenehme Stimme, die er offenbar selbst gerne hört, und gibt sich Mühe, Maria zu beeindrucken.

Geheimnisvoll findet er sie. Das kennt sie schon. Das haben schon andere gedacht, bevor sie herausgefunden haben, dass man nichts verbergen muss, was nicht da ist.

Es ist ihr Lächeln, sagt er, Mona Lisa. Im Zusammenspiel mit dem Rotwein genügt das, um sie, mit einem kleinen Umweg über die Hotelbar, direkt in sein Bett zu tragen.

Über fünf Jahre hat sie keinen Sex gehabt und jetzt innerhalb von vierundzwanzig Stunden gleich zwei Mal mit unterschiedlichen Männern, ohne es darauf anzulegen. Dragan und Frank. Wenn es so weitergeht, wird sie sich die Namen notieren müssen.

Dass es so leicht sein würde, hat sie nicht gedacht.

Im Scheinwerferlicht eines vorbeifahrenden Autos flirren Schatten kahler Zweige über die Zimmerdecke. Einen Wimpernschlag lang erkennt Maria das Gesicht der Mutter im flüchtigen Liniengewirr. Noch ist kein Tag vergangen, seit ihrem Tod vor fünfeinhalb Monaten, an dem Maria nicht an sie gedacht hat. Nur die Momente, in denen sie meint, bei jeder Verrichtung die von Atemlosigkeit zerhackten Kommentare der Mutter zu hören, werden seltener. So selten, dass Maria anfängt, sie zu vermissen. Nach dem Elternhaus in Eichschlag hingegen sehnt sie sich kaum. Lediglich der Gedanke an den Erlös, den der Verkauf des Hauses einbrächte, zwickt sie manchmal im Magen. Doch momentan ist Eichschlag außer Reichweite.

Darauf bedacht, die Matratze nicht in Schwingung zu versetzen, dreht sie sich auf die Seite, sieht aus dem Fenster. Rechts hinter dem Baum, der eine Kirsche sein könnte, leuchtet in der Ferne eine helle Raute aus der Dunkelheit, ein Schneefeld, das über dem Rücken des Berges liegt wie eine ausgefranste Satteldecke. Darunter, fast schon im Tal, schmiegt sich eine Kette ferner Straßenlaternen an den Hang, um sich zur Linken des Kirschbaums in großzügigem Schwung mit dem Lichternetz des Ortes zu vereinigen. Darüber glitzern Sterne.

Der Ausblick ist erfreulicher als jener aus der Kammer, die sie vorher bewohnt hat. Dort hat die Rückseite des Bergsport-Discounters ihr Sichtfeld blockiert, ein orangefarbener Quader, hinter dem der Verkehr über die Bundesstraße rauscht, die Ort um Ort auffädelt, bevor sie das Tal in Richtung Salzburg verlässt.

Behutsam, aber stetig zieht Maria am Zipfel der Decke, die halb unter dem Fettsack begraben liegt. Er rührt sich nicht. Sie unterdrückt ein Seufzen. Nicht, dass er wieder aufwacht und fragt, was los ist.

Nichts ist los, antwortet sie jedes Mal, alles gut. Fände sie es unerträglich, müsste sie schließlich nicht bleiben. Das sagt sie ihm nicht. Es muss als stiller Trost reichen. Jederzeit kann sie zurück in ihr altes Leben, mit allen Konsequenzen. Acht Minuten braucht sie zu Fuß bis zur Polizeiwache, wo sie sich melden und darauf hoffen müsste, dass sie wirklich nur als vermisst und nicht etwa als gesucht geführt wird. Mord, Totschlag, Tötung auf Verlangen oder wer weiß, was es noch alles gibt, was man ihr anhängen könnte. Wie im Film, nur weil sie ohne ein Wort gegangen ist. Das tut eine Unschuldige nicht, jedenfalls nicht, wenn sie noch bei Trost ist. Niemand weiß, wovor sie geflohen ist, nicht einmal sie selbst. Doch vielleicht sagen alle nur, was sie als Zuschauerin denkt, wenn im Film eine Unschuldige davonrennt: Wie dumm von ihr!

An manchen Tagen gibt es nur eines, was sie an der Rückkehr hindert, und es ist nicht die Angst vor Strafe. Sie will einfach eine bessere Geschichte erzählen können, wenn sie nach Monaten wieder in Eichschlag auftaucht. Eine, die das jämmerliche Bild korrigiert, das die polizeiliche Vermisstenmeldung und der Artikel im Bezirksblatt von ihr zeichnen. Eine, in der sie nicht das Opfer, auch nicht Täterin, sondern einmal in ihrem Leben die Heldin ist. So vermessen dieser Traum ihr selbst erscheint

– noch ist sie nicht bereit, ihn aufzugeben. Wann soll er wahr werden, wenn nicht jetzt? Einmal zurückgekehrt wird sie nicht mehr den Mut finden auszubrechen.

Bis sich eine bessere Chance ergibt, betrachtet sie die Aufgabe, die sie hier erfüllt, als gute Tat, auch wenn weder Ruhm noch Ehre dafür winken. Der Fettsack tut ihr leid. Robin. Robin heißt der Fettsack. Sie zwickt sich zur Strafe in die weiche Innenseite des Unterarms. Er tut ihr leid. Deshalb bleibt sie noch ein wenig. Einen Ort zu verlassen, an dem man gebraucht wird, ist schwer, wenn nicht das Schwerste überhaupt.

Dass sie Robin Gutes tut, wiegt fast den Ekel auf, den sie immer noch empfindet, wenn er sich an sie drückt, sich auf sie wälzt und sein schlaffes Fleisch sie umschließt wie Schlamm, zäh und stets kühl, fast so kühl wie die Haut der Mutter nach ihrem Tod. Es ist das kleinere Übel, ihm zu geben, was er so dringend braucht, die einzige Wahl, wenn sie weiterhin auf ihrem Feldweg bleiben will.

Der Feldweg. Das Bild ist ihr eingefallen, als sie im Zug in Richtung Italien gesessen ist, am zweiten Tag, vom Tod der Mutter an gerechnet. Auf angenehme Weise todmüde ist sie gewesen und wund zwischen den Beinen nach der Nacht mit Frank.

Netzwerkadministrator – wie aus einem Weltraumfilm klinge das in ihren Ohren, hatte sie behauptet, obwohl sie natürlich weiß, dass es so aufregend nicht ist. So dumm ist sie auch nicht. Sie hat einfach gewusst, dass er das gerne hören wird, dass er sich beim Sex Mühe geben wird, wenn sie ihn zum Helden macht. Und so ist es dann auch gewesen. Nur, dass er seinen Auftrag etwas zu ernst genommen und ihren Kitzler so unnachgiebig bearbeitet hat, dass sie einen Orgasmus vortäuschen musste, um Gestaltungsspielraum zu gewinnen. Aber seine nackte Haut an ihrer, die heißen Hände auf ihrem Körper, der rauchige Männergeruch waren es allemal wert, zumal sie sich die Ausgabe für eine Nacht im Hotel erspart hat.

Sie ist am Tag darauf also im Zug gesessen, hat an ihrem XL-Cappuccino im Pappbecher genippt, lustvoll an ihrer Erinnerung und einer Zimtschnecke geknabbert und der Landschaft beim Vorbeiziehen zugesehen.

Inmitten einer Staubwolke holperte eine schwarze Limousine über den Feldweg, der parallel zum Bahndamm am Fuß der Böschung entlangführte. Ein Kind drückte lachend die Nase an die Scheibe. Vielleicht hatte der Fahrer eine falsche Abzweigung erwischt und folgte nun dem Schotterweg, bis der irgendwo wieder auf eine Straße oder zur nächsten Weggabelung führte, die eine erneute Entscheidung verlangen würde.

Wie dieses Kind auf der Rückbank ist Maria sich vorgekommen, staunend über den Ausblick, durchgeschüttelt auf der unbekannten Route. Eine unbedachte Entscheidung hat sie von der Hauptstraße auf eine Nebenfahrbahn geführt, sie auf einem Feldweg landen lassen. Hier galten Gesetzmäßigkeiten, über die sie kaum etwas wusste. Die schüttelten sie so heftig durch, dass sie sich endlich wieder lebendig fühlte.

Wie sie ausgerechnet in einem Zug auf die Idee gekommen ist, dass sie ihre Route selbst wählen kann, ist ihr jetzt, wo sie neben Robin im Bett liegt, rätselhaft.

Frierend zusammengerollt starrt sie aus dem Fenster in die Dunkelheit, bis die Lichter der Straßenbeleuchtung vor ihren Augen zu tanzen beginnen. Folgt sie in eigenem Tempo einem Feldweg oder ist sie Fahrgast eines Zuges, der durch eine falsch gestellte Weiche auf ein Nebengleis geraten ist, auf dem sie nun festhängt, mindestens bis zur nächsten Richtungsänderung, auf die sie womöglich ebenso wenig Einfluss haben wird?

Robin kann sie danach nicht fragen, obwohl er dauernd wissen will, was sie denkt. Der soll weiterhin glauben, dass sie freiwillig neben ihm liegt, Feldweg statt Gleis, und die Erwähnung von Verkehrswegen würde seine Gedanken sowieso nur in Richtung Geschlechtsverkehr lenken.

Gut, dass niemand hören kann, was sie wieder zusammendenkt. Die Lichter vor dem Fenster flimmern herein bis in ihren Kopf, zerrinnen in die Schwärze, hier wie dort.

Sie schreckt auf, als der sich Dicke in ihrem Rücken herumwälzt und die Spannung der Bettdecke nachlässt. Endlich kann sie sich unter die vorgewärmten Daunen kuscheln.

Robin ist der Sohn der Wirtin, für die sie jetzt schon fast zwei Monate lang schwarz als Kellnerin und Zimmermädchen arbeitet. Das Geld ist ihr ausgegangen. Drauf und dran ist sie gewesen, den Feldweg zu verlassen, als sie den Zettel im Fenster des Cafés gesehen hat. Während der Schisaison inmitten der Alpen suchen alle Personal.

„Kannst du ordentlich anpacken?", hat die Chefin sie gefragt und Maria hat genickt. Das ist das ganze Vorstellungsgespräch gewesen.

Die Wärme unter dem Federbett macht sie schläfrig. Das Schattenspiel der Zweige an der Zimmerdecke verschwimmt, verwandelt sich in die Lichtreflexe auf dem Wasser der nächtlichen Lagune und trägt sie zurück zu ihrer Nacht in Venedig.

Reihen weißgestrichener Holzkabinen, verstreute Lagerfeuer am Lidostrand. Dahinter das Meer, der Himmel, sonst nichts. Es ist kalt. Maria schleift ihren Koffer über den Strand, bis jemand sie auffordert, sich zum Feuer zu setzen. Zwölf Leute, deren Alter und Hautfarben im knisternden Flammenspiel unscharf flackern, Maria als Dreizehnte willkommen am italienischen Strand. *Tredici porta fortuna* sagt einer, ein anderer übersetzt. Dass es so leicht ist: einmal über die Grenze und das Pech der Dreizehn wird zum Glück.

Meeresrauschen und der würzige Geruch nach Tang und Salz und dem Mann, der neben ihr sitzt: Bakary aus dem Senegal, sein zerfurchtes Gesicht unerklärlich vertraut. Auf ihrer anderen Seite eine Studentin in historischem Kleid aus gelb glänzendem Polyester, die weißgelockte Perücke achtlos in einen Stoffbeutel gestopft. Sie feiert ihren letzten Tag als Keilerin für das Casino, versteht Maria. Bier, Wein und Wasser machen die Runde, Kekse, Brot und Käse. Obwohl Maria kaum etwas von den Gesprächen versteht, lacht sie mehr als im gesamten vorangegangenen Jahr. *Mburu* heißt Brot in Bakarys Sprache und Sonne heißt *Jant*, das reimt sich auf Sand. *Jant* explodiert am Horizont, vergoldet das Meer und den Himmel, übergießt den Sand mit glühendem Orange, schöner als in jedem Film.

Sie streift die Kleider ab und läuft in die Fluten.

Wie jedes Mal schreckt sie aus dem Traum, bevor ihre Füße das Wasser berühren. Weil sie nicht weiß, wie es sich anfühlt, das Meer an den letzten Oktobertagen. Weil sie zu lange überlegt und sich dann doch nicht getraut hat an jenem Morgen. Wie kühlschrankfrisches Mineralwasser mit viel Kohlensäure stellt sie es sich vor. Das Bild des Sonnenaufgangs hingegen, schöner als jede Postkarte, hat über die Monate nicht an Zauber verloren. An diesen Anblick denkt sie hinter geschlossenen Lidern, wenn sie Robin in sich spürt. Sie stellt sich dann Bakary vor, der sie nie berührt hat, und bewegt sich im Einklang mit den Wellen, die wenige Meter weiter brechen.

Wieder fährt sie hoch. Den Kopf in die Hand gestützt starrt Robin sie an, so viel Sehnsucht in seinem feuchten

Blick, dass auch ihr fast die Tränen kommen. Sogar sein Bauchfleisch scheint über das Laken zu ihr hinzufließen, butterfarben.

„Du schaust so jung aus, wenn du schläfst." Er fährt ihr mit dem Zeigefinger über die Lippen. „Ich liebe dich." Trotz seiner fünfunddreißig Jahre spricht er stets im Tonfall eines Kindes. Sein Finger riecht noch nach ihrer Muschi.

„Das da", hat er vor ein paar Tagen niedlich gesagt, „ist deine Vulva und erst da drin", Maria verzieht das Gesicht bei dem Gedanken, obwohl es nicht nur unangenehm war, „erst da drin ist deine Vagina."

„Ich liebe dich", sagt er ein weiteres Mal.

„Danke", murmelt Maria. Sie dreht sich um und schließt die Augen, stellt sich schlafend. Ihr Herz trommelt so heftig, dass die Matratze vibriert.

„Schon verstanden", fiept Robin. „Mutter sagt, es kommt noch. Wenn du mich näher kennenlernst." Er legt ihr eine Hand auf die Hüfte. „Bis dahin haben wir einfach unseren Spaß." Als sie nicht reagiert, seufzt er und dreht sich wieder auf den Rücken.

Die Matratze schwankt wie damals die der Mutter nach ihrem Tod. Oder wie die Pontonbrücke, über die Maria nach dem Sonnenaufgang und einem Cappuccino mit Cornetto auf das Boot gestiegen ist, das sie vom Lido zurück zum Markusplatz und weiter zum Bahnhof Santa Lucia gebracht hat. Was hätte noch kommen sollen nach dieser Nacht?

Pontonbrücke, *Mburu*, Wein und Meeresrauschen. So sehr sie versucht, über die Bilder und Düfte ihrer venezianischen Nacht wieder in den Schlaf zu finden – die Erinnerung entfaltet nicht die erhoffte Wirkung. Sie hat Durst. Doch wenn sie jetzt aufsteht, um etwas zu trinken, wird er ihr folgen, sofern er noch wach ist. Fast jede

Nacht zieht es ihn mindestens einmal zum Kühlschrank. Also konzentriert sie sich weiter auf den Atem, auf ihren und seinen, der ihr zu regelmäßig vorkommt in Anbetracht der Enttäuschung, die sie ihm gerade bereitet hat. Kann es sein, dass auch er sich verstellt, um sie bei ihrer Verstellung zu ertappen?

Endlich schnarcht er auf, atmet leise röchelnd weiter. Sie schlüpft aus dem Bett und in den Slip, in die Wollsocken, wirft sich ihre Strickjacke über, öffnet und schließt leise die Tür und schleicht über die Stiege hinunter in die Küche. Ohne das Licht aufzudrehen, nimmt sie ein Glas aus dem Oberschrank, füllt es am Wasserhahn und trinkt es in einem Zug leer.

Der Schein der Laterne, hier nicht durch Astwerk gefiltert, füllt die Küche mit müdem Licht, das sie an alte Filme erinnert. Was würde sie in diesem Film tun? Sie richtet sich auf, Schultern zurück, Brust raus, befeuchtet die Lippen und öffnet den Kühlschrank. Aus der angebrochenen Flasche von dem fruchtigen Weißen, den die Chefin immer trinkt, schenkt sie sich ihr Wasserglas halbvoll. Den Blick durch das Fenster auf die menschenleere Straße und die Terrasse des Cafés gerichtet, lehnt sie mit überkreuzten Knöcheln an der Kochinsel, nippt an ihrem Wein und sieht sich in der spiegelnden Scheibe dabei zu.

Die Frau im Film würde vielleicht beschließen, dass es an der Zeit ist, weiterzuziehen oder in ihr altes Leben zurückzukehren. Im Film muss immer etwas passieren. Hier passiert nichts, was sich zu berichten lohnt. Seit fast drei Wochen teilt sie nun schon das Bett mit Robin und langsam reicht es ihr, auch wenn zwei Monate ausgemacht waren. Sie hat einfach nicht die richtigen Gefühle für ihn. Darum hat sich der Ekel vor seinem bleichen Fleisch nicht wie erhofft gelegt, obwohl die Chefin es versprochen hat. Und darum ist dieses Leben noch trauriger als jenes an der Seite der todkranken Mutter. Wie ist sie da hineingeraten?

Im ersten Moment ist Maria sicher gewesen, dass sie den Vorschlag missverstanden hat.

„Er ist ein guter Kerl, mein Robin, außen pfui, innen hui", hat die Chefin munter erläutert. „Du gewöhnst dich dran, wirst sehen. Letztlich ist einer wie der andere. Die Hauptsache bei einem Mann ist doch, dass er nicht trinkt, nicht prügelt und nicht allzu sehr stinkt." Sie lacht. „Und da leg ich die Hand ins Feuer für meinen Buben. Er braucht halt ein bisserl Zärtlichkeit, nicht nur von der Mama. Wer weiß, wenn er auf das Körperliche richtig draufkommt, vielleicht nimmt er dann ab, treibt Sport, geht hin und wieder aus."

Schweigend schüttelte Maria den Kopf.

„Du brauchst doch ein Zuhause, meine Liebe, einen Unterschlupf, hab ich nicht recht?" Im süßlichen Ton der Chefin schwang eine deutlich drohende Note. „Oder gehst du wieder heim? Wo war das noch genau?"

Wochenlang hat Maria da schon im Café gearbeitet, die sechs Pensionszimmer geputzt und die Betten gemacht. „Zum beidseitigen Vorteil an der Steuer vorbei", wie die Chefin selbst vorgeschlagen hatte. Und nie ein Hinweis darauf, dass sie Marias spezielle Situation auch nur erahnte.

„Die Entscheidung liegt natürlich bei dir!" Das falsche Servicelächeln auf den Lippen der Chefin. „Entweder du schaust ein bisserl auf den Robin oder du suchst dir eine andere Bleibe. Muss dann halt schnell sein, am besten heute noch raus, spätestens morgen. Ob ich die Polizei verständige, kann ich mir ja dann noch überlegen."

Mit hängenden Armen stand Maria da wie betäubt. Mehrmals musste sie ansetzen, bevor sie die Frage herausbrachte. „Warum Polizei?"

Die Chefin hob die Augenbrauen und saugte bedauernd an den Zähnen. Am Arm zog sie Maria ins Büro, zeigte ihr am Bildschirm das Foto, unter dem ihr Name stand: Maria A.

„Schaut dir erstaunlich ähnlich, diese Maria. Mia. Maria. Mir gefällt Mia auch besser, das klingt nicht so heilig, mehr wie ein Katzerl."

Mit angehaltenem Atem stand Maria da, den Blick auf den Monitor geheftet, während das Pfeifen in ihren Ohren anschwoll. Das Foto war kurz nach ihrer Rückkehr zur Mutter beim Feuerwehrfest entstanden. Frisch geschieden hatte sie mit irgendeinem getanzt, dem Hannes vom Sägewerk wahrscheinlich, als der Fotograf vom Bezirksblatt sie erwischt hatte. Deshalb der dümmliche Gesichtsausdruck mit dem offenen Mund, die rosigen Wangen und verschwitzten Haare, ein apfelwangiger Landtrampel. Damals hatte sie die Mutter noch stundenlang allein lassen können.

Maria schnappte nach Luft. *Das rätselhafte Verschwinden der Maria A.* stand über dem Artikel. Den hatte sie selbst kürzlich aufgerufen, als die Chefin im Großmarkt war. Sie hat noch immer kein Handy. Wo hätte sie sonst nachschauen sollen?

So dumm muss man einmal sein. Maria hörte sich selbst unsicher lachen, schon auf halbem Weg aus ihrem Körper, hinaus in den Filmriss.

„Seit dem Tod ihrer lieben Mutter im Oktober ist sie abgängig, diese Maria", flötete die Chefin in besorgtem Ton. „Aber das weißt du selber besser, hast den Artikel ja gelesen, weil der Robin war es nicht, der hätte mir das nicht verheimlicht. Oh je, du bist ja ganz blass!"

Mit der flachen Hand tätschelte sie ihre Wangen, keine Ohrfeigen, aber nah genug dran, dass Maria zurückschrak.

„Geht's schon wieder? Ich bin nur froh, dass dieser Ausreißerin nichts passiert ist! Uns Frauen kann so viel geschehen, man liest ja dauernd davon. *Femizide* nennen sie das jetzt, wie wenn es was Neues wär. Warum sie wohl so plötzlich weg ist von daheim, was meinst du, *Mia*, warum versteckt sich die Maria? Und was bedeutet: *In ihrer Heimatgemeinde nährt ihr Verschwinden unmit-*

telbar nach dem Tod der Mutter Spekulationen über deren Todesursache?"

Maria zuckte mit den Schultern. „*... keine Anhaltspunkte für eine Straftat ...*", las sie flüsternd weiter. Hysterisches Lachen krampfte in ihrem Bauch. Sie presste die Lippen zusammen.

„*Meldungen über den Aufenthaltsort an das Landeskriminalamt Niederösterreich*, steht aber auch da." Die Chefin legte ihr den Arm um die Schultern. „Ich kenne mich ja nicht aus, aber glaubst du, das Landeskriminalamt kümmert sich um alle Vermissten? Oder nur um die, die etwas auf dem Kerbholz haben? Ich würde das zu gern herausfinden." Sie packte Maria an den Oberarmen und drehte sie zu sich um. „Aber keine Sorge! Ich kann ein Geheimnis für mich behalten. Wie ist sie denn gestorben, die Frau Mutter? Kannst es mir ruhig sagen. Von Frau zu Frau. Mir ist nichts Menschliches fremd."

Das Nächste, woran Maria sich erinnert: Wie Robins Gesicht gestrahlt hat und rote Flecken seinen Hals hinaufgezogen sind, als seine Mutter ihm beim Abendessen von dem „Arrangement" erzählte. *Honigkuchenpferd*, hat sie gedacht und dass sie noch nie ein echtes gesehen hat und auch sonst kein lachendes Pferd, auch wenn die manchmal so ausschauen. Wie sie selbst auf das Fleischlaberl und das Erdäpfelpüree auf dem Teller gestarrt und keinen Bissen runtergebracht hat, obwohl sie hungrig war, hungrig sein musste von einem langen Arbeitstag. Wie die verdrehten Ausführungen der Chefin an ihr vorbeigerauscht sind mit einem Karacho, dass Maria sich gefühlt hat, als ob sie an einer Autobahn steht. Kein Weg hinüber. Und immer, wenn sie aufgeblickt hat, gegenüber das Honigkuchenpferd. Wegen Lucky Luke ist ihr dann doch noch ein lachendes Pferd eingefallen.

Auch Robin trägt einen ledernen Cowboyhut, wenn er das Haus verlässt, was selten vorkommt.

Von ihrer wahren Identität und der Erpressung war nicht die Rede, nur von ihrem Wunsch nach familiärer Geborgenheit. Weil sie keine Angehörigen mehr hätte und sich vor dem Alleinsein fürchte, die Mutter kürzlich verstorben. Arme *Mia*! Von ihrer Sympathie für Robin und wie gut sich das traf, wo doch auch er … Es sei *Mias* Vorschlag gewesen und probieren könne man es ja, nicht?
„Du hast dein Essen kaum angerührt, *Mia*. Schmeckt's dir nicht bei uns? Magst ein Ketchup?"

Wie sie ferngesteuert ein Stück Faschiertes aufgespießt, Püree auf die Gabel geschmiert und den Bissen in den Mund gesteckt hat, wo er dann immer mehr geworden ist und mehr.

Und die ganze Zeit über hat sie sich gefragt, warum sie das mit sich machen lässt.

Bis ihr klargeworden ist, dass es die beste Lösung war, für alle. Sonst hätte sie sich da nicht reindrängen lassen. Manchmal diktieren halt die Umstände, was zu tun ist. Meistens eigentlich. Also alles im grünen Bereich. Erst da hat sie endlich schlucken und Robin anlächeln können.

Das Licht in der Küche flammt auf. Maria fährt herum. Die Chefin steht in der Tür, im großgeblümten Morgenmantel.

„Hab ich mir doch gedacht, dass ich was gehört hab! Was trinkst du da Schönes? Wein? Gleich aus dem Wasserglas? Fein, dass er dir auch schmeckt!"

„Nur ein Schluck zum Einschlafen."

„Da leiste ich dir gerne Gesellschaft, wenn noch was da ist." Prüfend hebt die Chefin die Flasche vor die Augen, nimmt ein Weinglas aus dem Kasten und schenkt sich ein. „Zum Wohl!"

Maria antwortet mechanisch. Besser, sie verzieht sich. Sie trinkt aus, täuscht Gähnen vor und will zum Geschirrspüler, um das Glas einzuräumen.

„Ich schlafe seit Tagen kaum", klagt die Chefin. „Zwei Buchungen nur für die nächste Woche. Seit dieser angeblichen Pandemie komme ich finanziell nicht mehr auf die Füße. Dabei gehören die Matratzen ausgetauscht und ein Holzboden gelegt, statt dem Teppich, oder wenigstens ein Laminat. Sind ja alle Allergiker jetzt. Der Gast hat Ansprüche heutzutage, obwohl er immer kürzer bleibt."

Wortlos zu gehen, kommt nun nicht infrage. „Ein Kredit?"

Die Chefin schnaubt. „Und von was soll ich den zurückzahlen? Gehen sich ja die Betriebskosten kaum aus. Sämtliche Rücklagen sind im letzten Jahr für die Renovierung der Bäder draufgegangen." Sie bricht ab, schaut Maria erwartungsvoll an.

„Die sind schön geworden. Hell."

„Fein ist das, wenn man wen zum Reden hat. Unter Frauen tut man sich doch leichter. Wir sind einfach vernünftiger, weniger sentimental als das Männervolk, sehen besser, wo angepackt werden muss." Sie kommt einen Schritt näher, senkt verschwörerisch die Stimme. „Ich hab schon überlegt, ob ich dich um einen kleinen Beitrag bitten kann. Schließlich gehörst du jetzt zur Familie und wohnst hier und isst und", sie hebt die Brauen und deutet auf Marias Glas, „trinkst hier kostenfrei, nicht wahr? Und einen Lohn kriegst ja auch."

Das stimmt alles irgendwie, obwohl es sich für Maria anders anfühlt. Die Chefin schenkt ihr das breite Lächeln, das den besten Gästen vorbehalten ist. Es zeigt ihr schönes Gebiss, die mittleren Schneidezähne etwas länger, und ein wenig vom Zahnfleisch. Gewinnend wirkt es, obwohl die Augen nicht mitlachen. Das entwickelt sich so, wenn man lange im Service arbeitet. Sie muss einmal eine schöne Frau gewesen sein. Etwas Nordisches hat sie an sich, so groß und stark und blond.

„Jetzt schau nicht so ang'stochen! Magst noch ein Schluckerl? Genuss von höchster Qualität, wo es doch auf dem Etikett steht." Sie zwinkert Maria zu, kippt ihr den Rest aus der Flasche ins Glas.

Maria sieht auf ihre eigene Hand, die kräftigen Finger, die das Wasserglas umschließen. Wellen überziehen die Oberfläche der Flüssigkeit. Sie stellt das Glas ab. „Ich hab kein Geld, Chefin", ringt sie sich ab.

„Dummerle!" Die Chefin lacht laut und streicht ihr mit den Fingerknöcheln flüchtig über die Wange. „Das weiß ich doch. Sonst hättest ja nicht angefangen für mich zu arbeiten, nicht wahr, *Maria*?" Sie drückt Maria das abgestellte Glas wieder in die Hand, stößt mit ihrem an. „Und dass du mich nicht noch einmal Chefin nennst, gell! Ich bin die Gitti."

Maria nickt und trinkt, gehört sich so. Vergeblich kämpft sie gegen die Lähmung an, die sich über sie senkt, die sie schweigen lässt, wenn es schwierig wird. Und nicht nur dann. Sie hat dann einfach keine Luft in den Lungen zum Reden. Als Kind hat sie in solchen Situationen den Mund aufgemacht, wie ein Fisch am Trockenen nach Luft geschnappt und damit alle außer der Mutter zum Lachen gebracht. Damals hat sie nicht sehen wollen, wie die anderen sie anschauen. Heute bringt sie es sogar fertig, der Chefin, nein, nicht in die Augen, aber immerhin auf den Mund zu sehen. „Gitti. Ich tu doch schon was für Kost und Logis. Mit Robin."

„Du tust was, das stimmt." Die Chefin tätschelt Marias Hand. „Aber was ich so höre, ist das kein allzu großes Opfer für dich."

Maria schluckt. Manchmal gelingt es ihr hinter geschlossenen Lidern tatsächlich zu vergessen, wo sie ist und mit wem. Robin ist nicht gänzlich ungeschickt und sie hat sich in den Jahren der Einsamkeit eine Schar an Liebhabern herbeiphantasiert, die ihr auch jetzt manchmal Beistand leisten. Doch nur, weil es ihr gelingt, gelegentlich Lust dabei zu empfinden, bedeutet das nicht, dass sie es zum Vergnügen tut.

„Dann geh ich lieber", flüstert sie.

Die Chefin rückt von ihr ab. „Nach allem, was wir

gemeinsam ... Da kannst du uns doch jetzt nicht im Stich lassen, Mia! Maria. Außerdem waren zwei Monate Minimum vereinbart." Sie spült einen Schluck Wein im Mund umher, schaut versonnen aus dem Fenster. „Maria A. Wofür steht das eigentlich, das A? Brauchst es mir nicht sagen, ich weiß auch so. Auf der Polizeiseite für die Vermissten steht es: Arnold! Maria Arnold."

Maria rührt sich nicht, wartet auf den Schlag, den die Verwendung ihres Namens ankündigt.

Die Chefin seufzt. „Man muss zusammenhalten in schweren Zeiten. Geht ja alles den Bach runter heutzutage. Was glaubst du, was ich zu meiner Zeit ... Was mein seliger Mann von mir ...", sie schlägt ein Kreuz. „Ich hab es auch nicht immer leicht gehabt. Aber man hat sich auf mich verlassen können! Wenn du uns hängen lässt – das würde mich sehr enttäuschen. Dann müsste ich bereuen, dass ich dich aufgenommen habe, dass ich nicht zur Polizei gegangen bin."

Maria kommt nicht drauf, warum alles, was die Chefin sagt, wahr und verdreht zugleich klingt, warm und eiskalt.

„Es ist doch so." Der Tonfall, als erkläre sie einem Kind. „Jeder Mann hat Bedürfnisse und es hat sich herumgesprochen, dass du mit dem Robin – du weißt schon. Das Laufhaus hat in der Pandemie schließen müssen und seither nicht mehr aufgesperrt. Jetzt müssen die Leute kilometerweit fahren für ihr Vergnügen. Ich hab eine Anfrage gekriegt, die ich schwer ablehnen kann. Du gefällst den Gästen, den älteren. Ganz besonders einem. Einem wichtigen."

„Mama!" Auf einmal steht Robin in der Küche. „Die Mia ist doch keine Hure!"

„Aber natürlich nicht!" Die Chefin zwinkert Maria zu, als stünden sie auf derselben Seite.

Maria schweigt, starrt auf den Messerblock, der vielleicht dreißig Zentimeter von ihrer Rechten entfernt auf der Arbeitsfläche steht. Sie konzentriert sich auf ihren

Bauch, weil es darin heiß zu brodeln beginnt. Als Kind ist sie manchmal regelrecht explodiert, aus heiterem Himmel, haben die anderen gesagt. Erst wie ein kalter Fisch auf dem Trockenen nach Luft schnappen, dann plötzlich ausbrechen wie ein Vulkan. Das passt ja wirklich nicht zusammen. Das darf nicht passieren. Kein weiteres Wort mehr. Keines hören. Keines sagen. Still wird sie ihre Sachen packen und gehen.

„Du wirst mich doch nicht verlassen, nur wegen der Mutter ihren blöden Ideen!" Robin watschelt auf Maria zu, drückt sie kurz an sich, bevor er sich dem Kühlschrank zuwendet. „Mutter, sag ihr, dass du Spaß gemacht hast! Die Mia gehört doch mir!"

„Das Geld geht uns aus. Bei dem, was du verfrisst ..."

Er hält sich die Ohren zu, hält sich tatsächlich die Ohren zu.

Noch in dieser Nacht wird sie ihren Koffer packen, ihn neben dem Lieferanteneingang hinter den Mülltonnen verstecken. Sie wird sich aus dem Netz befreien, bevor die Chefin sie ebenso wehrlos macht wie ihren armseligen Sohn. Wenn die alte Hexe übermorgen den wöchentlichen Großeinkauf macht, wird sie verschwinden, und bis die draufkommt und sie bei der Polizei anschwärzt, ist sie längst im Bus und schon woanders wieder ausgestiegen. Mit einem neuen Namen, den sie sich bis dahin ausdenken wird. Sie kann sein, wer sie will.

„Na schau!", sagt die Chefin. „Sie nimmt es nicht schwer, sie lächelt schon wieder, unsere Mia."

Und Maria lächelt wirklich, hat es gar nicht gespürt, aber sie lächelt und lächelt weiter, damit die Hexe sie nicht durchschaut. Aus dem Augenwinkel sieht sie, wie Robin sich krümmt, kann gerade noch denken *nicht schon wieder!*, da kotzt er auch schon auf den Küchenboden.

„Mah, du bist so grauslich!", sagt die Chefin und mustert einen Spritzer Erbrochenes am Saum ihres Hausmantels. Sie bückt sich, um Kübel und Fetzen aus dem Schrank unter der Abwasch zu holen und drückt Maria beides in die Hand. „Wir reden morgen weiter."

Im Hinausgehen schält sie sich aus dem Mantel und gleich darauf hört Maria sie die Tür der Waschküche öffnen und schließen. Dann knarrt das Stiegengeländer.

„Es ist ihre Stimme", flüstert Robin. Er nimmt Maria den Fetzen ab, lässt sich schwerfällig auf die Knie nieder und beginnt mit dem Aufwischen, während sie warmes Wasser in den Kübel rinnen lässt. „Wenn sie in einer gemeinen Stimmung ist, dann hat sie so einen metallischen Ton. Der dreht mir jedes Mal den Magen um." Mit einem unterwürfigen Lächeln schaut er zu Maria auf. „Du verstehst mich doch, Mia?"

Versteht sie, dass einer speiben muss, wenn er seine Mutter reden hört? Sie stellt den Kübel ab, schaut ihm direkt in die Augen, zum ersten Mal wohl, denn dass sie hellbraun sind mit langen, geschwungenen Wimpern, hätte sie nicht zu sagen gewusst. Manchmal versteht man Dinge, obwohl man sie nicht versteht. Da ist etwas in der Stimme der Chefin, obwohl sie immer so scheißfreundlich klingt, das auch ihr die Gänsehaut über den Rücken treibt.

„Mir ist immer noch schlecht", jammert Robin, als Maria später die Zimmertür schließt. Er sitzt am Fußende des Bettes, schaut sie flehend an und streckt die Hand nach ihr aus. „Bitte verlass mich nicht! Ich tu alles, nur lass mich bitte nicht mit ihr allein! Ich verspreche dir alles, alles, alles, was du willst."

Drei Mal sagt er es. Wie im Märchen. Was soll sie sich wünschen, das er ihr geben kann?

*

Beladen mit Geschirr stößt Maria die Tür zur Küche auf. „Zwei Latte und einen Apfelstrudel für Tisch fünf und ein Schnitzel nur mit Salat auf die Drei."

„Das ist aber jetzt die letzte Bestellung, Küche nur bis

vierzehn Uhr! Es ist schon fast drei." Mit dem Unterarm wischt sich Robin den Schweiß von der Stirn und dreht die Fritteuse wieder auf, bevor er ein Stück Strudel in die Mikrowelle schiebt.

Maria schäumt Milch auf, füllt zwei Gläser und stellt sie unter die Espressodüsen. Sie holt den Strudel aus der Mikrowelle, löst das Band im Rücken und hängt ihre Schürze an den Haken. „Das bring ich noch raus."

„Und das Schnitzel?"

„Ich hab auch seit einer halben Stunde frei."

Mit hängenden Armen dreht Robin sich um. „Hast du was vor?"

Ihre Kopfbewegung deutet vage hinaus. „Ich geh auf den Kalvarienberg. Bald ist Ostern."

„Schon wieder? Triffst du da wen?"

„Gott. Komm halt mit", sagt sie, wie schon beim letzten Mal. Irgendwann wird er das vielleicht tun. Heute zum Glück noch nicht.

„Immer gehst du ausgerechnet, wenn die Mutter im Großmarkt ist."

Als sie die weißgekalkte Kapelle am Grat des Kalvarienberges schon fast erreicht hat, zieht eine Wolke vor die Sonne. Maria fröstelt. Schon bei der zweiten Station – Jesus nimmt das Kreuz auf die Schultern – hat sie ihre Steppjacke ausgezogen und um die Taille gebunden. Trotzdem ist sie auf den engen Serpentinen des Südhanges ins Schwitzen gekommen, weil sie sich praktisch selbst davongerannt ist in Gedanken an den Tag, an dem Robin sie begleiten wollen wird. Dann muss sie schnell sein, es ihm zu einem Erlebnis machen, das er so bald nicht wiederholen möchte.

Sie braucht das hier für sich.

Die kleine Kirche thront an der höchsten und breitesten Stelle des baumbestandenen Hügelrückens, der sich zu beiden Seiten erstreckt. Durch ein Fenster des verschlossenen Tores erspäht Maria abgewetzte Holzbänke und einen mit üppigen Goldschnörkeln verzierten Altar. Sie bekreuzigt sich und dreht sich um, geht ein paar Schritte, breitet die Arme aus. Deshalb kommt sie her – nicht wegen Gott, sondern weil ihr hier oben so leicht wird, dass es ihr immer wieder gelingt, ein wenig abzuheben.

Sie fliegt über die ausladenden Satteldächer und Holzbalkonreihen der Hotelbauten, die Kirche im Zentrum, die Brücke über den von der Schneeschmelze angeschwollenen Fluss. Tief unter ihr liegt auf der gegenüberliegenden Seite des Dorfes die Liftstation wie ein irrtümlich im Tal gelandetes Raumschiff. Etwas außerhalb an der Bundesstraße die überdimensionierten Schachteln von Sportgeschäft, Baumarkt und Autohaus.

„Ja, ja, man muss gelegentlich die Perspektive wechseln, um zu wissen, dass nicht alles anständig und richtig ist, was man als gottgewollt serviert bekommt."

Peinlich berührt senkt Maria die Flügel und schaut sich um. Ein Mann in Wollmantel und Strickmütze, etwas älter als sie, tippt sich an die Stirn und macht sich ohne ein weiteres Wort auf den Weg ins Tal. Ob es der Apotheker war? Mit der Kopfbedeckung und ohne den weißen Mantel sieht er sich nicht allzu ähnlich.

An der Seite der Kapelle entlang geht Maria dorthin, wo er hergekommen sein muss: zur Bank hinter der halbrunden Apsis, von der aus sich die Täler zu beiden Seiten des Hügelrückens überblicken lassen. Doch die Bank ist besetzt. Maria hält inne, lehnt sich an die Kirchenmauer, hofft, nicht bemerkt zu werden. Zwei Wochen vor Ostern hätte sie damit rechnen müssen, auf einem Kalvarienberg nicht allein zu sein. Soll sie warten? So schön ist er ja auch nicht, der Blick auf die andere Seite, auf die ausgedehnten grauweißen Hallen, die fensterlosen Quader und Zylinder, die rauchenden Schlote der Papierfabrik.

„Mögen Sie sich ...?"

Maria schluckt, blickt auf, sieht in ein Kindergesicht über einem schmalen Körper, der wirkt, als wäre er gewaltsam in die Länge gezogen worden. Der Junge kniet rückwärts auf der Bank und zeigt auf den freien Platz.

Einen Augenblick lang hat sich ihr Magen verknotet, weil sie gedacht hat, er fragt sie tatsächlich, ob sie sich mag, nicht, ob sie sich setzen mag. Sie hat schon angefangen, darüber nachzudenken, sich elend gefühlt, das alles innerhalb weniger Sekunden.

„Wir gehen eh gleich, Oma, oder?"

Die Angesprochene wendet sich halb um, legt den Unterarm auf die Rückenlehne und mustert Maria. „Setz dich her da!"

Maria zögert, löst dann doch den Rücken von der Wand. Dass sie immer noch so unfähig ist, Befehle zu verweigern, wo sie doch jetzt frei sein könnte.

„Setz dich endlich nieder, Madel, sonst verreiß ich mir das Kreuz!"

Maria bleibt neben der Bank stehen.

„Du bist die Neue von der Gitti, gell."

„Die Neue?"

„Die findet sich doch immer wieder eine Dumme."

„Oma!" Der Junge schneidet eine verzweifelte Grimasse in Marias Richtung.

„Wenn's doch wahr ist."

Maria fragt sich, was sie meint. Ob es um die schlecht bezahlte Schwarzarbeit geht? Um Robin? Hat es sich wirklich schon im ganzen Dorf herumgesprochen?

„Das mit dem Robin ...", fängt sie an.

„Der tut dir leid, gell? Tu dir lieber selber leid! Ich hätt mir gewünscht, dass mir das im Leben rechtzeitig wer sagt."

Der Junge ist aufgestanden, tritt von einem Bein aufs

andere, murmelt: „Oma, ich muss wirklich ... Hausübungen ... bald Schularbeit."

„Geh schon vor und wart vor der Kapelle, ich komm gleich." So entschieden klopft die alte Frau neben sich auf die Bank, dass Maria sitzt, bevor sie darüber nachdenkt. Scharf schaut die andere sie an, beugt sich vor, dass Maria Altersflecken und Knitterfalten ganz nah vor Augen hat. Der Mutter hat sie die dunklen Borsten immer ausgezupft.

Die Fremde packt Marias Knie mit einer Hand, die sich anfühlt wie Krallen, die aus einem Grab fahren. „Was tät deine Mutter sagen, wenn sie wüsste, was du da machst?"

Maria fühlt sich bleich werden, bleich, nicht rot, und schwindlig ist ihr.

„Wer soll auf dich aufpassen, wenn du es nicht machst? Du bist zu schade dafür." Überraschend sanft streicht sie Maria über die Wange und stemmt sich hoch. „Vergiss das nicht, Mädel: Du musst dir für manches selber zu schade sein!"

*

Sie zieht das lange Scharfe aus dem Messerblock und säbelt millimeterdicke Scheiben vom Schinkenspeck, schneidet sie in feine Streifen. Die Zähne hat sie sich geputzt und den Mund gründlich gespült, doch den Geschmack ist sie nicht losgeworden. Etwas Deftiges muss her, je deftiger, desto besser. Nur kein Käse. Oliven, hat sie erst gedacht, aber es sind keine im Haus. Also kaut sie auf dem harten, salzigen Fleisch, bis es sein Aroma freigibt. Das hilft, solange sie nicht daran denkt, dass auch das eben – *Fleisch* ist.

Sie hatte sich arrangiert mit den Verhältnissen. Jetzt sind sie wieder aus dem Gleichgewicht geraten. So sehr, dass auch der Speck nichts hilft. Vielleicht ein Schnaps.

„Ohne!", hat der Bürgermeister gesagt. „Ich hab doch nix, Mia." Und dass *er* bestimmt, wo die Grenze zwischen Geheimprostitution und harmloser Freizeitgestaltung liegt, wo ein Geldgeschenk vertretbar ist und wo man von Steuerhinterziehung ausgehen muss.

Flötenstunden nennt es die Chefin. Maria weiß, dass es albern ist, aber sie kann es nicht leiden, dass die Kunden lieber blasen oder schwanzlutschen sagen. Wenn das, was sie tut, sauber klingt und irgendwie kulturell, fühlt sie sich weniger schmutzig. Flötenstunde – das ist so harmlos wie entschlafen statt sterben, wie erlösen statt töten. Die Flötenstunden sind jetzt ihr Nebengeschäft. Sie ist gut darin. Sie wird dafür bezahlt. Es ist nichts dabei. Eine muss es ja machen. Männer sind so.

Die ersten Male hat sie sich in den Filmriss geflüchtet. Dann hat sie gelernt, auf der Schwelle zu balancieren, halb in sich, halb außer sich. Richtiggehend stolz ist sie darauf gewesen, dass sie ihr Geschäft und ihre Empfindungen so gut unter Kontrolle hatte. Sie hat sich was vorgemacht, und obwohl sie das wusste, hat es eine Weile gewirkt.

Bis eine gesagt hat, dass sie zu schade dafür ist. Bis einer „ohne" gesagt hat und sie es nicht mehr außer sich geschafft hat.

Während sie einen weiteren Bissen abschneidet, fällt ihr ein, wie es sie geschmerzt hat, dass Robin schließlich doch so schnell mit dem neuen Geschäftsmodell einverstanden gewesen ist. Nicht, dass es sie gewundert hätte. Sich den Willen der Stärkeren zu eigen zu machen, ist oft die einzige Möglichkeit weiterzuleben. Einzig sein Magen rafft sich von Zeit zu Zeit zur Rebellion auf.

Aus dem Vorzimmer hört sie die Chefin mit dem Bürgermeister scherzen, dann leiser hinzufügen: „Ich werde es ihr sagen. Sie wird es schon machen. Sie ist eine Brave."

„Nicht die Hellste, aber sie hat Talente." Der Bürgermeister lacht röchelnd. Gleich darauf schlägt die Haustür zu.

Sein Lachen ist fast das Schlimmste, das möchte Maria ihm aus der Kehle schneiden.

„Ein Schnapserl?", fragt die Chefin in ihrem Rücken und stellt ihr gleich das Stamperl neben das Brett mit dem Speck, ohne ihre Antwort abzuwarten. Daneben legt sie einen Zwanzig-Euro-Schein, vier Euro-Münzen und zwei 50-Cent-Stücke. „Dein Anteil."

Maria kippt den Schnaps, steckt den Schein in die Tasche des Frotteebademantels und stopft sich Speck in den Mund. „Ich mach das nicht mehr."

Die Chefin lacht auf und füllt Marias Glas nach, stößt ihr eigenes dagegen. „Prost! Der Bürgermeister war hochzufrieden. Er hätte gern, dass du beim nächsten Mal ...", sie legt ihren Mund an Marias Ohr und flüstert.

Maria schüttelt den Kopf und leert ihr Glas.

„Geh, ausnahmsweise! Hundert, nur für dich! Und halb so wild, wirklich, eine Spielerei. Das ist alles nur im Kopf, wie bei den Sportlern. Denk's dir einfach schön oder denk an was anderes! Du machst nichts Falsches. Es war doch immer schon so."

Die Hand der Chefin klebt auf ihrer Schulter. Maria will sie abschütteln, doch die andere spürt wohl, dass ihr Widerstand sich darauf nicht beschränken wird, und schließt die Lücke, drückt Maria an den Unterschrank, dass der metallene Ladengriff ihren Oberschenkel quetscht.

„Au!"

„Aber was denn, was denn, meine Liebe?" Die alte Hexe verlagert ein wenig das Gewicht und packt Marias Schultern. „Wir sind doch ein gutes Team, das beste! Wenn ich jünger wäre, tät ich selber, das kannst du mir glauben. Stell dir vor, es gibt sogar neue Interessenten! Wenn wir die Frequenz nur ein bisserl erhöhen, können wir auch über deinen Anteil reden, 60:40 für dich, und du sparst dir richtig was, bevor du weiterziehst." Ihre Stimme, ihr Atem so nah an Marias Ohr, an ihrem Hals. „Natürlich kannst du gehen, wenn du nicht mehr magst, *Maria*, keine Polizei, kein gar nichts, versprochen! Wenn du nur noch ein paar Wochen weitermachst. Wir haben den Bürgermeister auf unserer Seite. Das ist alles andere als selbstverständlich."

Die massige Frau in ihrem Rücken, einen halben Kopf größer und doppelt so schwer, lässt sie los, stützt die Arme zu beiden Seiten neben ihr auf die Arbeitsplatte, klemmt sie dazwischen ein, drückt sich an sie, dass ihr der Atem wegbleibt. Obwohl vorne ja Platz ist über dem Küchenkastl. Was ist denn los mit ihr? Maria schnappt nach Luft. Nicht einmal die Tränen kann sie sich abwischen, ihr linker Arm ist eingequetscht und in der Rechten hält sie noch immer das Speckmesser, die Fingerknöchel weiß um den Griff. Ein heißes Knistern tobt in ihrem Bauch, in der Brust, hinter den Augen. Lang hat sie nicht mehr geweint. Doch das bisschen Wasser reicht nicht, um das Brennen zu löschen.

Wie Maden liegen die Finger der Hexe auf der marmorierten Arbeitsplatte. Zehn Maden mit perlmuttfarbenen Kopfpanzern, drei von ihnen mit Silberringen geschmückt. Keuchend beugt Maria sich vor, um dem Druck von hinten auszuweichen. Doch die Chefin lacht unfroh und hält den Kontakt, presst Busen und Bauch an sie, dass es sie fast verschluckt.

„Maria, Maria, Maria, was stellst dich denn so an? Du bist ja ganz hysterisch."

Dabei hat sie keinen Ton gesagt, zittert nur ein wenig, während sie versucht nachzudenken, nicht zu schreien. Warum nicht schreien? Soll sie nach Robin rufen? Doch was kann der schon ausrichten? Ihre Hand bebt so heftig, dass das Messer im Takt ihres Herzschlags auf die Arbeitsplatte schlägt. Sie hebt die Hand, damit das Geklapper aufhört. Sie will das nicht tun. Immer ist es besser stillzuhalten und sie hält ja still, nur ihre Hand, die –

In ihrem Rücken löst sich der Druck, in ihrem Inneren ebenso, ergießt sich heulend in den Raum, und sie weiß nicht einmal, ob sie selbst schreit oder die Chefin, sieht nur eine Made und eine halbe auf der Arbeitsplatte liegen, die Perlmuttköpfe makellos, und fühlt sich grenzenlos erleichtert.

Blut quillt aus den Maden, Blut spritzt aus den Fingerstümpfen, Blut auf dem Speck, auf dem Messer, ihrer Hand. Zögernd dreht sie sich um.

Maria füllt den Pappbecher mit lauwarmem Milchkaffee, leert ihn in einem Zug. Dass sie schon wieder einen derartigen Durst hat. Sie gießt noch ein wenig nach und reicht dem Fahrer des Molkereiwagens seine Thermosflasche zurück.

„Was ist das da auf deiner Hand? Die Flecken." Mitten im Nirgendwo geht er vom Gas, drückt auf den Taster der Warnblinkanlage und fährt rechts an den Straßenrand. Er dreht das Innenlicht auf, starrt auf ihre Hand und versenkt seine Linke im Türfach, ohne sie aus den Augen zu lassen.

Blut ist es. Richtig deutlich wird das, als sie versucht, den größten Fleck mit Spucke wegzureiben. Das Braun verschwimmt zu hellem Rot. Vor Schreck kippt sie den Becher und schüttet sich den Kaffee über die Hose. Hätte sie bloß nichts von dem Gesöff getrunken, das ohnehin zu süß ist, um ihren Durst zu löschen. Sie stellt den leeren Becher auf das Armaturenbrett. Das Rauschen in ihrem Kopf trägt sie davon, während sie auf den Fleck auf ihrer Hand schaut, der bereits trocknet, schlierig und heller als zuvor, als er eher den Altersflecken auf den Händen der Mutter geglichen hat.

Neben ihr der Fahrer. Fast hat sie ihn vergessen können. Er atmet schwer, sagt nichts. Sie legt die Hände in den Schoß. Warum nur hat sie sich nicht ordentlich gewaschen, bevor sie weg ist? So dumm! Angezogen hat sie sich doch auch, obwohl ihr die Erinnerung daran fehlt. Wenn sie einfach nichts tut und lächelt, vielleicht fährt er dann weiter. Ist ja nichts.

„Steig aus!", fordert er mit fast versagender Stimme. „Bitte!"

Wahrscheinlich der erste Mensch, der sie fürchtet. Das muss er nicht. Das soll er nicht. Und doch bringt erst das ihr die Kraft, den Mund aufzumachen. „Mein Blut ist das."

Sie stammelt etwas von einem Angriff. Ihr Mann, vor dem sei sie auf der Flucht, er wolle sie umbringen. Das klingt realistisch, Blutvergießen ist Männersache. Die Wahrheit, die sie selbst nicht kennt, wird ihr niemand glauben.

„Du blutest aber nicht", sagt der Fahrer, seine Stimme wieder fest, die Angst angesichts ihrer Unsicherheit offenbar verflogen. „Ich will keine Schereien. Raus jetzt!"

„Hier? Was soll ich denn ... Es regnet."

„Das ist nur Nebelreißen." Er zeigt auf das Navi. „Vier Kilometer bis zum nächsten Ort, das schaffst du auch zu Fuß."

„Bitte!", fleht sie. „Nur bis dort."

Grimmig schüttelt er den Kopf. Ihr unterwürfiger Ton macht ihn stark. „Raus, sofort, sonst ..." Er zieht die Hand aus dem Seitenfach, hebt drohend einen Klauenhammer, klein, aber groß genug, um ihr mit ein paar kräftigen Hieben den Schädel einzuschlagen.

Trotzdem überlegt sie, einfach sitzen zu bleiben. Was kann er schon tun? Er wird nicht wirklich ... Und wenn schon! Sie presst die Lippen zusammen, schaut ihm in die Augen. Schlag zu, denkt sie, schlag mich tot, wenn du dich traust!

Wie ein Gnu sieht er sie an, mit großen, feuchten Augen. Zaghaft ruckt er mit dem Hammer. Sie könnte zupacken, ihm das Werkzeug mit einem kräftigen Ruck entwinden. Was, wenn sie selbst zuschlagen würde? Wie wäre das, wie würde sie sich fühlen, nachher? Ihn aus dem Wagen stoßen, weiterfahren. Thelma ohne Louise. So einfach könnte das sein. Und am Ende in den Abgrund fahren, aus freiem Willen ein Ende setzen. Sie lacht auf, sieht ihn zusammenzucken und weiß, wie er sich fühlt. Sie lässt den Hammer in Gedanken fallen, hört ihn im Fußraum dumpf aufschlagen.

Er taucht wieder auf in der Hand des Fahrers. „Wenn ich meinen Zeitplan nicht einhalte ..." Seine Stimme wird leiser, bricht ab.

Ob er nun Angst hat oder nicht, länger hält sie es nicht aus. Ganz plötzlich kommt ihr die Erkenntnis, dass sie neben einem sitzt, der eine misshandelte Frau mit einem Hammer bedroht, anstatt ihr zu helfen.

Steig aus, denkt sie. „Steig aus", sagt sie leise und hört gleich, dass es keine Aufforderung ist, der er Folge leisten wird. Also bleibt ihr nichts übrig, als selbst zu gehorchen. Sie lässt die Tür aufschnappen, springt aus dem Wagen, reißt den Koffer aus dem Fußraum und schlägt die Tür zu.

Der Motor heult auf, die Kupplung kracht, die Rücklichter entfernen sich.

Neben der Straßenmarkierung franst der Asphalt aus, verliert sich zwischen Unkraut und feuchter Erde. Einen halben Schritt weiter und Maria wäre mitsamt ihrem Koffer die Böschung hinabgestürzt. Sie schluckt den Schreck hinunter. Hier kann sie nicht stehenbleiben, sonst schießt der nächste Wagen sie ab. Doch in welche Richtung soll sie sich aufmachen? Der letzte Ort ist außer Sichtweite, der nächste ebenso. Sie kann nur hoffen, dass er hinter der Geländekuppe liegt. Häuser oder Gehöfte sind in der Finsternis nirgends auszumachen. Die einzigen Lichter kommen von der fahlen Beleuchtung um einen Komplex containerartiger Fabriks- oder Lagerhallen, die ein Stück weiter zu ihrer Linken am Fuß des bewaldeten Hanges hingewürfelt liegen. Die Konturen verschwimmen in der feuchten Luft. Sie hat keine Wahl. Sie muss weg von der

Straße. Zweihundert Meter werden es sein bis zur Abzweigung.

Scheinwerfer schießen auf der Gegenfahrbahn näher, schwanken, als der Fahrer in dem Moment das Steuer verreißt, da Maria vom Lichtkegel erfasst wird. Das Schrillen der Hupe bläst sie fast von der Fahrbahn. Sie fällt in einen unregelmäßigen Laufschritt, rennt an gegen die Angst, so schnell es ihre Erschöpfung und der hinter ihr her schleudernde Koffer erlauben. Den halben Weg hat sie geschafft, bevor das Rumpeln des Trolleys in ihr Bewusstsein dringt, eine beruhigend stetige Untermalung ihres keuchenden Atems.

Als sie die Abzweigung zu den Industriegebäuden erreicht, geben ihre Knie vor Erleichterung nach. Sie hält sich an der Stahlkonstruktion mit dem blechernen Firmenschild fest, lehnt sich an. Noch immer sind die Gebäude in der feuchten Luft nur schemenhaft zu erkennen, drei Quader in Grün, Gelb und Violett. *Landwirtschaftliche Maschinen und Förderbänder* steht unter dem Firmenlogo auf dem Schild an ihrer Seite. Hoffentlich findet sie dort ein trockenes Eck.

Sie muss sich etwas ausdenken für den Fall, dass jemand aufpasst, ein Nachtwächter. Eine glaubwürdige Geschichte braucht sie, damit es ihr nicht ergeht wie vorhin mit dem Molkereiwagenfahrer. Am feuchten Wiesenrain reibt sie sich die Blutflecken von der Hand, dann marschiert sie auf die Gebäude zu. Gegen ihren Instinkt hält sie sich mitten auf der Fahrbahn, um schon von weitem gesehen zu werden.

Eine Geschichte. Mehr hat sie ohnehin nicht zu bieten, weil sie nicht genau weiß, was wirklich geschehen ist, obwohl sie die Wahrheit im Hinterkopf lauern spürt. An das quellende Fleisch der Chefin in ihrem Rücken erinnert sie sich, fühlt wieder, wie es ihr den Atem raubt. Das schwere Messer in ihrer Hand und dass etwas aufbricht in ihrer Mitte. Dann steht sie schon mit dem gepackten Koffer unter der Straßenlaterne am Ortsausgang und winkt dem Lieferwagen, der anhält und sie einsteigen lässt. Dazwischen Bildausfall. Zu Ihrer eigenen Sicherheit werden alle nicht lebensnotwendigen Systeme vorübergehend abgeschaltet.

Meistens ist nichts, wenn sie ihre Aussetzer hat. Ein paar Minuten auf Autopilot, bevor sie wieder eingreift. Aber diesmal – was hat sie angerichtet? Verwaschene Bilder. Das Messer, die Madenfinger, das Blut auf ihrer Hand. Robin. Sie hat ihn schreien gehört. Ist er in die Küche gekommen oder bildet sie sich das ein? Hat sie ihn gerufen? Weggelaufen ist sie, so viel ist sicher, hat anscheinend in aller Ruhe gepackt, nachdem sie der Chefin zwei Finger abgehackt hat. Dieses Bild sieht sie inzwischen deutlicher. Das muss sie getan haben. Jetzt glaubt sie sich auch an das Gefühl zu erinnern, glaubt das Knacken des Knochens zu hören. Aber wie soll das gehen: Finger mit dem Messer abhacken? Sie ist auch gar nicht der Typ für Gewalt. Oder doch? Was weiß sie schon von sich?

Sie lässt den Koffer stehen, eilt die paar Schritte zum Straßenrand und übergibt sich in den Graben. Was für eine Erleichterung das ist! Als sie sich aufrichtet, hört sie es unten rascheln. Ein kleines Tier, das sich auf ihr Erbrochenes stürzt. Sie wischt sich den Mund mit einem Papiertaschentuch ab, schaut an sich hinunter in der vagen Erwartung, dass Teile von ihr fehlen könnten, ein Abbild der Löcher in ihrer Erinnerung.

Hundegebell. Jetzt hält Maria erst recht still. Ein Scheinwerfer flammt neben einem der Gebäude auf, schwenkt umher, erfasst sie, kommt zur Ruhe. Das Licht wirkt körperhaft in der mit Tröpfchen gesättigten Luft, schließt sie ein. Auf ein fernes Kommando hin stürmt ein großer Hund auf sie zu, stemmt die Beine vor ihr in den Boden und entblößt knurrend die Zähne. Ein Deutscher Schäfer.

„Na du", wispert Maria. Es ist ihr egal, ob er sie beißt. Ein Loch mehr oder weniger ... „Gut gemacht, guter Hund! Hast mich gestellt, hast mich erwischt. Aber du musst mich nicht beißen. Sonst tut es dir womöglich nachher leid."

Tut ihr leid, was sie vor wenigen Stunden getan hat? Was auch immer das ist. Sollte es ihr leidtun? Würde sie von einer hören, die in einer Notlage zur Prostitution erpresst wird und sich nicht anders zu helfen weiß als durch einen Stich, einen Schnitt, dann gälte ihr Mitleid der und nicht jenen, die sie missbraucht haben. Wenn jemand sie fragen würde.

Eifrig knurrend und bellend reckt der Hund sich ihr entgegen. Sie öffnet die Fäuste, zeigt ihm die Handflächen. Das zusammengeballte Taschentuch fällt zu Boden. Der Hund zuckt. Er tut ihr leid, hin- und hergerissen zwischen ihrem beschwichtigenden Gemurmel, dem Geruch aus dem Graben und dem herabgefallenen weißen Taschentuch-Ball, der sich rasch mit Regenwasser vollsaugt und zerfällt. Der Hund bleibt stark, bleibt stehen. Wie ein eifriger Beamter kommt er ihr vor.

„Als ich klein war, habe ich auch einen Hund gehabt, nicht so einen großen wie dich – nur einen Cockerspaniel. So ein schöner, starker Hund bist du", murmelt sie in singendem Tonfall.

Er hört auf zu knurren und legt den Kopf schief, als dächte er über ihre Worte nach. *Nur* einen Cockerspaniel, hat sie gesagt. Verräterin.

Das Licht und der Mann, der es hält, sind vielleicht noch zehn Meter entfernt. Sie hört ihn schnaufen. „Was haben Sie hier zu suchen, mitten in der Nacht?"

„Ich bin", Maria schluckt, „auf der Flucht?" Sie hält sich die gespreizten Finger vor die Augen, versucht, die Reaktion des Mannes hinter der blendenden Lampe einzuschätzen, kann nichts erkennen. „Auf der Flucht. Vor meinem Mann", fügt sie hinzu. „Er hat mich mit dem Messer ..."

Der Wachmann senkt das Licht. „Aus! Bei Fuß!" Schwanzwedelnd begibt sich der Hund an seine Seite. Der Mann zieht sein Telefon aus der Brusttasche. „Ich ruf die Polizei."

„Nein!"

„Warum nicht? Die kümmern sich um Sie. Hier werden Sie ja nicht bleiben wollen."

„Die werden mir nicht glauben. Sie werden ..." Maria stockt. „Sie werden mich zu ihm zurückbringen."

„So ein Blödsinn!"

„Mein Mann ist Polizist." Sie hält den Kopf gesenkt, so ist das Lügen leichter. „Ich bin schon einmal weggelaufen. Diesmal bringt er mich um." Wie in diesem Film, denkt sie. Sie ist jetzt die Frau aus dem Film, die Schauspielerin mit dem großen Mund, der Name fällt ihr nicht ein, große Augen, große Nase, ganz anders als sie. „Er hat mich wieder, immer wieder – Sie wissen schon." Die Stimme klein. „Er trinkt. Ich hab heimlich den Koffer gepackt und bin raus. Nur weg."

Skeptisch zieht der Wächter die Mundwinkel hinab. „Mitten in der Nacht?"

„Er hat Dienst."

„Zu Fuß? Über die Bundesstraße?"

Warum macht er es ihr so schwer? „Den Autoschlüssel hat er weggesperrt. Was hätte ich denn machen sollen?" Sie schluchzt und das Schluchzen ist echt. Sie weiß ja wirklich nicht mehr weiter, hat sich das alles nicht gründlich genug überlegt.

„Bei den Nachbarn klingeln?"

„Ich hab Angst gehabt, dass die ihn verständigen. Legt sich ja niemand an mit ihm."

„Und jetzt? Was soll ich mit Ihnen?"

„Ich hab gehofft, ich darf hier abwarten, bis es hell wird. Dann kann ich per Anhalter oder vielleicht mit dem Bus ..."

„Na, stellen Sie sich vor, wenn er Sie beim Autostoppen

erwischt! Rufen Sie eine Freundin an oder Ihre Eltern, was weiß ich. Irgendjemanden, der Sie abholen kann."

„Mein Handy hab ich liegenlassen."

Der Wächter streckt ihr sein Telefon entgegen.

„Meine Mutter ist kürzlich gestorben. Ich hab niemanden."

„Herrgott nochmal!", brummt er und schwenkt den Lichtkegel in Richtung des gelben Gebäudes. „Wenn es unbedingt sein muss, kommen Sie halt kurz herein, zum Aufwärmen."

Sie kann selbst kaum glauben, dass sie es geschafft hat. Wie viel sie erzählt hat. Wie leicht ihr das Lügen gefallen ist, wo sie doch den Mund nie aufbringt, wenn es um die Wahrheit geht.

Der Wächter hat sich den Koffer geschnappt und geht voran. Sein rechtes Knie ist steif, was seinem Gang etwas Schlingerndes verleiht. Der Hund hält sich an seiner Seite. Immer wieder wendet er den Kopf. Maria kommt es vor, als lächle er ihr aufmunternd zu. Sie folgt Mann und Hund über einen Parkplatz, um das Eck des gelben Gebäudes herum und über Gitterstufen hinauf auf eine betonierte Ladeplattform an der Schmalseite. Der Wächter öffnet die neben dem Rolltor eingelassene Tür. Leuchtstoffröhren flackern auf.

Mit einem Fuß schon über der Schwelle hält Maria inne, schaut hinein in den hohen, kahlen Raum. Ein paar Meter weiter ragen Stahlregale in die Höhe, lösen sich in der Dunkelheit unter der Decke auf wie Wolkenkratzer im Nebel. Sechs Meter hoch sind sie mindestens, vielleicht auch acht oder zehn. Die parallelen Riegel bilden enge Schluchten, die sich scheinbar unendlich in die Tiefe des Raumes ziehen. Auf der freien Fläche davor ruhen Gabelstapler wie riesige Insekten, die jeden Moment erwachen könnten.

Wenn sie über die Schwelle tritt, ist sie dem Mann ausgeliefert. Niemand wird ihre Schreie hören. Sie sieht ihn ihren leblosen Körper auf einen Stapler verladen und an einer unzugänglichen Stelle des Lagers verstauen.

Der Nachtwächter und sein Hund sind inzwischen bei einem verglasten Würfel schräg gegenüber dem Eingang angekommen, der auf einer Seite von einer Art grauem Blechcontainer begrenzt wird. Monitore flimmern, eine Stehlampe verbreitet warmes Licht. Der Mann dreht sich um. Er ist sicher über sechzig, groß und drahtig, schlecht rasiert, hat schütteres Haar und trägt einen flaschengrünen Overall unter dem khakifarbenen Anorak. Seine Haut sieht grau aus im Licht der Leuchtstoffröhren, die jedes Detail erbarmungslos ausleuchten.

„Worauf warten Sie? Hier ist es warm. Machen Sie schon die Tür zu, es zieht!"

Sie hat sich gewünscht, dass ihr jemand hilft. Wie sieht es denn aus, wenn sie jetzt wegrennt? Außerdem hat er ihren Koffer und einen abgerichteten Hund, der sie mühelos einholen wird. Maria betritt die Halle und schließt die Tür. Der Schlüssel steckt innen. Sie zieht den Bund ab und versenkt ihn in der Manteltasche. So kann er sie wenigstens nicht einsperren. Als sie bei dem Glasabteil ankommt, füllt der Wächter gerade den Wasserkessel. Er bewegt sich schleppend, ein gutes Zeichen. Er ist zu müde, ihr etwas anzutun.

„Schwarz, Früchte oder Pfefferminz?", fragt er.

„Schwarz, bitte."

Er deutet auf das Sofa. Eine zerknautschte, beige Kunstfelldecke liegt dort. Maria schüttelt sie aus, faltet sie sorgfältig und legt sie über die Rückenlehne, bevor sie sich in der Mitte der Sitzfläche niederlässt, ohne sich anzulehnen, die Hände auf den geschlossenen Knien. Der Wächter zieht seine Jacke aus und hängt sie an einen Haken neben der Tür, die er bei der Gelegenheit schließt. Er streckt die Hand aus. „Geben Sie mir Ihren Mantel!"

Maria schlingt die Arme um den Oberkörper, als friere

sie, obwohl sie regelrecht dampft in dem gut geheizten Raum und schon spürt, wie ihre Achselhöhlen feucht werden. Sie kommt sich vor wie ein Schaf, das sich freiwillig mit einem Wolf in einen Käfig begeben hat. Hysterisch ist sie, diesmal wirklich.

Als der Wächter ihr die Tasse mit dem darin schwimmenden Teebeutel reicht, bleibt er einen Moment lang vor ihr stehen, als erwarte er, dass sie neben sich auf dem Sofa Platz macht. Schließlich seufzt er und lässt sich auf der einzigen anderen Sitzgelegenheit nieder: dem Drehstuhl, der vor dem Tisch mit den Überwachungsmonitoren steht. Seine Tasse in der Hand rollt er näher, flucht, als Flüssigkeit auf seinen Oberschenkel schwappt. Keinen Meter entfernt sitzt er ihr gegenüber und linst unter schweren Lidern auf sie herab.

„Sie sind ja auch eine fesche Frau", sagt er. „Kann man direkt verstehen, dass Ihr Mann da eifersüchtig ist."

Maria schweigt. Hat sie gesagt, dass ihr Fantasie-Mann eifersüchtig ist, oder versteht sich das von selbst? Dass sie nicht hübsch ist, weiß sie jedenfalls.

Der Wächter sitzt zwischen ihr und der Tür, lächelt unbeholfen oder verschlagen. An der Brusttasche seines Overalls ist ein Wäscheband angenäht, auf dem sein Name steht: Hans Leitner. So normal. Das sind manchmal die Schlimmsten. Aber wird schon nichts sein. Sie hat genug durchgemacht heute und in den letzten Wochen und überhaupt. Niemand kann immer Pech haben. Falls doch, könnte sie ihm den Tee ins Gesicht schütten und rennen, notfalls ohne den Koffer, die Tür der Halle hinter sich zusperren. Wenn der Hund nicht zwischen ihr und der Tür liegen würde, die Schnauze auf den Vorderpfoten.

Von nun an wird sie sich immer einen Fluchtplan zurechtlegen.

„Haben Sie Zucker?"

Er nickt, ohne den Blick von ihr abzuwenden, beugt sich vor, beide Handflächen um seine Tasse geschlossen.

„Sie können sich hinlegen. Sind noch gut drei Stunden, bis es hell wird, zwei, bis jemand hier auftaucht. Die Schuhe müssten S' halt ausziehen und den feuchten Mantel."

„Danke." Maria schüttelt den Kopf. „Wie heißt er?" Sie deutet auf den Hund.

„Evita."

„Nach dem Musical?"

Er nickt, lehnt sich zurück, rotzt geräuschvoll auf und schluckt.

„Sie sind verheiratet?"

Seine Augenwinkel, seine Mundwinkel wie von Gewichten herabgezogen, jede Falte in seinem Gesicht weist abwärts. „Sicher."

„Glücklich?"

„Wie es halt ist nach vierzig Jahren."

„Würden Sie Ihre Frau schlagen, wenn Sie eifersüchtig sind?"

„Normal nicht." Er schürzt die Lippen und starrt in seinen Tee. „Ab und zu rutscht doch jedem die Hand aus, das ist noch längst keine Gewalt in dem Sinn." Er blickt auf. „Mit dem Messer, das ist schon ein anderes Kaliber. Das würde ich nie!" Er seufzt. „Die Leut' sind so empfindlich geworden. Heutzutage darf man ja nicht einmal mehr die Kinder abwatschen, und wenn sie noch so darum betteln. Wie ich ein Kind war, hat keiner groß nachgedacht, bevor er links, rechts ..." Seine Hand peitscht durch die Luft. „Und – hat's mir geschadet?"

Maria schweigt. Was soll sie auch sagen.

„Haben Sie Kinder?", fragt er.

„Leider nein."

„Seien Sie froh! Sein Leben lang strudelt man sich ab, um ihnen alles zu ermöglichen, und dann sind sie auf und davon."

Maria legt den Kopf schief wie der Hund, der sie anschmachtet. Eifrig leckt er ihre Hand, die mit dem Blut, von dem jedoch nichts mehr zu sehen ist.

„Gerade, dass sie zu Weihnachten und zum Geburtstag noch vorbeischauen", klagt der Wächter.

„Ich bin Ihnen wirklich sehr dankbar, dass Sie mir Unterschlupf gewähren. Hätte nicht jeder getan", sagt Maria artig.

„Darauf können Sie Gift nehmen!" Er richtet sich auf, sinkt gleich wieder zusammen. „Ich bin eigentlich nicht befugt."

„Ich werde für Sie beten", sagt Maria.

Die Augen des Wächters leuchten auf. Es muss also wirklich ein Kreuz sein, das an der Goldkette hängt, die aus dem offenen Kragen des Overalls hervorblitzt.

„Wissen Sie, mein Mann hat mir die letzten Jahre verboten, in die Kirche zu gehen. Das wird das Erste sein, was ich mache, dass ich mich bei der Gottesmutter für meine Rettung bedanke und für Sie bete." Bescheiden senkt sie den Blick, nippt an ihrem Tee. Es wird schon mit dem Lügen. Hoffentlich hat sie nicht zu dick aufgetragen.

Der Wächter brummt etwas Unverständliches und steht auf. Er rumort in einer Schreibtischlade und kommt mit einem zerdrückten Zuckersäckchen und einer geöffneten Blechdose zurück, hält sie ihr unter die Nase. „Nehmen Sie!" Der Boden ist kaum noch bedeckt mit Mannerschnitten und Bröseln.

Maria schüttelt dankend den Kopf und leert Zucker in ihre Tasse, bewegt in Ermangelung eines Löffels den Teebeutel hin und her.

Der Wächter schüttelt die Dose. „Na los, nehmen Sie schon!"

„Vielen Dank!" Gehorsam knabbert Maria an der abgestandenen Süßigkeit. „Haben Sie eine Idee, wie ich von hier nach Salzburg komme?" In der Stadt wird es einfacher sein unterzutauchen.

Der Wächter lehnt sich zurück, den Blick an die Zimmerdecke gerichtet, schiebt die Lippen hin und her. „Vielleicht, dass einer der Lieferanten Sie mitnehmen kann.

Die meisten müssen in die Richtung, zur Autobahn." Er kippt so plötzlich nach vorn, dass die flexible Lehne ihm ins Kreuz schnalzt. „Himmelherrgott!" Er reibt er sich den Rücken. „Mir fällt nur gerade ein: Wenn Ihr Mann bei der Polizei ist und so weiter, dann wäre es vielleicht besser, wenn niemand erfährt, dass Sie hier waren. Ich bin nicht scharf drauf, dass der hier aufkreuzt."

Maria nickt.

„Ich will keinen Ärger."

„Natürlich nicht!" Wieder nickt Maria. „Danke für den Tee." Sie ist doch viel zu müde, um sich schon wieder auf den Weg zu machen.

„Ich bin nicht befugt."

„Von mir erfährt niemand etwas, versprochen."

„Also, wenn die Tasse leer ist ..." Unter unglücklich gefalteter Stirn sieht er sie an. „Es ist ja auch eine Frage der Sicherheit. Die ist meine Aufgabe."

Mehr als zwei Schlucke sind nicht mehr drin in Marias Tasse. Sie seufzt. Auch der Wächter seufzt. Soll sie vor ihm auf die Knie gehen, ihn anflehen, ihren Kopf in seinen Schoß legen und ihm sagen, dass sie ihm jeden Gefallen tut, wenn er sie hierbleiben lässt? Einmal mehr oder weniger ... Obwohl er sich sicher länger nicht gewaschen hat. Schräg von unten schaut sie ihm zum ersten Mal direkt in die Augen, um herauszufinden, ob er empfänglich ist für solche Angebote. Irgendetwas sieht er wohl in ihrem Gesicht, denn er stößt sich ab und rollt rückwärts, murmelt etwas von einer halben Stunde. Ein weiterer Fußstoß und er trudelt auf seinem Bürosessel zum Tisch mit den Monitoren zurück, knallt die Keksdose in die Lade und schaltet geschäftig zwischen verschiedenen Kamerapositionen hin und her, als hätte Maria ihn bereits verlassen.

Sie gestattet sich, den Rücken gegen die Lehne sinken zu lassen. Ihre Hände umschließen die im Schoß abgestellte Tasse mit dem erkaltenden Tee, die nicht leer werden darf.

Eine Kaskade wüster Verwünschungen schreckt Maria auf. Kein Filmriss diesmal. Eingeschlafen ist sie, der Nacken steif, die Mundhöhle trocken. Schief lehnt die Tasse zwischen ihren Oberschenkeln. Sie spült sich den Mund mit dem kalten Rest und schluckt.

„Ein solch ein verfluchter Scheißdreck, ein elendiger, ausgerechnet der Aff, der leidige, der Hosenscheißer ..." Der Wächter schimpft vor sich hin, den Blick auf den Bildschirm geheftet, die Hände mit seitlich angewinkelten Armen auf die Tischplatte gestützt, als wollte er aufspringen und brächte die Kraft nicht auf. „Neffe vom Chef ... unchristliche Zeit ... Was mach ich jetzt mit dir?" Sein Blick flackert zwischen Maria, dem Hallentor und dem Monitor hin und her. „Was hat der Hundsfott da zu suchen?"

Wenn der, der da kommt, nur halb so schlimm ist, wie der Groll des Wächters vermuten lässt, muss sie weg, sich verstecken. Doch es gibt keinen Winkel hier, der durch die Glaswände nicht einsehbar wäre. Maria steht auf, tritt hinter den Wachmann. Der Monitor ist in Felder unterteilt, die unterschiedliche Ansichten des Geländes zeigen. Unwirklich angestrahlt von der Außenbeleuchtung und dem über den Horizont kriechenden Sonnenlicht zeichnet sich ein dunkler SUV ab, der auf eine der Kameras zufährt, aus dem Bild verschwindet, um im nächsten Fenster wieder aufzutauchen und, von der Ladeplattform einer Halle halb verdeckt, anzuhalten. Ein schlanker Mann mit breiten Schultern steigt aus, richtet sich die Hose im Schritt. Der Wächter sitzt immer noch da wie gelähmt.

„Wo soll ich mich verstecken?", flüstert Maria, noch heiser vom Schlaf.

„Was weiß ich? Wenn ich den Job verliere ... Die Schulden zahlen sich nicht von selber ab." Mit einer Hand umschließt er das Goldkreuz unter seiner Kleidung, formt mit den Lippen ein lautloses Stoßgebet. Heilige Maria Mutter Gottes hilf! Mit einer Miene, als trete er den Weg zur Schlachtbank an, steht er endlich auf, eilt zur Tür des gläsernen Verschlags und humpelt steifbeinig auf das Hallentor zu, Evita an seiner Seite.

Draußen steigt der Neuankömmling die Stufen hinauf, die auf die Entladeplattform einer Halle führen. Auf dem Monitor ist nicht zu erkennen, welche Halle es ist, da die anderen beiden nicht im Bild sind. Bei ihrem Glück und der Panik des Wachmanns wird es wohl die sein, in der sie sitzt, die gelbe. Es ist zu spät, um sich mit dem Koffer im Schatten der Lagerregale zu verbergen. Der Wächter erreicht die Hallentür, reißt sie auf. Maria hört gerade noch, wie er den Neuen in beflissenem Ton anspricht, dann fällt die Tür wieder ins Schloss und die Rückenansicht des Wächters erscheint im Bild.

Sie faltet die Hände vor der Brust und versucht es nun ebenfalls mit einem Gebet.

Sie sieht den Fremden mit dem Wachmann sprechen, während er sich streckt und auf den Rand der Entladeplattform zuschlendert. Er deutet aus dem Bild in die Richtung, aus der es nun immer heller wird, und zieht ein Zigarettenpäckchen aus der Brusttasche seines Sakkos, hält es dem Wachmann hin. Trotz der frühen Stunde wirken seine Bewegungen dynamisch und selbstsicher. Er streicht sich den langen Haarschopf aus der Stirn, zündet sich eine Zigarette an und setzt sich in seinem Anzug auf den Rand der staubigen Plattform, eine dunkle Silhouette gegen den Sonnenaufgang. Ob man sich diese Sorglosigkeit angewöhnen kann oder damit geboren werden muss, fragt sich Maria. Wer sich wohl um seine Wäsche kümmert?

Der Wächter tritt von einem Fuß auf den anderen, schaut über die Schulter in die Kamera, die über der Tür montiert sein muss. Will er, dass sie in der Halle bleibt, dass sie sich versteckt, dass sie ihm zu Hilfe kommt? Es kann unangenehm werden, wenn der Neffe hereinkommt und sie hier sitzen sieht. Aber ist es nicht noch schlimmer, wenn er sie dabei erwischt, wie sie zwischen den Regalen verschwindet? Sie hört sich atmen, schnell und flach. Denk nach, denk nach, denk nach!

Sie lockert ihr Haar mit den Fingern, zupft die Kleidung zurecht, klopft sich die Wangen und streift mit den Zähnen über die Lippen. Wenn sie schon von so einem Geschniegelten erwischt wird, will sie nicht zu abgekämpft ausschauen. Die Erfolgreichen, die Jungen, die Glänzenden, die schrecken zurück vor den Grautönen der Erschöpfung. Das ist ihr einfach so eingefallen. Ein schlechtes Zeichen. Mit krausen Gedanken fängt es oft an. Sie schüttelt heftig den Kopf, presst die Daumennägel in die Zeigefinger. Nur jetzt keinen Filmriss!

Einen Moment lang hat sie den Monitor nicht beachtet und schon ist alles anders. Der Wächter ist verschwunden, nein, in eines der anderen Fenster gewandert, wo er eine freie Fläche überquert. Steif wie ein Automat geht er auf die grüne Halle zu. Evita an seiner Seite sieht sich alle paar Schritte um, will wohl den Neffen nicht aus den Augen lassen. Der macht gerade ein Handyfoto vom Sonnenaufgang und schnippt, nach einem letzten Zug, den Zigarettenstummel weg. Er steht auf, klopft sich den Hosenboden ab und kommt auf die Kamera zu.

Mit zwei Schritten ist Maria beim Sofa, setzt sich in die Mitte wie vorhin, die Hände auf den Oberschenkeln, den Rücken angelehnt, und versucht dreinzuschauen, als wäre nichts. Mehr geht sich nicht aus, bevor die Hallentür aufspringt und der Neffe über die Schwelle spaziert. Mit langen Schritten kommt er geradewegs auf sie zu, ohne die Miene zu verziehen. Wenn einer befugt ist, dann er. Maria möchte sich ducken vor ihm, doch auch dafür ist es zu spät. Gleich durchschlägt ihr Herz die Rippen. Mit trockenen Augen starrt sie dem jungen Mann entgegen, sieht ihn knapp an dem Glaswürfel vorbeischneiden und hinter dem Eck des grauen Würfels daneben verschwinden.

Er hat sie nicht gesehen. Wenn sie jetzt losrennt, die Tür von außen zusperrt und hofft, dass er den Zündschlüssel hat stecken lassen … Aber sein Telefon hat er ja bei sich. Und draußen ist der Wächter mit dem Hund. Wie kann es sein, dass der Mann sie nicht sieht, obwohl er auf sie zukommt und sie in einem erleuchteten Glaskäfig sitzt? Träumt sie das alles nur? Liegt sie in Wahrheit neben dem Fettsack, zwei Zimmer weiter die Chefin und alle Madenfinger noch dran? Sie zwickt sich in den Handrücken, spürt nichts außer ihrem rasenden Herzen. Ein Traum.

Sie schließt die Augen, lauscht in die Stille, weiß nicht, was sie sich wünschen soll, bis sie ein leises Rauschen zu hören meint, wie von einer Wasserleitung. Kaum hörbar fällt eine Tür zu, leise zittert die Luft.

Sie öffnet die Lider, sieht den Neffen, vielleicht drei Meter entfernt, halb von hinten vor der Glaswand stehen. Eine Hand steckt hinten in der Hose, zupft am Rand der Unterhose. Zupft noch einmal von außen. Er schüttelt das linke Bein, schüttelt das rechte. Dann schlendert er in Richtung Ausgang. Maria wagt einen tiefen Atemzug.

Die Hallentür schlägt auf. Der Wächter erstarrt mit offenem Mund. Der Neffe bremst seinen Schritt, legt fragend den Kopf schief. Der Wächter antwortet, den Blick auf den Boden geheftet. Noch immer geht es nicht um sie, denn der Neffe geht weiter auf den Ausgang zu. Im Vorbeigehen will er den Hund tätscheln, doch Evita bellt und stürmt auf den Glaswürfel zu. Der Neffe dreht sich um, erstarrt. Der Hund kratzt winselnd an der Tür.

„Evita! Aus! Sitz!", brüllt der Wächter. Evita gehorcht notdürftig, rutscht nervös auf den Hinterbeinen herum.

Maria steht auf. Es geht nicht mehr anders. Sie öffnet die Glastür und tätschelt den Hund, der jetzt in aufgeregten Achtern um ihre Beine streicht. Der Neffe rührt sich noch immer nicht. In seinem Rücken grimassiert der Wächter, zeigt Maria den Vogel, deutet auf die Regalreihen, schüttelt den Kopf, völlig außer sich.

Ein hysterisches Lachen steckt ihr in der Kehle, bleibt dort, hoffentlich, wenn sie jetzt den Mund aufmacht.

„Onkel Hans", sagt sie, ruhig vor Panik, und es wirkt wie ein Kommando auf den Wächter, der aufmerkt und näher kommt und sie nun mehr denn je an seinen eigenen Hund erinnert.

„Herr Leitner? Wer ist das?" Ein Kieksen in der Stimme des Neffen verrät, dass er noch nicht vollständig angekommen ist in der Herrenrolle. Er ist höchstens Ende zwanzig. Auch seinen leuchtend blauen Anzug, das türkis gemusterte Hemd und die rote Krawatte deutet Maria als gutes Zeichen. Noch hat er sich die Regeln der Alten nicht ganz zu eigen gemacht.

Der Wachmann senkt den Kopf, greift nach seinem Kreuzanhänger. Seine Abneigung gegen den jungen Mann umgibt ihn wie eine Wolke.

„Damenbesuch?" Das Wort klingt gestelzt aus dem Mund des Jungen. Sein Blick wandert zwischen Maria, dem Hund, dem Wächter und dem Halleneingang hin und her. Er will weg, will sich nicht kümmern müssen. Der dritte Mann in dieser Nacht, der keine Scherereien will. Maria lächelt ihn an. Er räuspert sich, schaut streng zum Wachmann. „Sie wissen schon, dass das nicht geht? Dass es verboten ist? Diebstahl, Industriespionage und was sonst noch alles sein kann. Das werde ich meinem Onkel berichten müssen."

„Entschuldigen Sie", sagt Maria und lächelt weiter, als wäre ihr beim Servieren Kaffee in die Untertasse geschwappt. „Es ist meine Schuld." Um ein Haar hätte sie gesagt: „Ich bring Ihnen gleich einen neuen." Sie unterdrückt ein Kichern.

Beide Männer sehen sie an, warten darauf, dass sie weiterspricht, doch jetzt bringt sie den Mund ums Verrecken nicht mehr auf, weil sich sonst das Kichern Bahn brechen wird.

Der Wächter hebt den Blick, doch bis zur Augenhöhe

mit dem Jungen kommt er nicht. „Meine Nichte", presst er durch zusammengebissene Zahnreihen. „Sie hat nicht gewusst wohin, mitten in der Nacht. Ihr Mann, das Arschloch ... Nichts für ungut! Mit dem Messer hat er sie. Da kann man doch nicht." Er blickt wieder zu Boden.

„Der Onkel hat mir Tee gekocht", fügt Maria hinzu. Sie bedenkt den Wachmann mit einem warmen Blick. „Tut mir leid, Onkel Hans!" Tapfer blickt sie dem Neffen ins Gesicht. „Bitte machen Sie ihm keinen Ärger!"

Sie tritt dem jungen Mann einen Schritt entgegen, damit er den Blick nicht dem Wächter zuwendet, der den Mund bewegt, als stoße er eine lautlose Schimpftirade aus. „Ich weiß, es ist unverschämt, aber – ob Sie mich ein Stück mitnehmen könnten?"

Der Neffe tritt von einem Bein auf das andere, schüttelt den Kopf. „Wo ist jetzt der CT 850, Herr Leitner?"

„Der Schlüssel. Ich hab den Schlüsselbund ..." Suchend blickt der Wächter zur Tür.

Hastig zieht Maria ihn aus der Manteltasche. „Unterm Schreibtisch ist er gelegen."

„Das darf doch wohl nicht ...", sagt der Neffe und zückt sein Handy. „Ich ruf jetzt den Onkel an."

„Das ist wirklich nicht nötig! Um die Uhrzeit!" Beflissen kommt der Wachmann näher, schnappt sich den Schlüssel aus Marias Hand. Misstrauen und Erbitterung liest sie in seinem Blick, bevor er sich wieder der wahren Gefahr zuwendet. „Ein Loch. Seit Ewigkeiten hab ich ein Loch in der Tasche." Er zieht den rechten Taschenbeutel aus dem Overall.

Der Neffe schaut nicht hin, sieht auf das Handydisplay. „Verdammt nochmal, ich muss jetzt wirklich ..."

Der Wächter klingelt mit dem Schlüsselbund. „Ich hole Ihnen sofort den CT 850, Herr Stockinger, damit Sie sich auf den Weg nach Rosenheim machen können. In zwei Minuten bin ich wieder da! Und du", schnauzt er Maria an, „hörst auf, den Herrn Stockinger zu belästigen!" Er reckt die Schultern, breite Brust, starrt sie herrisch an. „Ich sorge schon dafür, dass du weiterkommst." Er humpelt davon. „Evita!"

„Ich warte draußen." Ohne Maria zu beachten, marschiert auch der Neffe zur Tür.

Ob er sie wieder vergessen wird, sobald er ins Freie tritt? Die einfachste Lösung für ihn, doch nicht mehr für Maria. Sie hat den Wächter gegen sich aufgebracht. Das mit dem Schlüssel wird er sie spüren lassen, wenn sie jetzt nicht wegkommt. Müde und durstig ist sie, hungrig inzwischen auch. Sie muss aufs Klo und gleich platzt ihr der Schädel. Aber es hilft nichts. Sie greift sich den Koffer und hastet durch die Halle.

Als sie hinaus auf die Plattform tritt, fummelt der Neffe gerade seine Zigaretten aus der Innentasche. Er ignoriert sie, dreht sich zur aufgehenden Sonne und zündet sich eine an. Nach dem ersten Zug seufzt er auf und hält Maria die offene Packung hin.

Sie greift zu, obwohl sie das Rauchen vor Jahren aufgegeben hat und die Kopfschmerzen davon sicher nicht besser werden. „Vielen Dank, das ist jetzt genau, was ich brauche."

Er gibt ihr Feuer. „Wenn man keine Ellbogen hat, muss man sein Fähnchen nach dem Wind richten, Mirli", hat die Mutter immer gesagt. Unter ihnen und quer über den Hof erreicht der Wächter das Eingangstor des grünen Hallenquaders und schließt auf.

„Ein Mähdrescher." Der Neffe schaut über die Landschaft, die im kühlen Morgenlicht zunehmend an Farbe gewinnt. „Der CT 850. Wir haben Modelle von den Maschinen im Maßstab 1:35. Da fahren die Kunden voll drauf ab."

„CT 850." Maria bläst den Rauch aus. Schon nach dem ersten Lungenzug ist ihr schwindelig. „Das ist ein Riesengerät, oder?" Dabei hat sie keine Ahnung.

„11.000 Liter Korntank, falls Ihnen das was sagt."

Sie nickt bedeutungsvoll, bläst Rauch über die Felder, als gehörte ihr alles Land weit und breit. „Der Großvater war Bauer", lügt sie. „Im Waldviertel", fügt sie hinzu, um auch etwas Wahres zu sagen. Sie lächelt lieb, sieht auf zum Neffen. Überrascht bemerkt sie, dass das Hämmern in ihrem Kopf sich zu einem zahmen Pochen abgeschwächt hat. „Erntemaschinen!", sagt sie in schwärmerischem Ton. „Wie Monster aus einer anderen Welt."

„Ja, die können schon was!" Der Neffe raucht schweigend einige Züge. „Wo wollen Sie denn hin? Salzburg?"

Sie nickt, hätte auch bei jedem anderen Ort genickt.

„Puh."

Maria hört regelrecht seine Gedanken: Eine Unbekannte durch die Gegend kutschieren und sich womöglich die Ohren über ihre unglückliche Ehe volllabern lassen.

„Es ist eigentlich verboten, im Firmenwagen ..."

Maria nickt verständnisvoll.

„Wollen Sie zu Ihrer Familie? Waldviertel haben Sie gesagt."

Sie nickt. „Ich weiß noch nicht. Dort wird er mich zuerst suchen."

„Ich kann Sie gleich hier im Ort zur Polizei bringen. Wenn er gewalttätig ist, müssen Sie das anzeigen."

Mein Mann ist Polizist, denkt sie und spürt die Panik, lässt sie in ihren Blick sickern, schüttelt den Kopf. „Das geht nicht. Er ist bei der Polizei", flüstert sie. Ihre Stimme zittert.

„Dann vielleicht ins Frauenhaus? Die werden wissen ..."

Das Frauenhaus. Keinem Mann, den sie kennt, wäre das Frauenhaus eingefallen. Ihr auch nicht. Dankbar nickt sie erneut. „Ja, genau! Sie nehmen mich also mit? Ich bin Ihnen ewig dankbar!"

Sie will noch etwas sagen, ihm seine Sorgen nehmen. Er ist noch so unerfahren, dass sich jeder Gedanke in seinem Gesicht abzeichnet. Wann hat er gesagt, dass er sie mitnimmt? Wie kommt er raus aus der Nummer? Worüber soll er sich unterwegs mit ihr unterhalten?

„Ich fürchte nur", sagt sie und blinzelt eine Träne weg, „dass ich keine gute Gesellschaft bin nach der schlaflosen Nacht. Die Augen werden mir zufallen, sobald Sie den Motor anlassen. Vielleicht sollte ich mich gleich auf die Rückbank setzen."

Benebelt von Nikotin, Müdigkeit und Erleichterung tupft sie sich eine einzelne Träne von der Wange. Der Wachmann keucht die Stiege herauf, unter dem Arm einen buntbedruckten Karton mit Sichtfenster.

„Auf geht's", sagt der Neffe, wirft die Zigarette weg und nimmt Marias Koffer.

Als er sie eine Dreiviertelstunde später am Bahnhof in Salzburg absetzt, ist Maria so verspannt, dass sie Mühe hat auszusteigen. Zu aufgeregt, um wirklich einzuschlafen, hat sie sich die ganze Fahrt über schlafend gestellt. Kaum hat sie sich verabschiedet, dreht der Neffe das Radio lauter. Im Wegfahren streckt er noch grüßend die Hand aus dem Fenster, bevor er sich in den Verkehr zwischen all die anderen einreiht, aus deren Lautsprechern dieselbe Möbelhauswerbung dringt.

Sie betritt den Bahnhof, sieht sich um, im Nacken ein ungeschütztes Gefühl, als hätte es jemand auf sie abgesehen. In der Halle herrscht eilige Morgenbetriebsamkeit. Alle kennen ihre Wege, niemand steht, wie sie, zögernd und ziellos inmitten des Treibens. Sie lässt sich mitreißen, ordnet sich ein, eilt auf die Toilette. In der Kabine kommt sie zu Atem. Sie hat es geschafft, hat wieder einmal die richtige Abzweigung erwischt. Wer wird sie sein auf diesem neuen Weg?

Nachdem sie sich erleichtert und auch den Schweiß unter den Achseln mit Klopapier getrocknet hat, stillt sie am Waschbecken ihren Durst, spritzt sich kaltes Wasser ins Gesicht und zupft sich die Frisur zurecht. Eine Lautsprecherstimme verkündet zehn Minuten Aufenthalt für den Railjet nach Innsbruck, der soeben auf Gleis 2 einfährt. Maria eilt zum Automaten, löst eine Fahrkarte und steigt ein. Eineinhalb Waggons muss sie durchqueren, bevor sie einen freien Platz findet. Ein Mann mit Laptop und Kopfhörern steht widerwillig auf, zum Glück ohne ihr ein Wort oder einen Blick zu schenken, und lässt sie auf den Fensterplatz schlüpfen. Noch nie ist sie in Innsbruck gewesen.

Kaum fährt der Zug los, schläft sie ein.

In der einen Hand einen Becher Kaffee, in der anderen ein Baguette, belegt mit Salami, Käse, Tomate und Ei, steht Maria auf dem unwirtlichen Platz vor dem Innsbrucker Bahnhofsgebäude, der fast vollständig von den langen Abfahrtssteigen eines Busterminals eingenommen wird. Rechts, scheinbar gleich hinter dem Dach eines gelben Gebäudes, ragt eine Wand von Bergen auf, fast zu nah, um echt zu sein. Die Nordkette, an die sie sich aus der Schulzeit erinnert. Wie ein um die Stadt gelegtes Collier hat Maria sich die vorgestellt. Tatsächlich gleicht sie eher einem Schutzwall. Doch wie die beschneiten Gipfel im Sonnenlicht gleißen, erinnern sie dennoch an gigantische Juwelen.

Sie überquert die erste Fahrbahn und setzt sich auf eine Bank an der Bushaltestelle. Die Luft ist kühl und mineralisch. Eilig trinkt sie ihren Cappuccino, der schon jetzt nur mehr lauwarm ist, macht sich über das Baguette her. Auf den letzten Kilometern der Zugfahrt hat der Hunger sie angefallen, hat in ihrem Magen geknurrt, dass sie an ihren alten Teddy hat denken müssen und heilfroh über die Kopfhörer ihres Nachbarn gewesen ist. Dabei ist es gar nicht so lange her, dass sie gegessen hat.

Speck. Eine Mannerschnitte, Stunden später. Was davor war und danach – lieber nicht daran denken. Nur an Weißbrot, Salami, Käse, ein Salatblatt, Tomate und Ei. Schon lang hat ihr nichts mehr so gut geschmeckt. Obwohl sie gut gekocht haben, die Chefin und ihr Schwabbelsohn. An die sie nicht mehr denken will. Nie wieder. Tief durchatmen. Sie ist frei.

Was jetzt? Weitermachen wie bisher, sich wieder Arbeit in der Gastro suchen? Die Erleichterung über die gelungene Flucht, der kurze Schlaf auf der Fahrt haben ihr Energie geschenkt. So ein Pech wird sie kein weiteres Mal haben. Nur, dass sie praktisch pleite ist, kaum Spielraum hat, auf Lohn zu warten. Zudem hat sich der Gedanke an das Frauenhaus in ihr festgefressen. Einen Zufluchtsort stellt sie sich vor, an dem die Frauen nichts müssen, was sie nicht wollen. An dem sie sich eine Auszeit gönnen dürfen, nur für sich, in der sie schlafen, reden, lachen, tanzen, ohne Angst, ihre Pflichten zu vernachlässigen, ohne in jedem Moment auch an andere denken zu müssen. Als wäre so etwas möglich.

Dabei war es eine Frau, die sie in den letzten Monaten terrorisiert hat. Eine Frau, die ihr vermutlich die Polizei auf den Hals hetzen wird. Den gewalttätigen Polizistenmann, den Maria sich ausgedacht hat, darf sie auch nicht vergessen. Auch der ist hinter ihr her, das Frauenhaus der einzig mögliche Schutz, eine Festung in den Wolken, zu der sie auf dem Rücken eines Drachen reiten muss.

Denn wie sonst kommt sie zum Frauenhaus? Es muss doch geheim sein, um zu funktionieren. Oder lässt es sich googeln? Eine Frau, etwa in ihrem Alter, steht zwei Meter weiter an der Haltestelle. Zögernd nähert sich Maria.

„Entschuldigen Sie …" Wortlos schüttelt die Frau den Kopf und wendet sich ab. Maria sieht an sich hinunter. Für eine durchwachte Nacht schaut sie recht ordentlich aus. „Bitte, es geht nicht um Geld", erklärt sie dem Rücken der Frau. „Ich bräuchte nur kurz Ihr Handy."

Jemand packt sie von hinten am Arm. „Verschwind! Betteln verboten!"

Maria sieht die Leute um sich ihre Taschen und Rucksäcke umklammern. Sie reißt sich los, spürt die Blicke der Wartenden im Rücken, während sich die Menschen vor ihr wegdrehen oder durch sie hindurchblicken. Sie ist mit dem falschen Blick auf die Frau zugegangen, dem unterwürfigen, der verrät, dass sie keinen Anspruch auf Hilfe hat, sondern höchstens auf Gnade. Noch jemanden zu fragen, bringt sie nicht fertig, nicht einmal die junge Frau, die ihr aufmunternd zulächelt.

Zurück ins Bahnhofsgebäude hastet sie, den Leuten aus den Augen, die ihre Erniedrigung beobachtet haben. Sie folgt den Hinweisschildern. *ÖBB Infopoint und Innsbruck Information* steht über den automatischen Glasschiebetüren, die sich nicht für sie öffnen. Jemand hat von innen mit zwei Klebstreifen ein Blatt Papier an der Scheibe befestigt, auf dem ein fetter schwarzer Pfeil nach links weist. *Wegen Krankheit geschlossen* steht auf einem weiteren.

Doch nebenan im Reisezentrum weiß niemand, wo ein Internetterminal oder eine Telefonzelle zu finden sind, und die junge Schalterkraft sieht sich, nach geflüsterter Beratung mit einem Kollegen, außerstande ihr zu helfen. Man sei nur für das Ticketing zuständig und könne keine Betriebsfremden an die Geräte lassen. Die Polizeistation wäre die richtige Adresse, durch den Haupteingang hinaus, dann nach rechts.

„Tickcheting", murmelt Maria, um gegen die Tränen anzukämpfen, während sie die Rolltreppe wieder hinauffährt. „Tickcheting, Tickcheting." Prompt muss sie husten. Ein Dialekt, der Respekt verlangt, einer, den man sich erarbeiten muss, der sich nicht jeder Dahergelaufenen öffnet. Kein Grund zu weinen. Sie ist entkommen. Sie kann gehen, wohin sie will.

Polizei, hat die Frau hinter dem Schalter gesagt. Nur, dass Maria sich nicht an die Polizei wenden kann, weil ihr prügelnder Mann selbst bei der Polizei ist. Das fühlt sich inzwischen für sie wahrer an als der echte Grund. Zu kompliziert darf sie ihre Geschichte nicht machen, sonst kommt sie durcheinander. Kann sie den Beruf ihres Mannes aussparen und auf der Wache darum bitten, mit dem Frauenhaus Kontakt aufzunehmen, ohne dass sie gleich Anzeige erstatten muss? Oder gibt es doch eine Möglichkeit, im Internet zu suchen?

Jetzt hustet sie auch schon wieder, hat sich womöglich was geholt in der Nebelnacht. Vom Tirolerisch-Üben kann das nicht mehr sein. Ein Frosch im Hals, weil sie nicht weiß, was sie gleich sagen soll. Sie dreht um, geht die paar Schritte zurück zur Bahnhofs-Apotheke und fragt mit belegter Stimme nach Hustenbonbons.

Die grauhaarige Apothekerin, die Maria hinter ihrer Maske mit dem mittigen Ventil an Darth Vader aus *Star Wars* erinnert, schiebt ihr mit den Hustenpastillen eine Maske mit Werbeaufdruck durch die Ausnehmung in der Plexiglasscheibe. „Bei Husten sollten Sie die in der Öffentlichkeit tragen."

APOKongress Schladming liest Maria, bevor sie sich gehorsam die Papierschnauze von Ohr zu Ohr spannt und bezahlt.

„Sie sehen etwas mitgenommen aus. Darf ich?" Die Apothekerin zückt ein elektronisches Messgerät, tritt hinter der Theke hervor und hält es an Marias Stirn, ohne ihre Antwort abzuwarten. „Fieber haben Sie nicht."

Fieber also nicht, obwohl sie schwitzt und ihre Augen brennen. Ewig her, dass sie welches hatte oder sonst einen Grund, sich hinzulegen, an nichts zu denken, gar nicht denken zu können, selbst wenn sie wollte, und tagelang nicht aufzustehen, sich umsorgen zu lassen.

„Kann ich noch was tun für Sie?"

Maria schreckt auf, bemerkt den forschenden Blick der Apothekerin, keine Ungeduld, obwohl hinter ihr bereits ein Kunde wartet. Wer weiß, wie lang sie schon wieder mit leerem Blick dasteht wie eine Idiotin. Sie schüttelt den Kopf, tritt zur Seite, geht ein paar Schritte und hält vor dem Ständer mit den medizinischen Kräutertees inne. Detox, Basen, Nieren-Blasen, Leber-Galle, Nerven-Schlaf. Das klingt wie ein Gedicht und sie hat es wohl leise vor sich hin gemurmelt, ein ums andere Mal, denn plötzlich steht die Apothekerin wieder bei ihr.

„Brauchen Sie noch etwas?" Die Dringlichkeit in ihrer Stimme deutet darauf hin, dass sie Maria draußen haben will, dass sie ein deutliches *Nein!* vorziehen würde, sich jedoch ohne Antwort diesmal nicht zufriedengeben wird.

„Wissen Sie ...", Maria sieht sich um. Ein anderer Kunde verlässt gerade den Laden. Der junge Angestellte baut in einiger Entfernung an einer Pyramide aus Vitaminpräparaten. Trotzdem senkt sie die Stimme. „... ob es ein", noch einmal reduziert sie ihre Lautstärke, „ob es ein Frauenhaus gibt, hier in der Stadt?"

Die Züge der Apothekerin verfinstern sich, all ihre Fältchen scheinen mit einem Mal in Richtung der unsichtbaren Nasenspitze zu streben, als hätte unter der Maske jemand an einer Kordel gezogen, um die Haut zusammenzuzurren. Sie deutet ein Nicken an. Es wirkt so angespannt, dass Maria sich kaum traut weiterzufragen. Doch bei der Polizei wird es ihr noch schwerer fallen als hier.

Sie hüstelt, flüstert gegen den Widerstand an: „Können Sie mir sagen, wie ich dorthin finde? Oder darf ich von hier aus anrufen? Ich hab kein Telefon."

„Himmelherrgott!" Eine tiefe Zornesfalte kerbt sich zwischen den Brauen der Apothekerin.

Ihr Ärger ist wie ein Schlag in den Magen. Maria weicht zurück. „Entschuldigung!"

„*Sie* müssen sich nicht entschuldigen!" Die Apothekerin tritt ihr in den Weg. Sie atmet hörbar ein und aus. „Wollen Sie nicht zuerst zur Polizei gehen, Anzeige erstatten? Die ist gleich ums Eck. Er soll doch nicht durchkommen damit, Ihr Mann!"

Maria senkt den Kopf, greift nach dem Ständer mit den Tees, sucht Halt, weil ihr mit einem Mal schwindelt.

„Dreckskerle!", hört sie die Frau zischen. Wie wirksam das klingt mit dem kehligen K-Laut. Wie tröstlich. Noch eine Ablehnung, noch ein Zorn, das wäre jetzt zu viel gewesen, das hätte sie nicht ausgehalten. Ihr ist gerade nicht gut. Da hätte sie es vielleicht gerade noch vor die Tür geschafft und wäre dann dort zusammengebrochen, einfach sitzengeblieben, den Rücken an die Hauswand gelehnt, womöglich nie wieder aufgestanden. Weil es irgendwann genug ist und man nicht mehr auf ein Fieber warten kann, um sich auszuruhen.

„Es ist natürlich Ihre Entscheidung", sagt die Apothekerin in sanfterem Ton. „Das Wichtigste ist, dass Sie in Sicherheit sind. Sie haben Glück: Die Kontaktstelle vom Frauenhaus ist keine fünf Minuten von hier in einer Parallelstraße. Dort wird man Sie beraten." Sie legt Maria die Hand aufs Schulterblatt, will sie zum Ausgang dirigieren. „Wenn Sie dort hinuntergehen und dann ... Hoppla, Sie werden mir doch nicht ..."

Nur die Knie sind ihr weichgeworden, nichts weiter. Sie hat ja auch nicht viel geschlafen, ein, zwei Stunden höchstens. Einen Moment nur verschnaufen, dann geht es wieder, will sie sagen, da sitzt sie schon am Boden, der Fall gebremst durch den Arm der Apothekerin. Alles entfernt sich, wird leicht. Was geht es sie an, was die mit ihr redet, sie will nichts als schlafen.

Doch dann hört sie die Wörter *Rettung* und *Spital*, flüstert heiser „Nein, nein, es geht schon!" und lässt zu, dass ihr aufgeholfen wird. Sie will hinaus, doch die Apothekerin führt sie am Arm hinter die Verkaufstheke und durch eine Lücke zwischen den Regalreihen in die Kaffeeküche.

„Setzen Sie sich!" Sie zieht ihr Telefon aus der Kitteltasche und hackt mit dem Zeigefinger darauf ein.

Da ist eine, die sich zuständig fühlt. Maria hat den Eindruck, von einer Woge erfasst und schwer vor Nässe auf einen der Klappstühle gespült zu werden, die um den quadratischen Tisch stehen. Was der junge Kollege die

Apothekerin fragt, was die antwortet, was sie ins Telefon spricht, hört sie gedämpft, als schwappte Wasser in ihren Ohren. Sie betrachtet den Bodenbelag und die vor und zurück wippenden weißen Pantoffeln, deren Leder vom vielen Tragen faltig und verbeult ist.

Als die Apothekerin ihr das Telefon ans Ohr hält, bringt sie zunächst keinen Ton heraus.

„Hallo!" Eine freundliche Frauenstimme. „Hier ist der Journaldienst, Frauenhaus Innsbruck. Ich höre, Sie brauchen unsere Hilfe."

Maria schließt die Augen, gönnt sich einen tiefen Atemzug. Wie gern sie diesen letzten Satz noch einmal hören würde.

„Hallo? Sind Sie noch dran? Würden Sie mir bitte Ihren Namen nennen?"

Schon wieder einen Namen. Wozu braucht sie einen Namen? Sie ist eine Frau, die sich ausruhen will, sonst nichts. Sie ist niemand.

Die andere wiederholt ihre Frage.

Während Maria versucht, sich zu erinnern, welche Namen ihr kürzlich noch passend erschienen sind – alle albern, kindisch, unglaubwürdig – wandert ihr Blick durch den Raum. *Waltraud Gstrein* steht auf dem Schild an der Brusttasche der Apothekerin. Sie darf jetzt nur nicht Waltraud sagen. „Malina", hört sie sich flüstern.

„Und weiter?"

Maria sieht, dass die Apothekerin die Stirn runzelt, und kann doch nicht zurück, weil ihr ums Verrecken kein anderer Name einfällt, der zu ihr gehören will. Sie senkt den Blick wieder auf das Buch, das mit den aufgeschlagenen Seiten nach unten auf dem Tisch liegt. Auf dem Umschlag mit den fasrig abgestoßenen Ecken liegt eine Frau ausgestreckt auf der Straße, schmiegt ihren Rücken an eine gekrümmte Gehsteigkante. Eine Frau wie sie. Es geht ihr nicht gut. Die Gehsteigkante ist rot eingefärbt. Warum wohl? „Bachmann", sagt Maria. „Malina Bachmann."

Benommen steht sie vor einem Bett aus weiß beschichteten Spanplatten. Ein kleingeblümter Polsterzipfel und ein Streifen des blassgelben Spannlakens schauen unter dem Rand der zu kurzen Tagesdecke hervor. Unter dem Bett sind drei große Laden eingebaut. Außerdem gibt es ein Stockbett, einen Kasten, Tisch und Sessel und sogar ein eigenes Bad. Ein Stockbett für die Kinder, die man nicht zurücklassen darf auf der Flucht.

„Das ist unser Notzimmer, eine vorübergehende Lösung", erklärt die Sozialarbeiterin, „bis eine Wohnung frei wird. Falls du länger bleiben musst."

„Und es kostet wirklich nichts?"

Die Frau – Doris? Dorothea? – lächelt. Dauernd lächelt sie. „Die Plätze werden von der öffentlichen Hand finanziert. Wir haben 16 Wohnungen hier, eine Gemeinschaftsküche pro Geschoß ..."

Die Erschöpfung verwischt weitere Einzelheiten des Vortrags. Maria verfängt sich in einer Gedankenschleife über die Natur des Blumenmusters auf der Bettwäsche: kleine Margeriten oder große Gänseblümchen? Während sie vorsichtig den Kopf kreisen lässt, um ihren verspannten Nacken zu lockern, erfasst sie bruchstückhaft die Hausordnung – kein Alkohol im Haus, Rauchen nur im Innenhof.

Eiskalt ist ihr vor Erschöpfung.

Das Telefon der Sozialarbeiterin klingelt. „Moment noch", ruft sie in den Hörer, dann zu Maria, ohne die Stimme zu senken: „Wenn du keine Fragen mehr hast, schlage ich vor, du kommst erst einmal an, ruhst dich aus und schaust dann später im Büro vorbei. Dann klären wir, wie es weitergeht. Wir finden einen Weg, versprochen!" Noch ein aufmunterndes Lächeln über die Schulter, schon halb aus dem Zimmer.

Eine, die es recht machen will. Eine wie sie. Nur dass ihr selbst die Kraft zu lächeln ausgegangen ist. Die Tür schließt sich.

Keine halbe Stunde ist es her, dass Maria angekommen ist, nachdem sie vor der Apotheke in ein Taxi gestiegen war. Nur die Adresse sollte sie dem Fahrer nennen, keinesfalls dazusagen, dass sie zum Frauenhaus will. Es ist also wirklich ein streng geheimer Ort, zu dem nur sie Zugang hat und solche, die ihr ähnlich sind. Auch von einer Festung hat er einiges: eine überwachte Schleuse beim Eingang, ein verborgener Innenhof. Unten im Büro hat Maria die Geschichte von ihrem Polizistenmann zum Besten gegeben. Doris Dorothea schien nicht überzeugt.

„Die überwachen alles", hat Maria geflüstert, um die Geschichte zu verdichten, hat auf die Überwachungskameras an den Ampeln verwiesen, die ihr auf der Fahrt erstmals aufgefallen sind. „Aber ich hab mir die Hände vors Gesicht gehalten." Das hatte sie wirklich getan.

„Na schön, wir besprechen das später in Ruhe", hat die Sozialarbeiterin gesagt. „Jetzt zeig ich dir erst einmal dein Zimmer."

Und in diesem Zimmer steht sie jetzt. Kein Filmriss, alles lückenlos, wenn auch verschwommen. Sie setzt sich aufs Bett, öffnet die Schuhbänder, streift die Boots ab und streckt sich auf dem Bett aus.

Als sie aufwacht, weil Lichtreflexe über ihre geschlossenen Lider zucken, wagt sie zunächst nicht, die Augen zu öffnen. Was, wenn sie die ganze Flucht nur geträumt hat und in Wirklichkeit immer noch neben Robin liegt? Genau das scheinen die Lichtsignale ihr nämlich ins Hirn zu morsen: Nachmittagssonne, gefiltert durch die Zweige des Kirschbaums. Kalt ist ihr, weil Robin die Daunendecke wieder ganz für sich braucht.

Mitten am Tag? Und es riecht anders, zitronig sauber. Keine Spur von seinem Körpergeruch, der entfernt an ranzige Butter erinnert. Zaghaft tastet sie über die Liegefläche, fühlt das raue Gewebe, erinnert sich an eine leuchtend blaue, grobgewebte Tagesdecke, stößt an eine Wand, wo nachgiebiges Fleisch hätte sein können.

Sie blinzelt. Ihr Blick fällt auf das Stockbett, den Kasten, das große Fenster. Draußen Kindergeschrei. Sie stemmt sich hoch, um die Decke aufzuschlagen, kuschelt sich darunter, dreht sich mit dem Gesicht zur Wand und schließt die Augen.

Als sie wieder aufwacht, ist es dunkel. Sie krabbelt aus dem Bett, schaut hinunter in den Hof, sieht eine Zigarette glimmen. Nur hinter zwei Fenstern brennt noch Licht. Die Bürostunden hat sie demnach verschlafen.

Der Gang ist schummrig erleuchtet. Sie findet den Gemeinschaftsraum, die Küche, den Kühlschrank, eine angebrochene Milchpackung darin, Cornflakes und Schüsseln in den Schränken. Im Mondlicht am Fenster stehend löffelt sie gierig diese erste Mahlzeit seit dem Morgen, erinnert sich, wie sie das letzte Mal im Mondschein an einem Küchenfenster gestanden ist, kurz bevor die Chefin ihr erstmals …

„Hallo!"

Klappernd stellt Maria die Schüssel am Fensterbrett ab. „Entschuldigung!" Ihr Herzschlag rast, jede Muskelfaser angespannt. Sie spürt das Gewicht der Chefin wieder im Rücken, das Messer in der Hand, gleich wird Blut fließen.

„Wofür Entschuldigung? Chill! Nici o problema!"

Groß ist sie nicht, die Frau, die ihr aus dem Schatten entgegentritt. Sie hat keinerlei Ähnlichkeit mit der Chefin und die Küche, in der sie steht, ist hunderte Kilometer entfernt von jener.

Marias Puls fällt vom Galopp in den Trab.

„Ich war hungrig, hab verschlafen."

„Ich sag doch: kein Problem! Ich bin Ionela." Sie streckt die Hand aus und Maria schlägt ein. „Stehst gern im Finstern, ja? Mir momentan auch lieber."

Die Stimme, ganz anders als die der Chefin, klingt, als gehörte sie einer Barfrau, die seit dreißig Jahren raucht und trinkt und nach Mitternacht schlüpfrige Lieder singt. Nach Rauch riecht Ionela wirklich. Ein leuchtend oranger Reif hält ihre lockigen Haare aus dem runden Gesicht, das selbst im schwachen Mondlicht spektakulär entstellt wirkt. Vom Kiefer bis zur Schläfe ist die linke Hälfte angeschwollen, der Mund asymmetrisch verzogen. Maria kommt sich niederträchtig vor. Für solche wie die ist ihr Bett vorgesehen, für wirkliche Opfer.

„Na, was ist?", fragt Ionela. „Wie heißt du?"

„Entschuldigung!" Maria drückt noch einmal die Hand, die sie noch nicht losgelassen hat. „Maria, ehm, Malina. Maria Malina."

„Der Nachname ist Entschuldigung oder Malina?" Ionelas hustendes Lachen endet in einem Schmerzenslaut. „Bist du auch Rumänin?" Der Kontrast zwischen der rauen Stimme und den weichen Konturen des Körpers, aus dem sie dringt, wirkt anziehend und unheimlich zugleich.

„Nein." Maria überlegt, aber ihr Nachname fällt ihr gerade nicht ein. Nicht Hofmann, nicht Eichmann …

„Maria ist ein rumänischer Name. Malina auch."

Wozu widersprechen? Maria zuckt mit den Schultern. „Bachmann", fällt ihr ein.

„Bachmann?", sagt die andere ungläubig. „Malina und dann Bachmann wie Ingeborg Bachmann?" Sie verzieht das Gesicht zu einer halbseitigen Grimasse, die wohl ein Lächeln hätte werden sollen. „Fuck!" Vorsichtig betastet sie ihre entstellte Wange. „Willst du mich verarschen oder war deine Mama ein Fan?"

Einige Atemzüge benötigt Maria, um zu verstehen, was die andere meint. Sie muss das Buch auf dem Tisch in der Apotheke kennen.

„Du weißt schon, dass Malina in dem Buch ein Mann ist? Aber ein rumänischer Frauenname. Maria Malina wäre ein guter Name gewesen. Ich nenn dich Maria. Rumänisch, italienisch, spanisch, deutsch – Maria ist unser Kreuz. Jede von uns ist eine Maria."

Es klingt durchgeknallt und gleichzeitig wie ein amtlicher Bescheid.

„Was starrst du mich so an? Das ist Philosophie." Ionela zeigt auf ihr Gesicht. „Oder ist es deshalb? Hast noch nie ein blaues Auge gesehen?"

„Doch."

„Bist eine Plaudertasche, ja?"

Maria nimmt die Schüssel vom Fensterbrett und löffelt hastig den Rest. Sie will so schnell wie möglich zurück in ihr Zimmer.

„Du bist ziemlich durch den Wind, oder?"

Maria nickt und weil die andere nicht geht, vielmehr ihren Rückweg blockiert, fragt sie widerwillig: „Jede Frau ist Maria?"

„Genau!" Wieder das unvorsichtige Grinsen, das auf der rechten Seite Zähne im Mondlicht glänzen lässt, gefolgt von einem scharfen Luftholen und dem Griff zur Wange. „Ce dracu! Komm, wir gehen zu mir, trinken einen Schluck auf dein neues Leben."

Kein Alkohol am Zimmer, das sagt Maria jetzt nicht. Schon als sie es von der Sozialarbeiterin gehört hat, hat sie sich gefragt, wer das kontrollieren soll. Ionela nimmt ihr Schüssel und Löffel ab, räumt beides in den Geschirrspüler, fasst ihre Hand und zieht sie mit sich. Noch ist es nicht zu spät, um abzulehnen. Maria überlegt, was sie sagen kann, ohne Ionela zu beleidigen. Müdigkeit kann sie nicht vorschützen, da sie bis eben geschlafen und das auch gesagt hat. Noch bevor ihr etwas Besseres einfällt, sind sie am Ziel und Ionela sperrt ihre Zimmertür auf.

„Funktioniert immer!" Sie nickt bedeutungsvoll.

„Der Schlüssel?"

„Der auch." Ionela dreht das Licht auf. „Das Gesetz des Handelns."

Sie stehen in einer richtigen Wohnküche. Durch eine halboffene Tür sieht Maria ein sorgfältig gemachtes Bett. Zwei Zimmer, der pure Luxus! Noch nie hat sie selbst so viel Platz für sich allein gehabt.

„Setz dich!" Ionela zeigt auf einen Polstersessel.

„Das Gesetz des Handelns?", fragt Maria, um die gelbviolett verfärbte Schwellung in Ionelas Gesicht nicht schweigend anzustarren.

„Das Gesetz des Handelns." Ionela nickt, den rechten Mundwinkel entschlossen herabgezogen. „Wenn du hungrig bist – wer sagt, dass du das aushalten musst? Du nimmst dir was zu essen. Wenn du neugierig auf eine bist, lad sie ein! Das ist das Gesetz des Handelns. Apropos einladen: Willst ein Schinkenbrot? Käse?"

Maria zuckt mit den Schultern. Ionela füllt zwei Wassergläser, schenkt in zwei weitere großzügig Marillenschnaps ein und öffnet eine Packung Paprikachips, stellt alles auf den Sofatisch. Auf einem Brett säbelt sie eine Scheibe von einem Brotlaib, beschmiert sie mit Butter, belegt sie mit Schinken und Käse und schneidet sie in schmale Streifen, als täte sie den ganzen Tag nichts anderes. Dabei redet sie ohne Pause.

„Der Meinige hat mir das Gesetz des Handelns gepredigt, jeden Tag, seit – ach!" Pantomimisch wirft sie Jahre, Jahrzehnte vielleicht, über ihre Schulter. „Immer hat er von seinen Heldentaten erzählt. Bei ihm ist es natürlich um große Dinge gegangen, immer alles weltbewegend. Die Welt ist ungerecht, ein Haifischbecken, nichts kriegst du geschenkt. Nimm dir, was dir zusteht, dann kannst du auf dem Gipfel des Erfolgs immer noch ein Kreuz aufstellen für die Leichen, über die du gegangen bist! Er hat natürlich gefunden, dass ihm alles zusteht."

Sie legt Maria das Brett mit dem Brot auf den Schoß und setzt sich in den anderen Sessel. „Jeder ist sich selbst der Nächste, das war sein Motto." Sie hebt das Glas. „Auf uns und unsere eigenen Regeln!"

Maria stößt an. „Auf uns." Fast hätte sie es nicht herausgebracht, so ungewohnt klingt es. Sie mag keinen Schnaps und dieser brennt besonders heftig.

Ionela steht auf, nimmt eine Zigarette aus dem Päckchen, das sie vorhin auf die Küchentheke geschmissen hat, zündet sie an und öffnet das Fenster. „Ist verboten, aber um die Zeit sieht es ja niemand." Halb aus dem Fenster gelehnt, bläst sie den Rauch hinaus. Die kühle Luft drückt ihn zurück ins Zimmer. „Willst du auch eine?"

Maria schüttelt den Kopf.

„Bis letzte Woche habe ich gebraucht, um zu kapieren: Das Gesetz des Handelns gilt nicht nur für ihn. Dumm wie ein Salatkopf." Sie tippt sich an den Haarreif. „Aber wenn ich mal auf was draufkomm ... Hurerei!" Wild fährt sie mit der Hand durch die Rauchwolke, die sich im Zimmer ausbreitet, schielt zur Decke. „Der Rauchmelder!" Hastig nimmt sie einen letzten Zug, dämpft die Zigarette außen am Fensterbrett aus und wedelt wieder mit der Hand durch die Luft, bevor sie den Stummel in den Müll wirft. „Fuck, ich brauch einen neuen Fluch. Hurerei hat der Meinige immer gesagt und alles andere mit Hure, der Hurensohn."

Ob Ionela eine ist, fragt sich Maria. So wie sie eine war. Jede Frau ist eine Maria, jede Frau ist eine Hure, Maria Magdalena in dem Fall.

„Kann er behalten, den Scheiß." Ionela schließt das Fenster. „Ich mach meine eigenen Flüche. Stummelschwanz! Heldenarsch! Hodenmatsch!"

Maria lacht auf. Es klingt wie ein Grunzen. Sie hält sich die Hand vor den Mund. Was Lachen angeht, ist sie wohl aus der Übung. „Wie Spiegelei?", fragt sie und spürt, wie sie rot wird.

„Häh?" Ionela wackelt zweifelnd mit dem Kopf.

„Na, zermatschte Eier? Hodenmatsch? Spiegelei?"

„Wenn schon, dann Rührei." Mit den Fingerspitzen betastet Ionela ihre geschwollene Wange. „Ab und zu brauche ich das, hat er gesagt. Wenn ich zu übermütig werde. Damit ich weiß, wo mein Platz ist. Und stell dir vor: Am Anfang hab ich ihm geglaubt! Er hat so eine Art, sehr sexy, verstehst, riecht gut. Und ich kann schon ziemlich lästig sein."

Sie schaut Maria an, als warte sie auf Widerspruch, schießt sie mit dem Zeigefinger ab, als der ausbleibt. „Du wirst auch noch kapieren, dass das kein Grund für Prügel ist. Dass es gar keinen Grund gibt. Das erste Mal, wo ich es nämlich wirklich gebraucht hab, war auch das letzte Mal. Weil es mir die Power gegeben hat abzuhauen. In dem Moment habe ich das Gesetz des Handelns verinnerlicht, verstehst."

Gänsehaut zieht Marias Rücken hinauf. Ist es bei ihr nicht so ähnlich gewesen? Der Druck der anderen einmal so verstärkt, sodass er sie nicht runtergedrückt, sondern losgeschnalzt hat. Das Aufmucken, das die Chefin hat verhindern wollen, hat sie selbst ausgelöst.

Wieder zielt Ionela mit dem Zeigefinger auf sie. „Das Gesetz des Handelns! Du musst nicht zuschlagen. Weggehen ist auch handeln! Jetzt, wo ich das kapiert hab, geh ich euch allen so lang damit auf die Nerven, bis jede Schwester mir nachbetet, verstehst! Schau auf deinen eigenen Vorteil, nicht immer auf die anderen!"

So wild schaut sie drein, dass Maria regelrecht spürt, wie das Gesetz des Handelns auch in ihr zum Leben erwacht. Hat sie es nicht selbst schon entdeckt, als sie Eichschlag verlassen hat, und erst recht, als sie der Chefin entgegengetreten ist? Da hat sie gehandelt.

Diesmal hebt sie das Glas, obwohl sie eigentlich schon genug hat. „Rührei!"

Ionelas Glas kracht gegen ihres. „Spiegelei!" Sie lacht einseitig, wird aber gleich wieder ernst. „Im Nachhinein tut es mir schon leid, dass ich ihn nicht erschlagen hab, wo ich schon beim Handeln war."

Maria denkt an das Messer in ihrer Hand, an die Madenfinger, das Blut, und ihre Brust wird eng. „Ich hab ..." Sie schluckt.

Ionela winkt ab. „War nur ein Witz", behauptet sie, ohne den Mund zu verziehen. „Man muss tun, was man tun muss, verstehst. Tot oder lebendig. Vorbei ist vorbei."

Maria nimmt sich eine Handvoll Chips, knabbert eines nach dem anderen, während sie nachdenkt. Nach neuen Regeln klingt das nicht, aber vielleicht reicht es ja, wenn die alten für alle gelten.

„Ich werde ein Buch darüber schreiben, über das Gesetz des Handelns. Vorträge halten." Ionela fährt mit der Hand quer durch die Luft. „Mein Name in Leuchtschrift. Was meinst du?"

„Was wird drinstehen?"

„Wo drin?"

„Im Buch?"

„Hab ich doch gesagt."

Nichts als den Titel hat Maria bisher gehört. Vielleicht hat sie nicht aufgepasst. „Gibt es Paragrafen? Jedes Gesetz hat doch Paragrafen, damit man weiß, wie es gemeint ist." Es muss der Alkohol sein, der sie mutig macht. Oder dass sie sich endlich mit einer austauschen kann, die Bescheid weiß, wie es läuft, und das auch ausspricht.

„Paragrafen! Bist du Anwältin, oder was? Das Gesetz des Handelns hat nur einen Paragrafen: *Tu, was zu tun ist!* Verstehst?"

„Dann keine Paragrafen, sondern – Botschaften vielleicht? Oder Aufträge? Meistens steht doch mehr als ein Satz in einem Buch." Maria lächelt, breiter als zumeist, damit die andere versteht, dass sie nur helfen will, dass sie mit ganzem Herzen bei der Sache ist.

Ionelas Mund wird hart. Aus schmalen Augen mustert sie Maria, ohne zu antworten. Marias Mund zuckt, würde gern einen Strom an Entschuldigungen speien, wenn sie nur wüsste, wofür. Womöglich hat sie herablassend geklungen, dazu auch noch gelächelt. Das steht ihr nicht zu und genau das will sie sagen, als Ionela schließlich doch noch nickt.

„Verarschen kann ich mich selber! Aber trotzdem, guter Punkt! Wie wäre es mit: *Du allein entscheidest über dein Leben*, oder so ähnlich? Das musst du dir ja erst einmal klarmachen, bevor du dich irgendwas traust."

Eifrig nickt Maria. Zu eifrig, denn Ionela schickt ihr einen misstrauischen Blick, bevor sie sich nachschenkt, kurz zögert und dann auch Marias Glas füllt. Sie stoßen an. „Rührei!"

„Spiegelei!" Maria trinkt. Ins Handeln kommen, das hat ihr Exmann immer gesagt. Als gelte es, die geheime Pforte zu einem magischen Land zu finden, von dem aus es möglich ist, die Welt zu gestalten. Ob er sie inzwischen gefunden hat? „*Finde das Tor zu deiner Kraft!* Das könnte auch einer sein." Maria nimmt noch einen Schluck. „Ein Paragraf. Oder Auftrag."

Ionelas Handy vibriert. Sie schaut auf das Display, liest, keucht auf und sinkt vornüber. Die Ellbogen auf den Knien verschränkt sie die Finger, dass die Knöchel weiß werden, ringt nach Luft. Als sie sich wieder aufsetzt, ist Maria, als wäre eine Wand zwischen ihnen hochgefahren. Ionela mustert sie wachsam wie eine Feindin.

„Schlechte Nachrichten?", flüstert Maria und kassiert einen Blick, der sie zusammenzucken lässt.

„Kümmere dich um deinen eigenen Kram! Und übrigens: Das ist mein Buch, okay, und ich bestimme, was drinsteht!" Ionela kippt den Rest Schnaps hinunter, diesmal ohne anzustoßen, schenkt sich nach, Tränen in den Augen. „*Finde das Tor zu deiner Kraft!*", piepst sie heiser und schlägt sich den Handballen an die Stirn. „Klingt wie aus einem beschissenen Computerspiel."

„Entschuldigung, das war dumm."

Diesmal kommt keine rasche Antwort, kein Lachen, nichts. Ionela brütet vor sich hin, die Lippen zusammengepresst, klopft mit dem Telefon hektisch auf ihren Oberschenkel. Der Kühlschrank summt. Maria zermartert sich das Hirn nach der richtigen Frage. Eine schlimme Nachricht muss das gewesen sein. Soll sie Hilfe anbieten? Aber wenn Ionela nicht sagen will, was los ist – was geht es sie an? Was würde Ionela an ihrer Stelle tun? Das Gesetz des Handelns. Ein Schluck ist noch im Glas. Sie hebt es, flüstert: „Spiegelei?"

Ionela seufzt, stößt wortlos an, ohne sie anzusehen und schüttet sich den Rest in die Kehle.

Auch Maria trinkt aus. „Kann ich ..."

Ionela ruckt ablehnend mit dem Kopf.

Maria rutscht auf ihrem Sessel herum. Sie würde in so einer Stimmung auch kein Wort herausbringen und trotzdem nicht wollen, dass man sie allein lässt. „Woher kannst du so gut Deutsch?", fragt sie in heiterem Ton.

Ionela fährt auf. „Warum stellst du mir ausgerechnet jetzt so eine Scheißfrage? Bist du von der Fremdenpolizei, oder was?"

„Entschuldigung! Ich wollte dich ablenken."

„Du bist echt die Queen of Smalltalk." Ionela lacht bitter, aber immerhin weicht die Wut in ihrem Gesicht einem anderen Ausdruck. Verachtung? „Erstens: in der Schule gelernt. Zweitens arbeite ich seit vierzehn Jahren in Deutschland und Österreich, zuerst als 24-Stunden-Betreuerin, dann im Altersheim, und es gibt keine Verpflichtung, eine Sprache nicht ordentlich zu lernen, nur weil die Patienten lieber auf dich herabschauen. Und drittens", sie senkt den Blick auf ihr Telefon. „Er ist Kärntner, der Hurensohn. Zufrieden, Frau Inspektor?"

Maria nickt. Nach dem Gesetz des Handelns sollte sie aufstehen und gehen.

„Hör zu", sagt Ionela, „es ist nichts gegen dich, aber ..."

*

Die Sonnenblume am Fenster ist schuld, dass Maria an Eichschlag denken muss. Jedes einzelne Fenster des Elternhauses hat sie mit roten, blauen oder gelben Blüten – Fliegenblumen Sommerwiese, 10 Stück Vorteilspackung – bekleben müssen, weil die Mutter seit ihrem Schlaganfall die Fliegen nicht mehr so schnell hat wegwedeln können, wie sie sich auf sie gesetzt haben. *Als wär ich schon tot.* Nicht so tot wie kurze Zeit später die Fliegen, wobei die Sonnenblumen die beste Ausbeute geliefert haben. Jeden Abend hat Maria die verdorrten Körper mit den gekrümmten Beinchen von den Fensterbänken und Böden gesammelt, sie an einem Flügel gepackt und in einen leeren Joghurtbecher geworfen, um sie der Mutter darzubieten.

Zeig her, wie viele hat es heute erwischt, Mirli? Jede Fliege, die vor ihr das Zeitliche segnen musste, ein Triumph.

Auch abseits ihrer herausragenden Wirksamkeit sind Maria die gelben Killerblumen die liebsten gewesen. Generell hat sie eine Vorliebe für rosettenförmige Korbblütler wie Gänseblümchen, Margeriten, Ringelblumen, Astern oder eben Sonnenblumen. *Er liebt mich, er liebt mich nicht, er liebt mich, er liebt mich nicht, er liebt mich.*

In ihrem Zimmer und der Küche hat sie immer nur die Sonnenblumen aufgeklebt. Mit einer Schale Tee oder Kaffee ist sie am Küchentisch gesessen, wenn die Mutter sie nicht gebraucht hat, gefesselt von den niemals nachlassenden Anstrengungen der Insekten, das Fensterglas zu überwinden. Hätte sie selbst nur ein paar tausend Jahre früher gelebt, wäre es ihr ebenso ergangen. Man hätte sie einsperren können in einen gläsernen Raum und sie wäre gegen die Scheiben gerannt, wieder und wieder, mit blutigem Kopf, ohne zu verstehen, was es war, das sie aufhielt. Bis sie sich irgendwann aufgegeben, sich abgefunden hätte.

Wie ließ sich begreifen, dass ein Stoff, unsichtbar wie Luft, eine für den Rest des Lebens davon abhalten konnte, in den Vorgarten, zu den besonnten Häusern auf der anderen Straßenseite oder weiter in die bewaldeten Hügel dahinter zu fliegen? Es hat Tage gegeben, an denen sie sich gewünscht hat, das Gift der Blumen möge schneller wirken. An anderen war sie wider besseres Wissen davon überzeugt, dass es den Tierchen irgendwann gelingen konnte, ja musste, mittels Willenskraft und Beharrlichkeit ein Loch in das Hindernis zu sprengen, es zu durchfliegen wie einen Wasserfilm, ein wenig zäher vielleicht, um aus eigener Kraft den Weg in die Freiheit zu finden.

Bwwsssp, bwwsssp, bwwsssp!

Sie hat sich gefragt, ob die Insekten von einer Kollision bis zur nächsten vergaßen oder ob es einen Funken des Begreifens gab, welche Kraft sie davon abhielt, ihrer Bestimmung zu folgen. In solchen Momenten hat sie die Fliegen in der hohlen Hand geschnappt, das Fenster geöffnet und sie in die Freiheit entlassen. Und dann hat meistens auch schon die Mutter nach ihr gerufen.

Die Mutter.

„Malina! Hörst du mir zu? Hallo! Frau Bachmann?"

Maria zuckt zusammen, wischt sich eine Träne von der Wange und wendet sich der Frau zu, die auf der anderen Seite des Tisches sitzt und immer noch lächelt, auch wenn dieses Lächeln inzwischen etwas angestrengt wirkt.

„Wenn eine auf ihren Namen erst beim fünften Mal reagiert, so wie du, dann ist das für uns schon ein Hinweis, dass, wie soll ich sagen", die Frau macht ein schmatzendes Geräusch mit der Zunge, „dass diejenige ihren Namen noch nicht sehr lange benutzt."

„Entschuldigung. Die Blume ...", mit einem Blick deutet Maria zum Fenster, „erinnert mich – an die Mutter." Ihre Stimme ist heiser. Sie presst die Lippen zusammen, blinzelt gegen die Tränen an. „Sie ist mir gestorben." Das Mitleid in den Augen der anderen macht sie noch trauriger.

„Das tut mir leid!" Die Sozialarbeiterin streckt eine Hand aus, quer über den Tisch, will sie trösten, doch der Abstand ist zu groß. „Warst du bei ihr?"

Maria nickt. Wenn alles gesagt ist, was kann sie anderes tun, als zu schweigen?

„Wo hat sie gelebt? Hier in Tirol?"

Maria schüttelt den Kopf.

„Ich weiß, es ist nicht einfach, die richtigen Worte zu finden, aber sobald man einmal angefangen hat, wird es leichter. Erzähl mir doch von deiner Mutter. Du hast sie gepflegt?"

Maria schnieft und schaut auf ihre im Schoß gefalteten Hände. Wozu soll es gut sein, von der Mutter zu sprechen? Sie ist tot. Es muss doch einmal Ruhe sein.

Caro Klausner – „Nenn mich Caro! Wir duzen uns hier alle" – räuspert sich und holt tief Luft. Wahrscheinlich ist schon wieder Zeit vergangen, während Maria ihre Hände angebrütet hat. „Schau, *Malina Bachmann*, nichts für ungut, aber ..."

„Meine Mutter war eben ein Fan."

Überrascht hebt Caro die Augenbrauen, lächelt. Sie ist die Leiterin des Frauenhauses. Wieder eine Chefin, der Maria Rechenschaft ablegen soll. Sie senkt den Blick wieder auf ihre Hände, die jetzt flach auf den Oberschenkeln liegen, ballt sie zu Fäusten, um sie sofort wieder auszustrecken, weil sich mit den Händen auch ihr Gesicht verkrampft hat. Auch sie lächelt jetzt die andere an, hilflos, harmlos oder irgendwas dazwischen. So ist sie innen drin. Alles Weitere muss doch keine Rolle spielen.

„Du bist jetzt seit drei Tagen hier." Caro fixiert sie konzentriert. „Schau, wir müssen einander vertrauen. Vertrauen ist die Grundlage, auf der all das hier funktioniert." Sie zeichnet mit der Rechten einen Kreis in die Luft. „Du bist in Sicherheit. Du kannst mir vertrauen."

Maria nickt verständig. Drei Mal vertrauen. Wenn eine ein Wort so oft sagt, ist es erst recht verdächtig. Woher will die wissen, dass sie lügt, wo sie es doch selbst kaum merkt? Sie lügt ja auch nicht wirklich, frisiert nur die Wahrheit ein wenig zurecht, um sie besser greifbar zu machen für eine, die nicht wissen kann, wie es sich anfühlt, Maria zu sein.

Ob es das ist, was eine zur Chefin macht, dass sie sieht, wo es die anderen schmerzt, und es ans Licht zerrt, immer wieder ans Licht zerren muss, ihrem Zwang ausgeliefert wie die Fliegen?

„Warum glaubst du mir nicht?"

Caro seufzt. Ein Schweißfilm bedeckt ihre Stirn. „Schau, ich hab zweieinhalb Jahrzehnte Erfahrung in diesem Job. Was meinst du, was ich schon alles gehört hab, Wahres und Erfundenes. Es ist schwer, mich zu täuschen." Ihr trauriger Blick deutet an, dass diese Fertigkeit nichts zu ihrem Glück beiträgt. „Aber natürlich kann auch ich mich irren. Ein Vorschlag: Lass uns mit deinem richtigen Namen starten, okay? Damit riskierst du nichts. Wir geben deinen Aufenthaltsort nicht weiter, versprochen! An niemanden." Mit vorgestülpter Unterlippe bläst sie sich die Haare aus der Stirn.

„Auch nicht an die Polizei?"

Caro streift sich die Strickjacke ab und wirft sie über die Rückenlehne. „Nur, wenn sie ausdrücklich nach dir fragt. Warum sollte sie das tun?" Mit beiden Händen zupft sie an ihrer Bluse, um sich Luft zuzufächeln, bevor sie die Handflächen auf den Tisch legt. „Gehen wir davon aus, dass dein Mann bei der Polizei ist, wie du sagst. Es ist nicht das erste Mal, dass ich das höre, aber das bedeutet nicht, dass es nicht wahr sein kann. Wie wahrscheinlich ist es, dass er sich an uns wendet? Wird er nicht eher eine Ausrede für dein Verschwinden suchen, anstatt sich als Gewalttäter zu outen, indem er dich im Frauenhaus sucht? Er hat dich nicht als vermisst gemeldet, jedenfalls habe ich nichts Entsprechendes bei den Meldungen der letzten Tage entdeckt. Wenn er hier auftaucht, muss er damit rechnen, dass du ihn anzeigst. Das kann ihn den Job kosten."

Nichts davon hat Maria sich überlegt. Sie atmet flach, hält ganz still. Immerhin – Caro hat keine Vermisstenmeldung entdeckt.

„Ist dein Mann so dumm?"

Maria neigt den Kopf vor Bewunderung, weil diese Frage alles abdeckt: Die Dummheit eines nicht ausgeschlossenen realen Mannes ebenso wie die des von ihr mangelhaft erfundenen und damit ihre eigene.

Caro steht auf. „Stört es dich, wenn ich ...", sie zeigt auf das Fenster, kippt es, ohne auf Antwort zu warten, „Wallungen", sagt sie, „der Wechsel." Sie setzt sich wieder an den Tisch. „Ich erkenne durchaus, dass du Angst hast. Ich zweifle nur daran, dass es ein Mann bei der Polizei ist, vor dem du dich fürchtest. Ich bin offen mit dir: Wenn eine Frau, die bei uns Unterschlupf sucht, ihren Namen partout nicht nennen will, dann hat sie in der Regel eine Straftat begangen."

„Nein!"

„Doch, leider! Welcher Grund fällt dir sonst ein?"

Maria schweigt. So schnell kann sie nicht denken.

„Schau!" Beschwichtigend hebt Caro die Hände. „Ich behaupte nicht, dass das bei dir der Fall ist. Meist sind es Frauen, die ihre Kinder vom obsorgeberechtigten Elternteil entführen", sie legt eine kurze Pause ein, schaut Maria forschend an. „Oder es hat etwas mit Drogen zu tun. Für beides sehe ich keine Anzeichen in deinem Fall. Ich will dir nur sagen: Was auch immer du getan hast – wir werden gemeinsam versuchen, den besten Weg zu finden. Und er wird besser sein als einer, den du allein gehst."

Maria verschränkt die Hände im Schoß. „Ich hab aber nichts getan." Was hat sie nicht getan? Niemand hat nichts getan. Was hat sie getan? Ist es eine Straftat, einer in Notwehr die Finger abzuhacken?

„Dann verstehe ich nicht, warum du mir deinen Namen nicht nennen willst. Mehr brauch ich vorerst gar nicht. Ich muss nur sichergehen, dass du nicht gesucht wirst, weil wir keine Straftäterinnen beherbergen können. Punkt."

Bald wird Caro die Geduld ausgehen. Marias Blick wandert zum Fenster, rastet auf der Sonnenblume ein. Es gibt noch kaum Fliegen im Frühling und doch liegt bereits eine unter dem Fenster. Am Rücken liegend dreht sie sich mit schwachen Flügelschlägen um sich selbst. Maria rollt den Stuhl zum Fenster, wischt sie mit der Linken in die hohle Rechte und wirft sie durch den Fensterspalt ins Freie.

„Sie haben mich eingesperrt. Ich musste mit anderen Männern ... Flötenstunden. Und anderes", flüstert sie.

„Wer: sie?" Caro scheint sich nicht zu wundern.

„Der Mann und seine Mutter."

„Ja, dann zeig sie doch an, um Himmels willen!"

Maria schüttelt den Kopf.

„Die müssen aus dem Verkehr gezogen werden, sonst tritt bald die Nächste an deine Stelle!"

„Diesmal nicht", haucht Maria.

Caro lehnt sich zurück. Mit der gefalteten Zeitung, die neben Marias leerer Akte liegt, fächelt sie sich Luft zu, lässt sie dann auf den Tisch fallen. „So leid es mir tut – wenn du mir deinen Namen nicht verrätst, dann musst du dieses Haus verlassen."

Maria atmet gegen das Klingen im Ohr an und gegen die Nägel, mit denen ihre Lunge innen beschlagen zu sein scheint. *Mihit Näglein behesteckt, schlühüpf uhunter die Deck.* Ob damit in Wahrheit der Tod gemeint ist, hat sie sich als Kind gefragt und ist trotzdem eingeschlafen. *Morgen früh, wenn Gott will, wirst du wieder geweckt.* Und wenn er nicht will, bist du tot. Weil er dich im Himmel braucht, hat die Mutter gesagt.

Was soll das jetzt? So viel schon durchgestanden, da wird sie jetzt nicht hysterisch werden. Vielleicht ist es an der Zeit, die Wahrheit loszulassen wie eine aus der Bettwäsche befreite Libelle und zu sehen, ob sie fliegt und sie trägt und wohin. In ihr altes Leben zurück. Ein anderer Ausweg fällt ihr nicht ein und auch nicht, was so schlimm daran wäre. Sie wird nicht mehr gesucht, weil niemand sie vermisst. „Maria", flüstert sie.

Caro kippt nach vorn, strahlt sie an. „Maria, wunderbar! Und wie weiter?"

Doch es gibt kein *weiter*, weil Marias Herz vor Schreck stehengeblieben ist. Auf der Titelseite der Zeitung ist ein feister Mann zu sehen, der von einem uniformierten Polizeibeamten am Arm zu einem Streifenwagen geführt wird. Kopf und Schultern der beiden und auch das Auto sind durch die Falze abgeschnitten, doch Maria erkennt das blaue Polohemd mit den weißen Streifen an den Ärmelbündchen. Es ist aus der Hose gerutscht, gibt weiches Fleisch preis, das über den Gürtel quillt. Hinter ihm ist die Ecke eines hellblau gestrichenen Hauses zu erkennen und der von Blumentrögen aus Waschbeton gesäumte Aufgang zur Terrasse des Cafés.

Das bildet sie sich ein. Sie starrt auf die Zeitung, bis die Zeilen in einem Wirbel vor ihren Augen verschwimmen. Vergeblich schnappt sie nach Luft, hört aus der Ferne Caros Stimme. Alles wird schwarz.

Sie findet sich auf dem Boden wieder. Ihr Hinterkopf schmerzt. Caro beugt sich über sie, fächelt ihr mit einer gelben Mappe Luft zu. Wo ist die Zeitung?

„Gott sei Dank! Ich war nicht schnell genug. Du bist mit dem Kopf gegen den Tisch ... Tut's weh?"

Maria stützt sich auf einen Ellenbogen. „Geht schon."

„Bleib liegen. Ich hol dir Wasser und Eis für die Beule."

Kaum hat sie den Raum verlassen, kämpft Maria sich hoch, hält sich an der Schreibtischkante fest, sucht mit den Augen die Zeitung zwischen den Papieren, vergeblich. Mitgenommen hat Caro sie nicht, vielleicht im ersten Schreck auf den Boden fallen lassen? Eben will sie auf der anderen Seite des Tisches nachsehen, als Caro schon mit einem Eisbeutel und einem schwappenden Wasserglas hereineilt.

„Du schaust schon viel besser aus. Auf einmal warst du ganz grün im Gesicht. Hast du das öfter?" Sie stellt das Wasserglas ab.

„Schon lang nicht mehr."

„Setz dich!" Caro schiebt ihr den Drehstuhl in die Kniekehlen und drückt ihr den Eisbeutel auf die Stirn. „Trink einen Schluck!" Sie geht zum Schrank, holt eine Plastikschatulle heraus. „Ich mess dir noch den Blutdruck und dann legst du dich hin. Ich bring dich zu deinem Zimmer."

„Nein, bitte, es geht schon."

Der Blutdruck gibt offenbar keinen Anlass zur Besorgnis. Maria leert das Glas. Soll sie nach der Zeitung fragen? Doch unter welchem Vorwand? Misstrauisch ist Caro ohnehin schon. Also lieber Geld holen, um sich selbst eine zu kaufen. Wahrscheinlich hat sie sich verschaut. Robin ist nicht der Einzige mit Schwabbelbauch und blauem Polo. Und den Kopf hat sie ja nicht gesehen. Aus welchem Grund sollte er …? Ein ungutes Gefühl, ein Jucken hinter ihrer Schläfe verlangt Aufmerksamkeit. Als hätte sie nicht genug, worum sie sich kümmern muss.

Schluss! Mit ihren Verhörmethoden hat Caro sie verwirrt, hat sie an die Chefin erinnert. Kein Wunder, wenn ihr dann bei der ersten Gelegenheit Robin in den Sinn kommt.

„Na schön", sagt Caro und schaut auf ihre Armbanduhr. „Die Aufregung wahrscheinlich. Ruh dich aus. Wir reden morgen weiter. Ab vierzehn Uhr bin ich da. Bring am besten einen Ausweis mit."

Als Maria die offene Tür zum Hof passiert, sieht sie Ionela mit zwei anderen Frauen draußen zusammenstehen. Ihre Blicke treffen sich.

„Was ist los, Schwester? Bist du aus Teig?", poltert Ionela. Sie lässt den Kopf hängen, macht ein paar schlurfende Schritte, um Maria nachzuäffen. „Denk an das Gesetz des Handelns!" Ionela strafft ihre Schultern, setzt einen entschlossenen Blick auf und klopft sich mit der Faust aufs Herz wie ein Gorilla oder ein Schifahrer im Starthaus.

Maria hört eine von Ionelas Gefährtinnen lachen. Nein, es ist das Kind mit dem blaugefärbten Undercut, das lacht. Die Frauen bleiben ernst. Maria tut, als hätte sie nichts gesehen, nichts gehört. Vielleicht ist sie ja wirklich aus Teig. Vielleicht ist das ihre Superkraft: Teig zu werden, wenn der Druck die Knochen zermalmt. Nachgeben, ausweichen, um zur alten Form – oder einer ganz neuen – zurückzufinden, sobald er nachlässt.

Darüber sollte man ein Buch schreiben. *Finde deine Superkraft!* Oder ist das nur ein Paragraf für das Gesetz des Handelns? Sie könnte das Buch selbst schreiben. Die Idee hätte ihr genauso gut kommen können. Als ob Ionela sich je dazu aufraffen würde. Und wenn doch, wirft sie nach drei Sätzen das Handtuch.

„Hey!" Ionela ist ihr nachgeeilt. „Sorry!"

Maria geht weiter. Ionela legt ihr die Hand auf die Schulter. Maria schüttelt sie ab. In den letzten beiden Tagen hat Ionela kaum ein Wort mit ihr geredet, ihre schüchternen Kontaktversuche allesamt abgebürstet. Was will sie auf einmal?

„Ich weiß, ich übertreibe manchmal. Ich bin halt so! Impulsiv, verstehst? Ich hab nicht gern, wenn mir jemand was wegnimmt. Die Idee für das Buch, verstehst, die hat mir geholfen, als ich am Boden war! Wenn dir jetzt mehr dazu einfällt als mir – das ist doch scheiße!"

Maria drückt die Tür zum Stiegenhaus auf, hastet die Stiege hinauf. Ionela hält Schritt.

„Außerdem! Der Kärntner rückt mir auf die Pelle. Der war es, der mir die Nachricht geschickt hat, letztens. Das war einfach zu viel. Ich hab es an jemandem auslassen müssen, verstehst, und das warst halt leider du. Kärntner, so nenn ich den Hurensohn jetzt, bis mir ein besseres Schimpfwort einfällt. Hurensohn ist er ja nicht wirklich und selbst wenn – was kann die Sexarbeiterin dafür, dass ihr Sohn ein Arschloch ist? Jedenfalls hab ich vorhin mit Yvonne geredet, meiner Bezugsbetreuerin, und ..."

Nur nicht stehenbleiben, denkt Maria, sonst quatscht die sie noch tot. Sie merkt schon, wie sie weich wird. Wenn Ionela es ernst meint, dann muss sie sich mehr Mühe geben, nicht immer nur von sich reden. Sie öffnet die Tür und biegt in den Gang im zweiten Stock ein.

„Hey!" Wieder packt Ionela sie von hinten an der Schulter, hält sie zurück, dass sie sich ihr unwillkürlich zuwendet. „Ich seh doch, dass es dir scheiße geht! Wir müssen zusammenhalten, sonst gewinnen die Kerle! Wir dürfen uns nicht als Konkurrentinnen um irgendwas betrachten, sondern als Verbündete, und so weiter. Hat Yvonne gesagt und diesmal hab ich kapiert, was sie meint. Wir beide, verstehst, wir stehen auf derselben Seite!"

Maria seufzt, schaut Ionela in die grimmig aufgerissenen Augen. Die Locken flackern um ihr Gesicht, das vor kurzem noch einer zu Brei geschlagen hat. Wie sie trotzdem so laut bleiben kann.

„Warum vergräbst du dich in deinem Zimmer? Warum kommst du nicht raus zu uns in den Hof? Warum redest du nichts? Wir sitzen doch alle im selben Zug."

„Boot", sagt Maria im Weitergehen. Vor der Zimmertür holt sie tief Luft, sagt dann doch nichts. Sie sperrt auf und bleibt im Türstock stehen. Ionela prallt gegen ihren Rücken. Es kostet Kraft, sie nicht einzulassen.

„Okay." Ionela dehnt das Wort, ohne zurückzutreten.

So kann Maria die Tür nicht schließen. Sie dreht sich um, öffnet den Mund, würde gern erklären, wie sehr sie der Spott und die Ablehnung verletzt haben, will sagen, dass sie wahrscheinlich ausziehen muss und schon wieder ohne alles dasteht. Dass sie nicht weiß, wohin sie jetzt soll. Doch das Erste muss Ionela schon wissen und alles andere erzählt man bestenfalls einer Freundin.

Ionela imitiert das fischgleiche Öffnen und Schließen ihres Mundes und grinst. Ihr Gesicht ist abgeschwollen, die gelblichen Verfärbungen kaum noch zu erkennen.

„Brauchst Ruhe? Nici o problema! Ich komm später vorbei. Ich bring was zum Essen mit, bin eine super Köchin!" Ionela beugt sich vor, krächzt ihr ins Ohr. „Und was zum Trinken." Sie hebt die Augenbrauen und ein unsichtbares Glas. „Rührei!"

Maria widerspricht nicht. Angebote niemals ablehnen. Auch das könnte eine Regel sein. Nimm, was du kriegen kannst, ist nur fast dasselbe wie *nimm, was man dir geben will!* Regel ist vielleicht besser als Paragraf, doch das muss sie nicht jetzt entscheiden. *Nimm, was man dir geben will* ist ein Auftrag, eine Anweisung, eine Einstellung, die sie ihr Leben lang mit dem Gegenteil verwechselt hat: Gib, was man dir nehmen will.

Sie lächelt. Das muss auch ins Buch. Wenn sie nicht bald aufschreibt, was ihr alles einfällt, wird sie es wieder vergessen.

*

Nie hätte sie vorher gedacht, dass es der beste Abend aller Zeiten werden könnte oder mindestens der beste seit Linz. Auch der längste und jedenfalls einer, der den schlimmsten Kater wert gewesen wäre. Doch außer ein wenig Kopfweh, Benommenheit und einem Druck auf den Augäpfeln spürt Maria keine Nachwirkungen. Nichts, womit ein Kaffee nicht fertig würde. Und gegen das Lächeln in ihrem Inneren kommen derlei Wehwehchen nicht an.

Ionela hat sich nicht lumpen lassen. Vier Flaschen von dem steirischen Rotwein vom Diskonter hat sie mitgebracht, nicht den billigen, nein, den mit der goldenen Prüfplakette, den die Mutter immer gelobt hat.

Dazu gefüllte Paprika, selbst gekocht, und diesbezüglich hat sie nicht übertrieben: Sie ist wirklich eine hervorragende Köchin.

Maria stützt sich auf den Ellbogen, trinkt das Wasserglas auf dem Nachttisch leer und lässt sich wieder auf den Rücken fallen. Gleich wird sie aufstehen, nur noch abwarten, bis die Flauheit im Magen sich verflüchtigt. Nicht, dass sie wieder umkippt. Wenn sie die Größe der Raute richtig deutet, die das Sonnenlicht auf den Boden malt, hat sie den Vormittag fast verschlafen.

Etwas wird ab heute anders sein, besser. Noch ist sie zu benebelt, um es klar zu sehen. Sie wird ihre Sachen packen. Den Plan hatte sie schon gefasst, bevor Ionela gekommen ist. Hat sie Ionela wirklich alles erzählt oder nur gewünscht, sie könnte es?

Was sie ihr erzählt hat, wird sie heute auch Caro Klausner erzählen. Sie ist keine Straftäterin, wird sie sagen, sie hat nichts Böses getan, sie ist nur nicht die Hellste und war verwirrt nach dem Tod der Mutter. Sie hat Zeit gebraucht, um zu sich zu finden, nachdem sie all die Jahre in Gedanken und Gefühlen nie bei sich, sondern immer nur bei der Mutter gewesen ist. Und da ist sie dann halt in etwas hineingeraten, eine Missbrauchssituation.

„Typisches Frauenschicksal", hat Ionela gekrächzt und beifällig genickt, als teilte sie es nicht selbst. Beifällig also nicht wegen des Schicksals an sich, sondern weil Maria ihre Verstrickung erkannt und sich daraus befreit hat. Gefahr erkannt, Gefahr gebannt. Ionela tut, als wäre sie seit Jahrzehnten im Widerstand gegen das Patriarchat aktiv. Dabei ist das Patriarchat in Marias Fall doch nicht das Problem, oder?

Wenn Caro nicht allzu sauer ist wegen der Polizistenlüge, wird sie heute mit ihr besprechen, wie sie nach Eichschlag zurückkehren kann. Vielleicht hilft sie ihr, mit den Behörden Kontakt aufzunehmen. Möglichst wenig lügen will Maria, aber von den abgehackten Fingern darf Caro natürlich nicht erfahren und deshalb auch nicht namentlich von der Chefin und von Robin und an welchem Ort sich das abgespielt hat. Erst recht jetzt, wo über die Geschichte vielleicht etwas in der Zeitung steht.

Daheim wird es das Beste sein, sich an nichts zu erinnern, sonst muss sie es wieder und wieder erklären. Wenn sie dabei durcheinanderkommt, steht sie blöd da. Hinter ihrem Rücken tratschen werden die Eichschlager sowieso. Das kann ihr egal sein, weil sie auf keinen Fall dortbleiben wird. Sie freut sich darauf, ihren Namen wiederzuhaben, eine Telefonnummer, eine Adresse, und endlich zum Zahnarzt zu gehen. Der Backenzahn meldet sich immer öfter. Dann das Haus verkaufen und weg. Das ist ihr Plan.

Ein Lichtreflex flackert über die Decke, blitzt immer wieder auf wie ein Signal. Zuzutrauen wäre es Ionela, dass sie rauchend im Hof steht und ihr blinkend Nachrichten morst. Vielleicht keine Nachrichten, sondern nur ein Hallo, eine Aufforderung, endlich aufzustehen, hinunterzuschauen.

Mit ihr könnte alles leichter sein, so viel Energie und Mut in jeder Faser. Dass sie nicht immer so war, hat sie gesagt. Oder eigentlich doch, nur nicht, wenn sie verliebt war. Oder doch, dann auch, aber nur im Bett.

Noch ein Plan: Gemeinsam mit Ionela nach Eichschlag zu ziehen, mit ihr dort zu wohnen, egal, was die Leute denken. Kann sie sich schon vorstellen, was das wäre. Gemeinsam das Haus herrichten, das Buch schreiben: Das Gesetz des Handelns. Ihre beiden Namen in Leuchtschrift auf dem Cover.

„Darauf trinken wir! Ein Glas auf ex, Spiegelei, Rührei, haha!"

Maria setzt sich auf, schlurft, noch steif, die paar Schritte und öffnet das Fenster. Es quietscht. Betty, Sondra und Olena schauen herauf, nicken ihr zu. Sondra hebt grüßend die Hand mit der Zigarette. Ein Sonnenstrahl fängt sich im Glas ihrer Armbanduhr, blendet Maria. Also nicht Ionela.

„Ihr habt ja ordentlich gefeiert!", raunzt Betty.

„Zu laut?"

Betty zuckt mit den Schultern und wendet den Blick ab. Olena grinst.

„Habt ihr Ionela gesehen?"

„Schon unterwegs."

Schon unterwegs. Dabei wollte sie das Haus nicht mehr verlassen. Der Kärntner ist ihr auf den Fersen. Dass er Jäger ist und sich anpirscht, hat sie gesagt. Dass er sie umbringen wird, wenn er sie findet. Er ist stark. Sie hat Maria ein Foto gezeigt: ein Oberkörper wie ein Fass, schulterlange schwarzgraue Locken, breite Nase. Ein Bild vom Goldenen Dachl hat er Ionela zuletzt geschickt. „Hab dich!", stand darunter. Zwar hat er ihr zuvor ähnliche Bilder von anderen Orten gesandt, als fischte er im Trüben – ja, er ist auch Fischer –, aber jetzt ist er hier und lauert dort draußen. Da ist es auch schon egal, ob sie das Handy abdreht oder nicht. Sie muss weg, irgendwohin, wo er sie nicht finden kann. Rumänien, besser noch: Serbien, oder eben mit Maria nach Eichschlag. Darauf kommt er nie.

Vielleicht hat sie eine weitere Nachricht aus Lienz oder Graz erhalten und traut sich deshalb wieder hinaus.

„Warum gerade Serbien?", fragte Maria. „Gibt es dort viele Rumänen?"

Ionela gestikulierte vage. „Ein Teil meiner Familie lebt dort. Und es ist außerhalb der EU. Für euch ist das doch sowieso alles dasselbe: Osteuropa. Oder würdest du den Unterschied merken? Eben. Wenn du in Österreich privat in der Pflege arbeitest, musst du Rumänin sein oder Slowakin, sonst ist verdächtig. In Seniorenheim ist egal,

geht alles, auch Serbin, Philippinin, sogar Österreicherin."
Im Verlauf des letzten Satzes ist ihre Stimme von Wort zu
Wort gutturaler geworden. „Ganz wichtig für Glaubwürdigkeit: falsche Deutsch! Artikel weglassen oder nimm das falsche Artikel und ein falsche Präposition. Und sag ja nicht *Präposition*, haha! Auch nicht *Glaubwürdigkeit*. Kurze Sätze. Hin und wieder fluchen ist auch gut, wirkt authentisch. Ob ich serbisch oder rumänisch fluche, hat noch nie jemanden gekratzt. Hauptsache, du rollst das R. So wie du das röchelst, das gilt bei uns als Sprachfehler."

„Marria."

„Prrrost!"

„Rrauswurrf!"

„Rrrrrohrrkrrepierrerr!"

Vor lauter Lachen haben sie den Schnaps durch die Gegend geprustet, bis jemand geschrien hat, sie sollen das Fenster schließen.

Maria kippt das Fenster, füllt den Wasserkocher im Bad, leert zwei Säckchen Nescafé und zwei mit Zucker in ihre Tasse, macht das Bett. Da sie schon auf ist, kann sie gleich anfangen zu packen. Mehr als ein paar Handgriffe braucht es nicht, um ihre Kleidung aus dem Schrank zu holen, auf das Bett zu legen und den Koffer aufzuklappen. Sie rollt ihre beiden Blusen, das Kleid, T-Shirts und Hosen zusammen, stopft die Unterwäsche dazwischen, faltet die Pullover. Sie gießt den Kaffee auf und setzt sich im Schneidersitz auf das Bett, einen Zipfel der Decke über das Knie gezogen, um es vor der brennheißen Tasse zu schützen, die sie dort balanciert.

In der unteren Etage des Stockbettes gegenüber liegt etwas. Ein Briefumschlag, weiß, mit Sichtfenster, einer von den länglich-schmalen, die ebenso gut Postwurfsendungen wie letzte Mahnungen enthalten können. Die Kanten sind stumpf, als wäre er lange herumgetragen worden. Er muss Ionela aus der Tasche gerutscht sein. Geschützt, wie Kinder in einem Spielhaus, sind sie unter der niedrigen Decke des oberen Bettes gekauert und haben getrunken und geredet, wie man nur mit der besten Freundin redet und manchmal mit Menschen, von denen man weiß, dass man sie nie wiedersieht.

Maria nippt an dem immer noch zu heißen Kaffee, bevor sie die Beine entknotet und sich hinüberbeugt. Sie greift nach dem Umschlag, der schwerer und dicker ist als erwartet. Ionela wird heilfroh sein, dass sie ihn nicht unterwegs verloren hat. Durch das verknitterte Sichtfenster ist die Adresse einer Personalvermittlung für Pflegekräfte zu erkennen. Die Lasche ist nicht zugeklebt.

Sie trinkt den Kaffee aus und starrt den Umschlag an. Es gehört sich nicht, fremde Post zu öffnen.

Sie legt ihn zurück auf das andere Bett, geht ins Bad, spült die Tasse im Waschbecken aus, putzt sich die Zähne, streift Shirt und Slip ab, duscht. Jeden Moment wird Ionela wild klopfen, wird hereinplatzen und ein großes Theater um den wiedergefundenen Umschlag machen. Maria trocknet sich ab, kämmt sich, cremt sich ein, zieht sich an.

Sie öffnet die Zimmertür. Der Flur ist leer. Sie klopft an Ionelas Tür. Keine Antwort. Zurück in ihrem Zimmer zögert sie kurz, bevor sie die Tür abschließt. Sie trägt den Brief zum Tisch. Nervös, als gelte es, eine Bombe zu entschärfen, zieht sie den Inhalt heraus.

Aus zwei zu Dritteln gefalteten Briefen wickelt sie eine grüne Sozialversicherungskarte, einen blauen EU-Personalausweis, einen Führerschein sowie ein Bündel Hunderteuroscheine. Sie zählt neun, zählt erneut, findet zehn, zählt ein drittes Mal, immer noch zehn. Das muss Ionelas eiserne Reserve sein, denn behauptet hat sie, sie sei völlig pleite. Die Ausweise lauten auf Ionela Stoica. Keines der Bilder sieht ihr sonderlich ähnlich, die Haare geglättet statt üppig gelockt, der Mund scheint kleiner, die Nase länger. Dass sich ein Mensch so verändern kann. Doch dasselbe hat Maria sich gedacht, als sie ihre eigenen, inzwischen sieben Jahre alten Ausweise zuletzt in die Finger bekommen hat.

Bei den Briefen handelt es sich um zwei Empfehlungsschreiben, beide mehrere Jahre alt. So etwas darf man lesen, es ist für Fremde gedacht.

An die
We care 4U Personalvermittlung
z. H. Daria Meyer

Vom 7. Januar bis 22. Juli 2017 war die von Ihnen vermittelte Frau Ionela Stoica als 24-Stunden-Betreuerin im Hause meines Schwiegervaters, Herrn Dr. Ludwig Gottschlich, in Stuttgart-Degerloch beschäftigt. Sie hat diese Tätigkeit stets zu seiner und unserer vollsten Zufriedenheit ausgeübt. Ihre Deutschkenntnisse würde ich als überdurchschnittlich bezeichnen.

In Absprache mit dem Hausarzt und den Angehörigen hat Frau Stoica sich zuverlässig um die medikamentöse Versorgung gekümmert sowie Verbände gewechselt. Sie bereitete Dr. Gottschlich seine Lieblingsspeisen, kaufte ein, begleitete ihn zu ärztlichen Besuchen und war menschlich rührend um sein Wohlbefinden besorgt.

Ihr besonderes Augenmerk galt seiner, auch intimen, Körperpflege und seinem körperlichen Wohlbefinden. Es war stets ihr Bestreben, ihn aufzumuntern und auch seine Heilung nach der letzten Operation in jeder Weise zu unterstützen.

Für uns Angehörige war es eine große Erleichterung, ihn in den Händen einer solch aufmerksamen Pflegerin behütet zu wissen, die sich tatsächlich 24 Stunden um ihn kümmerte. Wir bedauern Frau Stoicas Entschluss, Stuttgart aus

familiären Gründen zu verlassen, und sind außerordentlich dankbar für ihre Menschlichkeit und Zuwendung.
Wir wünschen ihr für die Zukunft alles Gute!

Das klingt nicht nach der Ionela, die sie kennt. Das zweite Schreiben ist an eine Agentur in Salzburg gerichtet und ebenfalls voller Lob.

Was ist, wenn Ionela nicht wiederkommt? Wenn sie doch noch in Panik geflohen ist? Wenn ihr Mann sie auf dem Weg zur Trafik erwischt hat? Was macht sie ohne ihre Dokumente? Was soll Maria mit dem Umschlag anfangen? Soll sie ihn Caro geben? Doch das Geld ist dann womöglich weg. Mit Bargeld traut sie niemandem, nicht einmal sich selbst. Auf keinen Fall kann sie den Umschlag mitnehmen, wenn sie heute weggeht. Oder doch? Ionela weiß, dass sie nach Eichschlag will. Sie könnte sie dort finden.

Wie viel Zeit bleibt noch, bis sie um 14 Uhr Caro gegenübertreten muss? Ein Blick aus dem Fenster, doch ausgerechnet jetzt steht niemand unten, den sie fragen kann. Sie nimmt Jacke und Tasche von der Garderobe und verlässt das Zimmer. Noch einmal klopft sie vergeblich bei der Freundin. Die Uhr über der Tür des Gemeinschaftsraums zeigt 13:12 an, was ihren Hunger erklärt, aber das Essen muss warten. Sie hastet zum Ausgang, eilt die Straße entlang. Erst jetzt fällt ihr ein, dass sie den Bereitschaftsdienst hätte fragen können, wann Ionela gegangen ist.

Weder im Park noch in der Trafik ist sie zu finden. Nach ihr zu fragen, traut Maria sich nicht, nur keine Aufmerksamkeit erregen. Immerhin – ihre schlimmste Befürchtung hat sich nicht bestätigt: Sie hat kein Blaulicht gesehen, keinen Krankenwagen, keine Polizei, kein Blut auf der Straße, kein Absperrband, hinter dem eine tote Ionela liegt, erschossen oder überfahren. *Wenn er mich findet, bringt er mich um!*

Wahrscheinlich liegt sie mit Ohropax im Bett und schläft ihren Rausch aus, hat sich nur früh noch Zigaretten geholt, alle Aufregung umsonst. Nicht immer hat ein ungutes Gefühl etwas zu bedeuten.

Als sie die Schleuse betritt, die unerwünschte Besucher filtern soll, kommt Caro ihr von drinnen entgegen. Sie wirkt aufgebracht.

„Da bist du ja! Ich muss dringend mit dir reden." Caro eilt voraus, redet weiter, ohne sich umzusehen. „Weißt du was von Ionela? Wo steckt sie? Ich hab mit Betty gesprochen. Sie sagt, ihr hättet die ganze Nacht gefeiert." Caro schließt ihr Büro auf und rauscht hinter ihren Schreibtisch. „Also!" Mit den Fingern trommelt sie einen hektischen Takt auf den Tisch.

„Tut mir leid, wenn wir zu laut ..."

„Darum geht es jetzt nicht! Obwohl etwas mehr Rücksicht sicher nicht schlecht wäre. Jetzt setz dich schon!"

Maria lässt sich auf dem Drehstuhl nieder, von dem sie gestern gekippt ist. Ihre Hände ruhen auf ihrer Tasche, obwohl die nichts mehr enthält, was ihr wichtig ist. Eigentlich gibt es nichts mehr, was ihr wichtig ist. Sie ist einfach nur da, nicht denkend, nicht fühlend, ein leeres Gefäß. Wahrscheinlich hat sie deshalb solchen Hunger. Beschwichtigend lächelt sie Caro an, die vor Ungeduld zu vibrieren scheint.

Eine Fliege misst sich taumelnd mit der Scheibe.

„Jetzt sag schon: Warum ist Ionela so plötzlich weg? Und wohin? Ich mach mir die größten Sorgen! Sie war in einem erbärmlichen Zustand, als sie hier angekommen ist. Seit einigen Tagen hat ihr Mann sie mit Nachrichten regelrecht bombardiert, das weißt du ja sicher. Sie ist doch nicht zurück zu ihm?"

Maria schüttelt den Kopf, muss fast lachen über den absurden Gedanken.

„Bist du ganz sicher? Sie ist recht impulsiv und wäre nicht die Erste, die sich wieder einwickeln lässt, kaum dass der Schmerz nachlässt."

„Sie wird noch schlafen." Maria wundert sich selbst

über die abgeklärte Milde in ihrer Stimme. „Wir haben eine Menge getrunken."

Caros Kopf kippt schräg nach vorn, sie schürzt die Lippen. „Heißt das, du weißt gar nicht, dass sie ausgezogen ist? Ich dachte, ihr hättet Abschied gefeiert."

Maria schluckt. Abschied, natürlich, und sie hat wieder einmal nichts kapiert. Sie schließt die Lider, öffnet sie wieder, weil im Finstern ihre frisch gewonnene Gelassenheit aus dem Gleichgewicht zu geraten droht.

Bssswwts-t-t-t, die Fliege landet auf dem Rücken, dreht sich, kommt wieder auf, fliegt gegen die Scheibe.

„Hey, du wirst mir doch nicht wieder umkippen!" Caro springt auf.

„Nein." Maria atmet gegen das Dröhnen an, das Überlastung ankündigt. Sie muss wissen, was mit Ionela ist. „Alles gut. Ich hab nur noch nichts gegessen heute."

Aus einer Schreibtischlade zieht Caro eine Packung Cracker, reißt sie auf und reicht sie über den Tisch. „Bitte!"

Noch ehe sie weitersprechen kann, hat Maria sich ein Salzkeks in den Mund gestopft.

„Heute Früh, vor sieben schon – der Nachtdienst war gerade unterwegs im Haus – hat Ionela uns ohne Abmeldung verlassen. Die Überwachungskameras zeigen, wie sie mit umgehängter Reisetasche aus der Tür geht. Betty ist die Einzige, die ihr begegnet ist, weil ihr die Windeln für den Kleinen ausgegangen sind und sie im Wirtschaftsraum welche geholt hat."

Maria ist hundeelend. „Hat sie was gesagt? Ionela meine ich."

„Ich check aus, hat sie gesagt, sonst nichts. Betty war sauer wegen eurem nächtlichen Theater und hat nicht weiter nachgefragt. Die Wohnung ist leer und blitzblank geputzt."

„Sie hat noch geputzt? Hat sie gar nicht geschlafen?" Als wäre das wichtig. Caro runzelt die Stirn, sieht Maria an, wie sie oft angesehen wird. Kein Wunder, wenn sie sich nicht auf das Wesentliche konzentrieren kann, stattdessen dumme Fragen stellt. „Sie ist nicht zu ihrem Mann. Sie ist weg von ihm. Er ist hier. In Innsbruck", fügt sie sicherheitshalber hinzu, weil ihr das immer noch so fremd vorkommt.

„Und was daran bringt dich zum Lächeln?"

„Nichts. Entschuldigung." Aber da ist doch etwas, nämlich die verschwindend geringe Aussicht, dass Ionela auf dem Weg nach Eichschlag ist. Sie räuspert sich. „Ich möchte ... auch ..." Sie zögert.

„Was?"

„Abreisen." Maria richtet sich auf. „Zurück nach Hause."

„Was, du auch noch? Ich dachte, wir wären auf einem guten Weg." So enttäuscht sieht Caro aus, dass Maria an einen Rückzieher denkt, zumal ihr vorkommt, dass Caro bisher nicht viel für sie übriggehabt hat. „Wohin willst du? Nur, weil deine Freundin Ionela womöglich eine Dummheit gemacht hat, darfst du nicht denselben Fehler machen."

„Sie hat keine Dummheit gemacht." Maria schüttelt den Kopf. „Sie folgt dem Gesetz des Handelns."

Bsswwt-t-t-t.

Caro schnaubt. „Jetzt fängst du auch noch damit an. Folgst du jetzt etwa auch diesem Gesetz des Handelns? Was soll das überhaupt sein?"

Maria zuckt mit den Schultern.

„Na gut, ist ja nicht das Schlechteste. Wohin willst du also zurück?"

„In mein Elternhaus."

„Vielleicht möchtest du mir trotzdem noch verraten, wo das ist und wer du bist, Maria? War ja eigentlich ausgemacht. Ich würde auch gern wissen, wenn du in Sicherheit bist."

Maria nickt. Sie öffnet die Tasche auf ihren Knien, greift in das Reißverschlussfach an der Rückseite, angelt mit Zeige- und Mittelfinger durch den Schlitz in der Seitennaht des Futters nach ihren Ausweisen. Ab jetzt spiel ich mit offenen Karten, sagt sie beinahe, lässt es dann doch, weil es zu albern klingt. Die ganzen Monate über hat sie die Plastikkarten dort versteckt. Einmal hat sie Robin erwischt, wie er heimlich in ihrer Tasche gekramt, sogar ihr Portemonnaie durchsucht hat. Auf dieses Versteck ist er nicht gekommen.

Jetzt sind die Karten trotzdem weg. Vielleicht sind sie durch ein weiteres Loch tiefer gerutscht. Mit beiden Händen tastet sie Wände und Boden der Tasche ab. So konzentriert ist sie darauf, dass sie fast fertig ist, bevor ihr eine weitere Merkwürdigkeit auffällt: Im Seitenfach steckt ein Smartphone. Sie hat kein Handy. Sie zieht es nur so weit heraus, wie nötig, um ihren Verdacht zu bestätigen. Es gehört Ionela. Davon muss Caro nichts wissen.

Bssssswt-wt-ssswt-t.

„Gestern waren sie noch da." Sie hat es überprüft, als sie den Plan gefasst hat, Caro reinen Wein einzuschenken. „Ich schwör's!"

„Was war da?" Caro greift unter den Tisch, zieht eine zusammengerollte Zeitung aus dem Papierkorb. Bsssbwww-bsswt-t-t-t.

„Personalausweis, Führerschein, Versicherungskarte."

Caro schnauft. Natürlich glaubt sie ihr kein Wort. Sie rollt ihren Stuhl zum Fenster und erschlägt die Fliege mit der Zeitung. Dann schaufelt sie die Leiche auf das Papier, öffnet das Fenster und schüttelt sie hinaus.

Es ist *die* Zeitung. Trotz der Faltung kann Maria die Hälfte des Polizisten erkennen, der einen am Arm packt, der Robin sein könnte. Während sie die Zeitung anstarrt, fällt ihr das Kuvert ein, in dem Ionelas Ausweise stecken. Sie fühlt sich, als hätte ihr jemand Eiswürfel in den Kragen geschüttet. Ganz wach und kühl ist sie auf einmal, sieht alles, wie es ist. Die Gelassenheit ist zurück. Sie streckt die Hand aus. „Darf ich die haben?"

„Von mir aus. Ist aber von gestern." Caro reicht ihr die Zeitungsrolle, zieht sie wieder zurück, hält sie schräg ins Licht. Sie weiß Bescheid! Doch nein, bedauernd saugt sie an den Zähnen und schnippt nur ein Fliegenbein weg. Sie klopft die Rolle auf die Tischkante und lässt sie vor Maria fallen. „So, zurück zu den Ausweisen." Es klopft an der Tür. „So leicht lasse ich mich nämlich nicht ablenken, weißt du. Du glaubst vielleicht, weil es mein Job ist, euch hier zu helfen und für euch da zu sein, dass ich ein bisserl naiv sein muss. Das ist nicht ..." Wieder klopft es, energischer diesmal. „... der Fall!"

Die Tür springt auf. Yvonne steckt den Kopf herein. „Sorry, Chefin, Drama! Ein Mann steht auf der Straße, schreit herum. Er sucht ...", sie hebt den Zeigefinger, macht eine Pause, tritt näher und flüstert Caro etwas ins Ohr.

Ionelas Kärntner?

„Na, super! Ich komm gleich!" Caro springt auf. „Wie zum Teufel hat der uns gefunden? Telefonortung? Ich sag doch immer ... Habt ihr schon die Streife gerufen?"

„Nein, soll ich? Er steht ja bis jetzt nur draußen, zusammen mit einem Nachbarn, den er offenbar herausgeklingelt hat. Wir haben ihn durch die Sprechanlage informiert, dass hier niemand mit diesem Namen bekannt ist. Als er wieder geläutet hat, haben wir mit der Polizei gedroht. Aber er geht nicht."

Caro drückt eine Kurzwahltaste, hält den Hörer ans Ohr. „Darf ich bitten?" Erst als sie ihr auf die Schulter klopft, versteht Maria, dass die Aufforderung ihr gilt. „Ich kann dich hier nicht allein sitzen lassen. Wir reden später." Sie hebt die Hand, um Marias Rückmeldung abzuschneiden und spricht ins Telefon. „Ja, hallo, Klausner hier, Frauenhaus. Bitte schickt uns einen Streifenwagen. Wir haben ungebetenen Besuch."

Caros Hand auf ihrem Schulterblatt schiebt Maria durch die Tür, wo sie stehenbleibt, während die beiden

Mitarbeiterinnen zum Ausgang hasten. Von einem Problemfall zum nächsten.

Die Ausweise und das Handy hat Ionela ihr im Tausch gegen ihre Identität zurückgelassen und spätestens jetzt ist Maria klar, warum das nötig war. Sie hätte vielleicht dasselbe getan, wenn es ihr eingefallen wäre, hätte auch nicht gefragt. Auf direktem Weg wird Ionela zur nächsten Grenze gefahren sein, rüber nach Deutschland oder eher nach Italien und von dort aus weiter in Richtung Rumänien oder Serbien. Wahrscheinlich ist sie längst weit genug entfernt, dass es ihr nicht mehr schadet, wenn Maria den Diebstahl anzeigt. Den Verlust. Wenn sie Caro davon erzählt, um nicht gar so blöd dazustehen.

Oder sie lässt es. Welchen Nachteil hat sie schon davon? Seit Monaten hat sie ihren echten Namen nicht verwendet und dort, wo sie herkommt und jetzt wieder hinwill, kennt man sie auch ohne Ausweis. All das weiß Ionela. Dass sie ihr trotzdem Geld dagelassen hat, ist edel. Woher sie wohl so viel davon hat, dass sie tausend Euro entbehren kann? Doch das geht Maria nichts an. Ionela hat getan, was sie nach dem Gesetz des Handelns tun musste, um sich vor ihrem Mann zu retten. Mehr muss Maria als Freundin nicht wissen. *Sei, wer du sein musst! Werde, wer du sein willst!* Irgendetwas in der Art.

Vielleicht ist es sogar ein guter Tausch. Mit der Zunge tastet sie den maroden Backenzahn ab, die scharfe Kante der ausgebrochenen Füllung. Sie wird mit Ionelas Versicherungskarte zum Zahnarzt gehen. Ihre eigene Versicherung hat seit Monaten niemand gezahlt.

Noch immer steht Maria vor Caros Büro, ist einfach stehengeblieben, als hätten die Batterien den Geist aufgegeben. Jetzt atmet sie tief durch. Alles kann weiterlaufen wie geplant, nur besser. Sie wird den Zahn richten lassen, sich etwas zum Anziehen kaufen, zum Friseur und zur Kosmetik gehen und dann mit erhobenem Haupt nach Eichschlag zurückkehren. Die Schrecken, die sie erlebt hat, werden sich setzen und mit der Zeit zu Abenteuern reifen, zu echten Geheimnissen, die sie hinter ihrem Lächeln verstecken wird.

Was du brauchst, kommt zu dir. Eine weitere Regel, die wievielte inzwischen? Vielleicht bleibt sie doch bei den Paragrafen, jetzt, wo Ionela weg ist. Sie muss sich ein Notizbuch besorgen.

In der Gemeinschaftsküche brüht sie sich einen Kaffee auf, schmiert zwei Marmeladenbrote, setzt sich aufs Sofa. Wenn sie nur sicher sein könnte, ob sie wirklich wissen will, was in der Zeitung steht. Ein Stoßgebet, dann glättet sie das Papier. Schräg streift ihr Blick über die gedruckten Zeilen, belässt sie unscharf, den Fokus auf die Kante des Tisches gerichtet. Wenn sie schon nicht kontrollieren kann, was sie lesen wird, dann wenigstens, wann sie es tut. Ein Schluck und ein tiefer Atemzug noch.

Blutiger Mord an Pinzgauer Wirtin steht in fetten Lettern über dem Foto, von dem sie nicht länger hoffen kann, dass es einen Unbekannten zeigt. Warum Mord? Die Haare zerrauft und verklebt, Poloshirt und Hose übersät mit dunklen Flecken, sieht Robin aus, als hätte er sich wieder einmal vollgekotzt und seit Tagen nicht umgezogen. Tatsächlich trägt er dieselbe Kleidung wie am Tag ihrer Flucht. Dazu diese Elendsmiene, der beschränkte Blick. Was für eine jämmerliche Gestalt! Während sie das Bild anstarrt, erinnert sich ihre Nase an den Geruch seines Körpers und den seiner Kotze. Er widert sie an. Und er tut ihr leid.

Sie hat ihm nicht leidgetan. Die Erinnerung an die Drecksarbeit verursacht ihr Übelkeit. Den Blick auf das Bild geheftet, stopft sie sich das zweite Brot in den Mund. Der Geschmack von Kirschmarmelade gegen den von glitschigem Gummi, das Aroma von Fenchel und Kümmel im Kampf gegen schweißige Schwänze und drahtiges Schamhaar. Mit jedem Bissen wächst ihr Hunger. Sie holt sich ein weiteres Brot, nur mit Butter beschmiert, mit viel Salz bestreut. Zur Übelkeit gesellt sich Brechreiz.

Wenn sie jetzt kotzt, hat die Chefin doch noch gewonnen. Dabei ist sie doch tot, muss tot sein, weil da *Mord* steht. Tot, tot, tot! Das Wort gibt einen schnellen Takt vor für den Tanz, nach dem ihr plötzlich ist. Wirbeln, springen, schreien sieht sie sich vor Erleichterung. Nach und nach entspannt sie sich, fühlt ihren Körper erschlaffen, als hätte sie sich nicht nur in Gedanken völlig verausgabt. Es hätte böse ausgehen können. Was, wenn seine Wut im falschen Moment übergeschäumt wäre und sich gegen sie gerichtet hätte? Glück hat sie gehabt.

Als sie sich wieder dem Bild zuwendet, hat sich ihr Ekel gemildert. Egal, wie schlecht es für Robin aussehen mag – auch er hat das Gesetz des Handelns für sich entdeckt.

Der Artikel zur Balkenüberschrift gibt nicht viel her. Zwei Tage und Nächte habe der Sohn neben seiner toten Mutter verbracht, heißt es dort. Unangekündigte Schließtage für das Café, ein beispielloses Vorkommnis. Stammgäste hätten schließlich die Polizei verständigt, da Klingeln und Klopfen vergeblich blieben. Ein Blutbad in der Küche, die verwitwete Wirtin mit einem Fleischermesser regelrecht abgeschlachtet, die Kleidung des Sohnes blutbespritzt. Er befinde sich in Untersuchungshaft. Näheres werde derzeit aus Rücksicht auf die Ermittlungen nicht preisgegeben, doch die Indizien sprächen für sich.

Kein Wort über Mia. Hat ihre Messerattacke Robins Blutrausch angestoßen? Ist er in die Küche gekommen, alarmiert durch das Geheul seiner Mutter? Sie ist fast sicher, dass es so war. Und dann?

Es kann ihr egal sein. Noch immer spürt sie das Gewicht der Chefin in ihrem Rücken, wann immer ein Hindernis ihren Weg blockiert, hört ihre metallische Stimme Bosheiten speien, verborgen unter dem Zuckerguss verlogener Freundlichkeit. Darüber hat sie mit Ionela gesprochen, gestern, in einem der ernsteren Momente. Die hat ihr geraten, an den Moment der Befreiung zu denken, wenn Zorn und Erniedrigung über ihrem Kopf zusammenschlagen. Also denkt Maria an ihre Explosion, an die beringten Maden, das Blut auf der Arbeitsplatte, die Schreie der Chefin. Sie hat kein schlechtes Gewissen. Niemand stirbt an zwei abgehackten Fingern. Robin hat das Werk vollendet, hat sich und wer weiß wie viele weitere Marias dadurch gerettet. Das gleicht einiges aus.

Sie räumt Teller, Tasse und Messer in den Geschirrspüler und geht auf ihr Zimmer. Ionela hat an alles gedacht, hat sogar das Handy für sie entsperrt, kein Passwort, kein Fingerabdruck nötig. *Mord Pinzgau* tippt Maria in die Suchmaske. Sie überfliegt die Einträge, findet weitere Fotos von Robin, von der Chefin in verschiedenen Lebensaltern, vom Café; findet Aussagen von Dorfbewohnerinnen und ehemaligen Lehrern in sozialen Medien, die Robin eine derart grausame Tat niemals zugetraut oder längst erwartet haben. Ein Muttersöhnchen sei er gewesen, kontaktarm, antriebslos, eine Last für die Mutter, Opfer ihres herrischen Wesens, ein Ödipus. Gesundheitlich angeschlagen, medikamentenabhängig, ein mäßiger Schüler, ein Tierquäler, Wolf im Schafspelz, nahezu debil, ein Rechtsradikaler, gefangen in der Opferrolle, ein passabler Koch. Manches wahr, manches weniger, manches erlogen.

Mord an Wirtin zwölfter Femizid des Jahres. Österreich trauriger Spitzenreiter Europas. Frauenministerium kündigt Plakatkampagne an. Dazu lächelt auf einem Bild die Frauenministerin in einem rosa Kostüm.

Ein Update. Seinem Anwalt zufolge streitet der Tatverdächtige, derzeit in Untersuchungshaft in Puch bei Hallein, den Mord an seiner Mutter und jede Beteiligung an der Tat ab. Das anfängliche Geständnis sei der Verwirrung nach dem gewaltsamen Hinscheiden der geliebten Mutter und dem Druck der Ermittler geschuldet. Sein Mandant sei geraume Zeit nackt unter Aufsicht einer attraktiven Beamtin in einem Raum festgehalten worden, bevor man ihm frische Kleidung gebracht habe, nachdem ihm die seine zur forensischen Untersuchung abgenommen worden war. Wie traumatisierend das für einen unsicheren Menschen mit körperlichen Defiziten sein müsse, könne man sich vorstellen.

Allein verantwortlich für die Bluttat sei, seinem Mandanten zufolge, eine gewisse Mia Berger, Hilfskraft im Gastronomiebetrieb und zeitweise Geliebte des zu Unrecht beschuldigten Mannes. Sie habe sich über sein Bett in den Betrieb einschleichen wollen und sei an der Mutter gescheitert.

Maria wartet auf den Schock. Er bleibt aus. Vielleicht hat sie zugestochen, wieder und immer wieder, obwohl sie sich nicht erinnern kann. Sie wünscht es sich fast. Wäre das Gesetz des Handelns nicht auf ihrer Seite? Worüber sie sich allerdings ärgert, das ist die Verdrehung, durch die die Chefin als Heldin und Robin als Opfer dastehen. Als hätte Maria jemals freiwillig mit ihm ... als wäre nicht sie ausgenutzt und missbraucht worden, sondern die Chefin. Sie seufzt.

Jetzt wird sie schon wieder gesucht, wenn auch als Mia Berger. Ein besserer Name ist ihr damals nicht eingefallen, als sie mit Blick auf die alpine Landschaft spontan beschlossen hat, nach dem ausgehängten Job zu fragen. Da muss sie der Chefin wohl noch dankbar sein, dass die ihren wahren Namen für sich behalten hat. Sicherheitshalber durchsucht sie alle aktuellen Berichte. Maria Arnold wird nirgends erwähnt. Ein Glück, auch für Ionela, die sich unter diesen Umständen sicher eine andere zum Tausch gesucht hätte.

Marias Zwerchfell zuckt. Lachen oder weinen, sie weiß es selbst nicht recht. So lang hat sie unter dem Radar gelebt, dass sie sich manchmal gefragt hat, ob es Maria Arnold, die sich Mia Berger nennt, wirklich gibt, ob überhaupt etwas von all dem, was ihr geschieht, außerhalb ihres dummen Kopfes existiert. Jetzt steht Mia Berger in der Zeitung, ob nun zu Recht oder Unrecht. Mia Berger, die sie erdacht hat, in die sie sich verwandelt hat, um sie schließlich wieder abzustreifen. Das kitzelt hinter dem Brustbein.

Sie geht zurück in die Gemeinschaftsküche, um sich einen letzten Kaffee zu holen, bevor sie das Haus verlässt. Zwei Kinder im Volksschulalter toben herein, gefolgt von der blonden Mutter, die ihr Haar immer zum Kranz geflochten trägt und kaum Deutsch versteht. Sie nickt Maria zu, öffnet den Kühlschrank, nimmt die halbvolle Milchflasche heraus, die Maria gestern gekauft hat, und trägt sie davon.

Eines der Kinder hüpft ihr nach, das andere stellt sich vor Maria auf, fragt etwas, das sie nicht versteht. Maria antwortet nicht. Sie nimmt die Tasse in beide Hände, lehnt sich an die Küchenzeile und sieht aus dem Fenster. Sie kann nichts anfangen mit Kindern.

Das Mädchen steht immer noch da, sieht zu ihr auf. Es muss etwa so alt sein, wie ihre Tochter jetzt wäre, hätte sie die nicht im vierten Monat verloren. Einfach herausgeblutet ist sie und war vielleicht auch keine Tochter, sondern ein Sohn oder was auch immer, so genau hat sie es nicht erkennen können. Keine große Sache, hat der Arzt gesagt, ein gutes Drittel geht ab im ersten Trimester und bei ihr hat es halt etwas länger gedauert. Lächerlich, um einen Zellhaufen zu trauern, fand ihr Mann. Trotzdem schaut sie Kinder seither nach Möglichkeit nicht so genau an.

Dieses zupft sie jetzt aber am Ärmel. Widerstrebend linst sie hinunter zu den feuchten braunen Augen im runden Gesicht, den Sommersprossen, die wie Sternenstaub über den zarten Nasenrücken gestreut scheinen. Das kleine Mädchen lächelt, die Schneidezähne zu braunen Stummeln gefault. Maria hätte besser aufgepasst auf ihr Kind. Hat sie aber nicht, sonst hätte sie es noch. Die Kleine lehnt sich an ihren Arm und reißt ein wenig an ihrem Herzen.

Caro kommt herein, lächelt, als sie Maria mit dem Kind sieht. „Was machen wir jetzt mit dir, Maria? Sollen wir gemeinsam zur Polizei fahren wegen der Ausweise?"

Maria schüttelt den Kopf. „Ich hab schon gepackt."

Caro stemmt die Hände in die Hüften, legt den Kopf schief. „Ganz ohne Ausweis kannst du nicht reisen."

„Ist ja nicht weit."

„Ich habe das Gefühl ..." Resigniert bricht Caro ab, den Blick auf die Kleine gerichtet, die sie neugierig anschaut.

Auch Maria blickt auf das Kind, auf ihre eigene Hand, die knapp über dem Wuschelkopf schwebt, wie durch ein Kraftfeld abgestoßen. Die Kleine hebt den Kopf und stößt ihn regelrecht in ihre Hand, reibt ihn daran wie ein ungestümes Kätzchen.

„Heute ist es zu spät", sagt Caro. „Ich will nicht, dass du allein im Finstern unterwegs bist."

„Danke." Das Kind schmiegt sich an sie, die Augen geschlossen. „Weißt du, wie sie heißt?"

Caro hebt die Augenbrauen, schürzt die Lippen. „Frag sie! Falls du es dir überlegst – ich bin noch eine Stunde da."

Was, wenn sie das Kind in die Arme und mit auf ihr Zimmer nimmt, mit nach Hause, nach Eichschlag? Maria schließt die Augen, erträgt die tierhaften Bewegungen des Kindes an ihrem Körper, unter ihren Händen nicht, flieht ins Leere. Ein Traum von einem Vogel, der zitternd in ihrer hohlen Hand sitzt.

Sie schreckt auf, ihr Mund trocken. Lang kann sie nicht weg gewesen sein, sie hält noch die Tasse. Das Kind ist nicht mehr da. Gern hätte sie es noch einmal berührt. Sein Abdruck auf ihrem Körper verflüchtigt schon. Gleich wird nichts von der Begegnung übriggeblieben sein als das leise Ziehen, das der Faden verursacht, der ihr diesen kleinen Verlust neben den anderen, größeren ins Herz stickt.

Sie geht zurück auf ihr Zimmer, googelt, was inzwischen über die gesuchte Mia bekannt ist, findet ein Bild auf Social Media. Es zeigt den Innenraum des gut besuchten Cafés, im Vordergrund zwei Frauen und drei Kinderwägen. Der stark vergrößerte Ausschnitt der rechten Bildhälfte offenbart im Hintergrund das unscharfe Bild einer Frau, die sie selbst sein muss. Unter der Schürze trägt sie ein buntgeflecktes T-Shirt, nicht zu erkennen, dass es in Wahrheit geblümt ist. Man sieht diese Frau mit dem herausgewachsenen Kurzhaarschnitt schräg von vorn. Sie ist dabei, den Tisch abzuwischen. Sie sieht aus wie viele andere.

Wie unter dem ersten Artikel haben sich auch hier bereits Kommentare gesammelt. Unscheinbar sei sie gewesen, diese Mia, freundlich und aufmerksam. Eine, die die Arbeit sieht und nicht viel redet. Den Mund macht sie aber doch auf, für jeden, der ein paar Euro übrig hat. Auf dem Kalvarienberg ist sie gesehen worden, ein gläubiger Mensch, immer traurig, immer heiter, bis aufs Blut ausgenutzt, berechnend hinter dem Vermögen der Gastwirtin her. Man hat sie tanzen gesehen in der Riviera-Bar unter der Pizzeria Desperado. Spurlos verschwunden ist sie, ein weiteres Opfer des Mörders. Eine, der man alles zutraut, die keiner Fliege etwas zuleide tut.

Für den Fall, dass der Kärntner das Telefon wirklich orten kann, dreht sie es ab und steckt es in ihre Umhängetasche. Sie geht aufs Klo, schminkt sich, packt ihre restlichen Habseligkeiten in den Koffer und schaut sich noch einmal um. Sie hat einen Namen, und sie hat Zeit und Geld genug, um noch ein wenig zu warten. So lange, bis ihr Bild aus den Medien verschwindet, bis Ionela in Sicherheit ist und Robin endgültig hinter Gittern.

Zweiter Teil

Er ist tot. Der keuchende Atem, dem sie nun schon minutenlang lauscht, ist ihr eigener. Dass man einfach aufhört zu atmen und dann nicht mehr ist, will ihr auch diesmal nicht in den Kopf. Das ganze Leben nur durch diesen feinen Hauch vom Tod getrennt. Wahrscheinlich schnauft sie deshalb so: um sich der Tatsache zu versichern, dass sie trotz allem noch lebt.

Wie er so daliegt, mit klaffendem Mund, erinnert er sie an die Mutter, obwohl kaum ein Vergleich weniger treffend sein könnte. Tot sind sie halt beide. Und finster ist es auch wie damals. Als stürbe es sich leichter bei Nacht.

Erst ein Dreivierteljahr ist die Ewigkeit her, in der sie auf dem Sterbebett der Mutter gesessen ist, untröstlich inmitten schwirrender Libellen, die sich gegen jede Wahrscheinlichkeit von der Bettwäsche gelöst hatten, um der Mutter die Ehre zu erweisen. Seltsam: Wie lieb sie die Mutter gehabt hat, das merkt sie erst genau in diesem Moment des Vergleichs. Wie ein Kind an den Körper der Mutter schmiegt sie sich an dieses Gefühl. Ihr Atem beruhigt sich. Im Nachhinein betrachtet ist das mit den Libellen schön gewesen. Angemessen, obwohl es sie damals verstört hat. Vielleicht hat sie sich selbst mit dieser Vision auch daran erinnern wollen, das Fenster zu öffnen, um die Seele der Mutter in die Weite zu entlassen.

Hier fliegt nichts. Keine Seele, keine Libellen, nicht einmal Blütenblätter, obwohl sein Bett blütenweiß ist. Warum es wohl so heißt und nicht blütenrosa oder blütengelb? Schneeweiß passt besser. Kalt.

Jeden Tag hat er ihr dabei zugesehen, wie sie sein Bett mit schneeweißer, frisch gebügelter Bettwäsche überzogen hat. *Frisch* gebügelt, wohlgemerkt, mit Wäschestärke aus der Sprühflasche, weil die Baumwolle dann bei jeder Bewegung raschelt wie trockenes Laub und dabei nach Frühlingsblüten riecht. Jeden Fleck sieht man auf Weiß.

Auch beim Bügeln hat er ihr zugesehen. Sie hat es exakt so machen müssen wie seine Frau, die vor siebzehn Jahren einem Krebsleiden erlegen war. Geflohen, hat sich Maria gleich gedacht, vor seiner Pedanterie. Seine Frau, deren ebenfalls gebügelte Nachthemden zu tragen Maria anfangs noch verweigert hatte. Und jetzt trug sie doch eines.

Er ist in einem Alter gewesen, in dem einen alle möglichen Gebrechen einholen, in dem sich der Körper rächt für jede Zigarette, jeden Tropfen Alkohol, jeden nicht gegangenen Kilometer. Das kennt sie von der Mutter. Er litt unter hohem Blutdruck, Gastritis und miserablen Leberwerten. Als dann zum steifen Knie erst ein Bandscheibenvorfall und dann noch eine gebrochene Schulter kamen, ist ihm nichts anderes übrig geblieben, als eine Anzeige zu schalten, gerade an dem Tag, als Maria in Graz angekommen ist. Ein Fingerzeig des Schicksals, hat sie gedacht, so eine Pflegestelle für ein paar Wochen. Dabei hatte Ionela ausdrücklich davor gewarnt, ohne Agentur zu arbeiten.

Altbau, dritter Stock, der Lift kaputt. Maria war außer Atem, als sie den letzten Treppenabsatz nahm. Er stand schon da, ein großer Mann mit schiefem Gesicht und schütterem weißen Haar, ein Arm in einer steifen Schlinge gefesselt. Mit der anderen Hand umklammerte er den geschlossenen Flügel der Doppeltür. Misstrauisch spähte er ihr entgegen. Unter seiner Strickweste zeichnete sich der Umriss eines hautfarbenen Plastikkorsetts ab. Dunkle Flecken zierten den Schritt seiner Flanellhose.

„Guten Tag! Ich bin Ionela Stoica", sagte Maria und freute sich darüber, dass die Atemlosigkeit den Satz so angestrengt stockend klingen ließ, als koste sie die korrekte Formulierung Mühe. „Wir telefonieren."

Er schnupfte auf, die Mundwinkel herabgezogen, und wies schweigend auf das Messingschild an der Tür. *OStR Pollack* stand in gotischen Lettern darauf. Er reichte ihr nicht die Hand. Mit einem schroffen Nicken gab er den Weg frei.

Drinnen roch es nach einer Mischung aus Mottenschutz, Männerurin und Raumspray. Pollacks linkes Bein war steif und seine Balance durch Korsett und Armschlinge zusätzlich behindert. Sein schiefer Gang erinnerte Maria an den Nachtwächter Leitner und seinen Hund Evita. Sie lächelte. Pollack dirigierte sie in die Küche und überwachte sie bei der Zubereitung des Kaffees und der Aufteilung des noch halb gefrorenen Marmorkuchens. Im Wohnzimmer setzten sie sich einander gegenüber an den gewaltigen Esstisch. Beim Hinsetzen stieß sie sich das Knie an einer Schnitzerei des Tischbeines. Er grinste schief.

„Eigentlich mag ich keine Fremden im Haus", eröffnete er das Gespräch, seine Stimme tief, wohlklingend wie die eines Sängers, wenn auch ein wenig heiser. „Schon gar nicht eine Zigeunerin, nichts für ungut. Aber ich brauche Sie – oder eine wie Sie – mindestens, bis ich das los bin." Er klopfte mit den Fingerknöcheln gegen die Armschlinge. „Meine Tochter hat ja Besseres zu tun, als mich zu versorgen."

Maria schüttelte den Kopf. „Ich nicht Rroma!"

Doch er bestand darauf. Ob sie es nun wisse oder nicht, Stoica sei ein Zigeunername, da brauche sie ihm nichts zu erzählen. Dieser Musiker mit demselben Namen, das sei auch einer. Ob sie zum selben Clan gehöre. „Übrigens heißt der weibliche Singular meines Wissens nach Romni, nicht Roma."

Sie lachte auf. „Ist Beweis, dass ich nicht Roma!"

Er hob die Hand, als wollte er einem ungebührlichen Redeschwall Einhalt gebieten. „Haben Sie Referenzen?"

Sie reichte ihm die Empfehlungsschreiben, die Ionela ihr hinterlassen hatte, brach ein Stück vom äußeren Rand ihres Kuchenstücks ab und kaute, während er las und ihr anschließend in freundlichem Ton erläuterte, dass er keine Wahl habe. In jedem Restaurant, jedem Hotel suche man vergeblich nach Personal. Ausgerechnet in dieser Lage musste er nun auch … „Entschuldigen Sie meine Bemerkung von vorhin! Ich habe natürlich keine Vorurteile, aber man muss die Dinge benennen dürfen. Sie haben ja zum Glück nicht diesen olivfarbenen Teint, so fällt es praktisch nicht auf." Er lachte, abgehackt, als hätte er selten Gelegenheit dazu. „Ha! Ha! Ha!"

Er war ein einsamer Mann und das wohl nicht ohne Grund. Maria betrachtete die Schnörkel des Perserteppichs und überlegte zu gehen.

„Auch Ihr Akzent ist recht zivil. Zivilisiert, sollte ich besser sagen. Sie sollen ja was lernen bei mir. Ha! Ha!"

Sie hatte nichts dagegen, etwas zu lernen. Mit ihrem Akzent war sie selbst weniger zufrieden. Manchmal entglitt er ihr regelrecht. Die Schwierigkeit lag darin, das richtige Maß zu finden.

Ob sie lesen könne, fragte er. Die Ihren hielten ja nicht viel von Schulbildung, was man so höre. Maria konnte sich nicht einmal richtig ärgern über die Frage. Unglaublich, was ein Name und ein falscher Akzent alles bewirken konnten.

„Ja", sagte sie. „Lesen kann ich." Sie betonte jedes Wort.

Er ließ sie einen Text vortragen von einem gewissen Nitsche, bei dem ihr vorkam, dass sie tatsächlich nie richtig Deutsch gelernt hatte, so dicht gezwirbelte Sätze waren das. Nicht Nitsche, Nietzsche, auch da verwirrend viele Buchstaben.

Dass man die Peitsche mit zum Weibe nehmen solle, das hätte sie sicher schon gehört, vermutete er, und das hatte sie tatsächlich. „Wenn du zum Weibe gehst, vergiss die Peitsche nicht!" Das sagten sogar die Männer am Dorf. Aber halt! Denn es handle sich dabei um einen Zitierfehler, sagte ihr künftiger Arbeitgeber. Und in diesem Text ginge es ohnehin um etwas ganz anderes.

Schon hatte sie etwas gelernt. Und zwar was? Vor lauter Konzentration vergaß sie zeitweise sogar auf ihren Akzent. Ihm fiel es nicht auf. Er war damit beschäftigt, sie bei jeder falschen Betonung zu korrigieren, absatzweise abzufragen, was sie verstanden hatte, und ihr dann Satz um Satz den Inhalt zu erläutern, egal, ob sie ihn richtig oder falsch wiedergegeben hatte. Einen Inhalt, der ziemlich überkandidelt war, wenn man sie fragte, lebensfern und bemitleidenswert zugleich. Aber Hauptsache, den Herrn Pollack machte es glücklich, sich so aufzuspielen. Patientenzentrierte Pflege hatte Doktor Dobler das genannt, aktives Zuhören, obwohl er es selbst nicht praktiziert hatte. Er hatte es nur ihr nahelegen wollen.

„Wenn ich mir das so anhöre, dann könnte man fast auf den Gedanken kommen, dass die Idee vom Übermenschen nach der Nazizeit zu Unrecht in Verruf geraten ist", sagte Pollack feixend, als sie sich wieder einmal verlesen hatte.

Maria schob den Teller zurück. Sorgfältig die Kollision mit dem Tischbein vermeidend, stand sie auf, schob den Sessel zurecht, die Lehne parallel zur Tischkante.

„Warten Sie, bitte, warten Sie! Ich bin zu weit gegangen. Keine Nazischerze mehr, versprochen. Ich hab mich doch längst für Sie entschieden, liebe Frau Stoica! Sie sind genau die Richtige für mich."

Maria blieb stehen, die Hände auf der Rückenlehne. Dass er viel redete, störte sie nicht. Aber diese Idee vom Übermenschen und dass er sich offenbar für einen hielt, trat etwas los in ihr, das einer unangenehmen Erinnerung glich, die sie nicht mehr aufrufen konnte.

„Ich zahle bar, fünfzehnhundert pro Monat plus Kost und Logis. Wohnen können Sie gleich nebenan im Bügelzimmer."

Maria überlegte. Sie war als Dienerin gekommen. Es war nicht nötig, dass er sie als gleichrangig betrachtete. Hauptsache, er zahlte pünktlich und stellte keine Fragen. Sie warf einen Blick in das Bügelzimmer – ein vollgeräumtes Kabinett mit einem uralten durchgesessenen Sofa, kein Bett – und schüttelte den Kopf. *Nimm, was man dir geben will* – das war nicht immer genug. Sie lernte täglich dazu.

Er seufzte. Dann eben im ehemaligen Kinderzimmer, den Flur entlang, die nächste Tür rechts. Ein schönes, helles Zimmer. Er wollte sie wirklich. Zwar war es eindeutig, dass er kein netter Mensch war, doch was sollte er ihr anhaben, solange er Korsett und Armschlinge tragen musste? Mit ein paar Gemeinheiten kam sie zurecht. Im Notfall konnte sie ihn einfach umstoßen und weglaufen. Bei dem Gedanken lächelte sie.

„Achtzehnhundert!", verlangte sie. Sollte er sie doch rauswerfen.

„Aber hallo! Sie nutzen meine Lage aus, Frau Stoica. Ganz schön durchtrieben!" Er wackelte mit dem Zeigefinger. „Siebzehnhundert. Und dafür bekomme ich wirklich rund um die Uhr Spitzenbetreuung, Freizeit nur nach Vereinbarung, für die nächsten vier Wochen! Danach sehen wir weiter. Halten Sie das durch?" Er streckte ihr die Hand entgegen. „Schlagen Sie ein!"

Flüchtig drückte sie seine Hand und lächelte. Sie hatte schon Schlimmeres durchgehalten und für weniger Geld. Als sie ansetzte, ihm Ionelas Versicherungskarte zu zeigen, winkte er ab. Was sie als freie Unternehmerin mit ihrem Verdienst anstelle, ob sie ihn versteuere und wie sie versichert sei, interessiere ihn nicht. Er drückte ihr eine Anzahlung von dreihundert Euro in die Hand.

Und jetzt liegt er da. Es tut gut, ein wenig über ihn nachzudenken. Es soll nicht einfach so vorbei sein für ihn, auch wenn sie ihm nicht nahesteht. Bei der Mutter damals hat sie sich viel zu wenig Zeit genommen, darüber nachzudenken, was sie verloren hatte. Was gewonnen. Zu schockiert war sie. Heute ist es leichter.

Er ist tot, nach kaum mehr als drei Wochen, und sie muss sich wieder etwas Neues suchen. Höchste Zeit auch, endlich zum Zahnarzt zu gehen. Nicht einmal dazu ist sie gekommen, so sehr hat er sie in Anspruch genommen. Eine Weile hat der Zahn Ruhe gegeben, seit einigen Tagen meldet er sich wieder, beharrlicher diesmal.

Die Mutter hat nach ihrem Tod ganz friedlich ausgeschaut. Pollack wirkt verärgert, zornig sogar. Interessant, weil alle Muskeln sich nach dem Tod entspannen und deshalb kein negativer Gesichtsausdruck zurückbleiben kann. Das hat sie in dem Podcast von diesem Gerichtsmediziner gehört und der wird es wissen.

Sie tätschelt seine Wange, klappt den Kiefer auf und zu. Alles noch schlaff. Es muss wohl an den tief eingegrabenen Falten liegen, dass Zorn und Unzufriedenheit über den Tod hinaus an ihm kleben. Der lange Kopf mit dem verzogenen Kiefer – angeblich ein Bruch in der Kindheit – erinnert sie mit dem offenen Mund an einen Wasserspeier auf dem Dom.

„Bella Ionela, ich werde dich Ioni nennen!", sagte er, nachdem sie ihm das erste Abendessen gekocht hatte. Das Theater, das er dazu mit Augenbrauen und Mundwinkeln aufführte, zeigte an, dass in der Bemerkung ein Scherz verborgen lag, den Maria nicht begriff. Sie lachte patientenzentriert.

Erst in der zweiten Woche verstand sie den Witz. Er wollte sie ein Werk der Weltliteratur vorlesen lassen, wie er sagte, aus einer ganz fremden Kultur diesmal. Eines von vielen, das sie nicht kannte. Tolstoi hatte ihr am Vortag sehr gut gefallen, Herr und Knecht, hatte sie sogar auf die Idee gebracht, dass er ihr damit sagen wollte, er werde für sie einstehen, wenn es hart auf hart kam.

Das Kamasutra war ein abgegriffener, in Leinen gebundener Band, der eine Unzahl von Regeln zum Umgang der Geschlechter miteinander zu enthalten schien. Sie fühlte sich von Pollack belauert, während sie durch die Illustrationen blätterte, und beschloss, sich das Buch bei Gelegenheit allein anzusehen. Zum Vorlesen war das nichts. Dann fiel ihr das Wort Ioni ins Auge und sie verstand, dass er sie ebenso gut Muschi hätte rufen können. Oder Vagina, was ja wirklich wie ein Frauenname klang. Sie sah auf. Er grinste schief.

„Du Ioni, ich Lingam." Seine Augenbrauen tanzten.

Maria klappte das Buch zu, stand auf und ging auf ihr Zimmer, nein, schritt erhobenen Hauptes in ihr Zimmer. Sie setzte sich ans Fenster und dachte darüber nach, dass ein Paragraf zum Thema Würde unbedingt in das Gesetz des Handelns gehörte. *Niemand kann dir deine Würde nehmen, wenn du es nicht zulässt*. So etwas in der Art. Hinfallen, aufstehen, Krone richten. Nur rescher musste es klingen, nicht so tausendfach gehört.

Als er ihr nachgehumpelt kam, sich anscheinend entschuldigen wollte, schob sie einen Lebensmitteleinkauf vor und verließ die Wohnung, ohne seinen Protest zu beachten. Sie ging ins Kino, zum ersten Mal seit Jahren. Er sollte Zeit haben, sein Benehmen zu überdenken und sich zu erinnern, dass sie ihn jederzeit allein zurücklassen konnte. Die Frage war nur, wie sie dann zu ihrem Geld kam, denn der versprochene Vertrag ließ noch immer auf sich warten.

Natürlich musste er in ihrer Abwesenheit stürzen oder zumindest so tun, als ob, um sie ins Unrecht zu setzen. Aufstehen mit dem steifen Bein, dem Korsett und der Armschlinge ein Ding der Unmöglichkeit. „Wart nur ab, bis du in meinem Alter bist, mein Kind." An die Wand im Flur gelehnt saß er am Boden und las in einer Zeitung, die er aus dem Karton mit dem Altpapier gefischt hatte.

Sie wunderte sich, dass er nicht wütend war. Tatsächlich grinste er sogar, wenn auch nicht auf heitere Weise. Als sie seine Hose sah, zum Glück nur nass, nicht vollgeschissen, verging ihr das Wundern. Sie half ihm auf und schaffte ihn ins Bad, zog ihn aus. Ioni hin, Lingam her, das war Teil ihrer Arbeit.

Schon zuvor hatte sie beim Waschen immer um seine ledrige Erektion herumarbeiten müssen. Dafür konnte er nichts. Seine freie Hand brauchte er, um sich festzuhalten und nicht vom Badebrett zu rutschen. Wie hätte er sich da selbst waschen sollen? Möglichst geschäftsmäßig hatte sie täglich sein Ding eingeschäumt. Auch unter der Vorhaut musste gereinigt werden, damit sich nichts infizierte. „Gut machst du das", hatte er gesagt. „Ich mag es sauber."

An diesem Tag jedoch stöhnte er und packte ihre Hand, hielt sie fest auf seinem Lingam, mit einem Griff wie ein Schraubstock, und schob sie auf und ab. So etwas macht sie nur mehr aus freiem Willen, das hatte sie sich fest vorgenommen. Es stand so im Gesetz des Handelns. Sie wand sich im Versuch, sich zu befreien. Doch mit so viel Kraft hatte sie nicht gerechnet. Er hechelte.

Wo blieb ihre Wut? Das reichte nicht. Während ihre Hand ohne ihr Zutun sein Glied massierte, überlegte sie, ihn vom Brett zu stoßen, jetzt, da er sich nicht mehr festhielt. Das Korsett lag auf der Waschmaschine. Sollte er sich doch das Kreuz brechen. Sein Griff zwang ihren Arm in einen schmerzhaften Winkel. Sie verlagerte ihr Gewicht, wollte mit dem anderen Arm ausholen. Da war es auch vorbei und er ließ sie los.

Was war schon dabei? Eine therapeutische Maßnahme. Wenn sie diese körperliche Notwendigkeit so abstoße, hätte sie ihm nicht dieses Empfehlungsschreiben zeigen sollen. Glaubte sie, dass er sie genommen hätte ohne diesen Satz, den er auswendig hersagen konnte? „Ihr besonderes Augenmerk galt seiner, auch intimen, Körperpflege und seinem körperlichen Wohlbefinden. Es war stets ihr Bestreben, ihn aufzumuntern und auch seine Heilung nach der letzten Operation in jeder Weise zu unterstützen."

Sie erinnerte sich an die Sätze, doch erst jetzt fiel ihr auf, dass die Formulierung Interpretationsspielraum zuließ. Oder eben nicht. Sie schluckte die Erwiderung, schämte sich, dass sie auf diese Weise für sich geworben hatte.

„Das ist wie zugeschnitten auf meine Situation. Deshalb bist du hier. Also spiel jetzt nicht die Unschuld vom Lande. Ist schließlich nicht dein erstes Mal."

Gehörte das wirklich dazu? Hatte Ionela in all ihren Jahren als Pflegerin auch solche Dienste geleistet? Wir sind alle Maria, hatte sie gesagt. Aber Maria war keine Hure gewesen. Eher war sie missbraucht worden, wenn man genauer darüber nachdachte. Gottvater, Heiliger Geist oder wer immer da ohne ihre Zustimmung in sie gefahren war. Worin lag der große Unterschied, ob sie Pollacks Glied nur wusch oder das gleich noch mit erledigte, hygienisch eingeseift? Wenn sie den Unterschied nicht erklären konnte, dann gab es ihn vielleicht nicht. Es war schon immer so, ein Naturgesetz womöglich. Vielleicht war Gott in Wirklichkeit auch nur ein alter Mann mit weißem Bart und Maria hat ihm den Pimmel gewaschen und – zack! – hat er ihn ihr reingesteckt. Darüber hätte sie gern mit Ionela gelacht.

„Na, schau!" Pollack tätschelte ihr Bein. „Sie lacht schon wieder."

Das ganze Christentum, würde Ionela sagen, ist nur daraus entstanden, dass ein alter Mann sich für den Missbrauch an einer jungen Frau rechtfertigen musste. Verstehst?

Beim Abendessen lag ein Zwanziger auf ihrem Teller und sie steckte ihn nur deshalb schnell ein, weil sie den Auflauf schon auf der Schaufel hatte.

„Siehst du, ich lass mich nicht lumpen", sagte Pollack.

Apropos Geld. Sein Portemonnaie liegt in der Nachttischlade. Ein Hunderter, drei Fünfziger, drei Zehner und ein Fünfer stecken darin. Wozu auch immer, da er die Wohnung nie verlässt.

Gelegentlich kommt die Tochter vorbei, schaut nach dem Rechten und bringt auch Geld, das in einer hölzernen Kassette landet, die auf dem Schreibtisch steht. Aus der hat er das Haushaltsgeld ausgezahlt, jede Ausgabe anhand der Rechnungen penibel überprüft und nie Grund zu Beanstandungen gehabt.

Seit Maria hier arbeitet, hat sie die Tochter nur einmal gesehen. Marlene – Ioni, hat er sie einander vorgestellt, der Herr Pollack. Sie haben sich die Hände geschüttelt. Marlene hat über ihren Kopf hinweggeblickt, als existierte sie gar nicht, und sich danach die Hand an der Hose abgewischt. Sie hat angespannt gewirkt und den Besuch so kurz wie möglich gehalten. Die würde sie auf der Straße nicht wiedererkennen.

Maria geht in ihr Zimmer, um das Handy vom Nachttisch zu holen. Sie muss ausrechnen, was er ihr schuldet.

Noch immer verwendet sie Ionelas Telefon. In den ersten Tagen hat sie mehrmals täglich die Stalker-Nachrichten des Kärntner Exmannes gelöscht. Dann hat sie ihn blockiert: *Tippen Sie auf das Telefonsymbol. Tippen Sie auf die Nummer oder den Namen des Störenfrieds. Tippen Sie auf Blockieren, Kontakt blockieren oder Spam melden und dann auf Blockieren.* Ionela hat wissen müssen, was der Feind vorhat. Maria geht das nichts an. Was kann er ihr anhaben, selbst wenn er sie ortet? Sie ist nicht Ionela. Er wird keine Fremde auf der Straße ansprechen.

Von Ionela selbst hat sie nichts mehr gehört. Doch

die Rechnung für das Telefon würde sie kaum weiterhin bezahlen, wenn sie nicht vorhätte, sich zu melden. Bis das passiert, will Maria das Telefon behalten. Es gibt so viel, was sie mit ihr besprechen muss. Sechs Wochen ist es inzwischen her, dass sie sich getrennt haben.

Sie setzt sich auf ihr Bett. Nur jetzt nicht einschlafen. Sterben kostet Energie, auch wenn es einen nicht selbst erwischt, und zum Schlafen ist sie in den letzten Wochen kaum gekommen.

Als sie aufwacht, ist es hell. Wie oft sie in letzter Zeit mit einem Schreck erwacht ist. Sie kontrolliert das Handy. Fünfeinhalb Stunden hat sie tief und fest geschlafen, ohne jede Störung. Sie fühlt sich lebendig bis in die letzte Faser.

Pollack im anderen Zimmer ist immer noch tot, sein ganzer Körper steif inzwischen, die Haut kühl unter ihren Fingerspitzen.

1.700 : 30 x 25 tippt sie in die Rechnerapp. 1.416,66. Mehr, als ihr zusteht, will sie nicht. Der Schlüssel steckt, sie öffnet die Kassette. Links Ausweise, mit denen sie nichts anfangen kann, rechts Scheine. Sechs Hunderter, vier Fünfziger, elf Zehner. Mist! Sie nimmt vier Hunderter, drei Fünfziger und acht Zehner, schließt die Kassette, holt sich aus dem Portemonnaie alles bis auf einen Fünfziger, einen Zehner und den Fünfer. So sieht es nicht nach Diebstahl aus. Sie zählt: 750. 1.050, wenn sie die 300 von der Anzahlung dazurechnet. Noch einmal öffnet sie die Geldkassette, nimmt einen weiteren Hunderter. Das muss reichen. Schließlich hat sie noch fast die Hälfte von Ionelas Abschiedsgeschenk.

Das Telefon in ihrer Hand vibriert erstmals, seit es in ihrem Besitz ist, die Nummer unbekannt, also nicht Pollacks Tochter. Deren Nummer hat sie gespeichert, um sie benachrichtigen zu können. „Im Fall des Falles", hat Marlene gesagt, und Maria hat sich still darüber gefreut, wie akkurat die Floskel das Risiko beschrieb, dass Pollack bei einem Sturz zu Schaden kommen könnte. Noch immer vibriert das Telefon. Wenn es doch der Kärntner ist, von einer neuen Nummer? Lieber nicht abheben. Sie wendet sich der Leiche zu, bevor sie den grünen Punkt doch berührt.

„Hallo?"

„Wer soll's schon sein, Salatkopf?", poltert Ionela. „Seit Wochen will ich anrufen, aber ich hab Angst gehabt, du reißt mir den Kopf ab. Außerdem hab ich voll damit gerechnet, dass mein Handy bei der Polizei liegt. Nur für dich bin ich das Risiko eingegangen, verstehst."

Maria schließt die Augen. Sie fühlt sich, als hätte Ionela ihr einen Strauß Luftballons überreicht.

„Warum sagst nichts? Ich hab keine andere Wahl gehabt, verstehst? Ich hab den Kärntner loswerden müssen."

„Mhm."

„Bist eigentlich deppert, dass du mein Telefon immer noch verwendest?"

„Ich hab auf deinen Anruf gewartet."

„Hab ich befürchtet. Warum hast mich nicht angezeigt?"

„Du bist meine Freundin."

„Mir kommen mir die Tränen! Ich weiß nur nicht, ob vor Rührung oder vor Mitleid für deine Blödheit. Bist wenigstens schon daheim in deinem Dorf, in deinem Haus? Ich komm dich besuchen."

„Noch nicht, ich ..." Was soll sie sagen? „... bin noch unterwegs."

Schweigen am anderen Ende. „Als Maria oder als Ionela?"

„Entschuldigung, ich ..."

„Was machst du, bitte?"

„Arbeiten. Als Pflegerin."

„Du verdienst aber auch nichts Besseres! Daheim wartet ein gutes Leben auf dich, ein Haus, ein Auto, und du wäschst alten Leuten den Arsch? Denk an das Gesetz des Handelns! Nimm dir endlich, was dir zusteht! Und sieh zu, dass du das Handy loswirst!"

„Hat er dich gefunden?"

„Fast. Aber keine Angst, ich bin in Sicherheit."

„Das du gerade heute anrufst."

„Ich muss jetzt eh Schluss machen."

„Warte, ich muss dir noch was sagen."

„Dann sag!"

„Er ist tot."

„Wer ist tot?"

„Mein Patient. Heute."

„So schnell? Na, kann man nichts machen. Sie sterben alle früher oder später."

„Er war ... kein Guter." Sie denkt an seine lila glänzende Eichel über ihrer Hand und es schüttelt sie.

Ionela seufzt. „Intimpflege? Tut mir leid, dass du gleich so einen erwischt hast. Sind nicht alle so. Noch mehr Grund, dich auf den Heimweg zu machen."

„Ja."

„Pass auf dich auf und vergiss mich nicht! Ich muss jetzt, Salatkopf. Rührei!"

„Aber ...", antwortet Maria, doch die Leitung ist schon unterbrochen. „Spiegelei!"

Sie blinzelt das Brennen aus den Augen. Ionela hat recht. Es ist höchste Zeit zu gehen, zuerst einmal weg aus Graz, wo sie sowieso noch nicht richtig angekommen ist. Viel mehr als den Weg zum Supermarkt, zur Apotheke und in den nächsten Park hat sie nicht gesehen. Nicht, dass Marlene ausgerechnet heute vorbeikommt und sie neben dem kalten Vater vorfindet.

Der Herr Pollack. Ein missmutiger 82-jähriger Mann ist tot, im Bett gestorben. Eine traurige Angelegenheit. Zu früh, doch er war selbst schuld. Das ist der Satz, den sie auf seinen Grabstein meißeln lassen würde. Noch acht

Mal hat sie das volle Intimpflegeprogramm absolviert, hat es ohne weiteren Widerspruch hinter sich gebracht. Damit hätte er sich zufriedengeben sollen und sie nicht auch noch jede Nacht unter fadenscheinigen Vorwänden mindestens drei Mal aus dem Bett jagen, nur weil er trotz Schlafmittel nicht durchschlafen konnte.

Noch einmal zupft und klopft sie das Kissen zurecht, bis es sich um seinen Kopf aufplustert. Man soll ihr nichts vorwerfen. Man kann ihr nichts vorwerfen. Sie hat nichts getan.

Um drei Uhr siebenundfünfzig hat er sie zum vierten Mal in dieser Nacht aufgeweckt. Hätte er das nicht getan, dann würde er noch leben. Hätte sie den Audiomonitor abgedreht, als sein herrisches „Aufwachen, Ioni, hopphopp!" aus dem Lautsprecher drang, und wäre sie einfach liegengeblieben – auch dann würde er noch leben. Doch sie ist aufgesprungen – Schaf, das sie ist – und zu ihm geeilt. Es hätte ja wirklich was sein können.

„Jammer nicht!", hat er sie angeblafft, sobald sie gähnend sein Zimmer betreten hat. „Wenn ich nicht schlafen kann, brauchst du auch nicht schlafen. Bist schließlich halb so alt wie ich. Es heißt 24-Stunden-Pflege! Rund um die Uhr bist du für mich da, dafür bezahl ich dich. Jetzt schüttle mir schon das Kissen auf!"

„Ich arbeiten ganze Tag. Kochen, waschen, putzen, bügeln, einkaufen. Ich brauche Schlaf!"

„Papperlapapp! Als ob ein Zwei-Personen-Haushalt so viel Arbeit wäre. Faul bist du! Arbeitsscheu, wie deine ganze Bagage."

Mitten im Raum ist sie stehen geblieben.

„Komm schon, reg dich nicht auf! Ich mach dir ja keinen Vorwurf. Du hast es nicht anders gelernt. Lustig ist das Zigeunerleben. Ha! Ha! Aber bei mir gibt's das nicht. Arbeit formt den Charakter. Und jetzt tu weiter!"

Sie hat an das Gesetz des Handelns gedacht und nichts getan, anstatt zu handeln. Der Widerspruch ist ihr ganz natürlich vorgekommen.

„Wird's bald!", hat er geknurrt, und an der Röte im Gesicht hat sie gesehen, dass sein Blutdruck gestiegen ist. „Glaubst wohl, es reicht, wenn du dich bei der Intimpflege hervortust, aber das Leben ist kein Wunschkonzert. Ha! Ha!"

Mit jedem Wort ist seine Wut gewachsen und sie hat sich gefragt, auf wen er eigentlich wütend war. Auf sie? Auf sich selbst? Aber sie hat sich nicht von der Stelle gerührt. Auch er würde lernen müssen, wenn er auf ihre Betreuung Wert legte. Ein wenig Respekt war nicht zu viel verlangt. Ob es von jetzt an anders laufen konnte? Vielleicht brauchte es gar nicht viel. Sie musste ihn nur gelegentlich überhören, nicht mehr bei jedem Fingerschnippen springen wie ein dressiertes Hündchen. Das würde ihr leichter fallen, als sich zu wehren. Vielleicht galt seine Wut nicht ihr im Speziellen, sondern all den gehorsamen Frauen, die ihm durch ihre Nachgiebigkeit erlaubt hatten, zu einem solchen Ekel zu werden.

„Her da, auf der Stelle, du renitentes Weib!" Mit der gesunden Hand schlug er auf die Matratze. „Anstatt dass ihr dankbar seid, dass man euch nicht mehr ins Arbeitslager steckt ... Na, warte, wenn ich dich erwisch!" Ächzend rollte er sich über den gesunden Arm und das steife Bein auf die Seite, um aufzustehen.

Glaubte er wirklich, er könnte sie erreichen, wenn sie das nicht wollte? Sie trat einen Schritt zurück. Sobald seine Füße den Boden berührten, würde sie zur Tür laufen, den Schlüssel abziehen, der jetzt noch innen steckte, und ihn einsperren. Ob er die Tochter anrufen würde, wenn sie das tat, oder gar die Polizei?

Er warf die Decke zur Seite. „Windelweich sollte man dich ..." Mit schaukelnden Bewegungen versetzte er die Matratze in Schwingung, um sich trotz der Behinderung durch Korsett und Armschiene aufzusetzen, keuchte mit hochrotem Kopf.

Erst jetzt fiel ihr auf, dass auch sie langsam wütend wurde. Als hätte er mit jedem Wort in die Glut unter der Asche geblasen. Schlagen wollte er sie, trotz allem, was sie für ihn tat. Sie kam auf ihn zu, blieb knapp außer Reichweite stehen.

„Krieg mich doch", flüsterte sie.

Doch was blieb ihr wirklich übrig? Sollte sie sich wehren, wenn er nach ihr schlug? Sollte sie gehen? Was war dann mit dem Geld für die letzten Wochen? Es wäre ein guter Moment für einen Blackout gewesen, doch trotz ihrer Müdigkeit hat sie sich hellwach gefühlt, alle Gegenstände waren scharf umgrenzt, die Töne klar. Dieser Fluchtweg war verschlossen.

„Miststück!", krächzte er. „Schau, dass du fortkommst!"

Maria sah zu, wie er Schwung holte, um aufzustehen, und wie er zurückfiel, hilflos auf dem Rücken lag wie ein Käfer, sein Gesicht mit einem Mal fahl, die Stirn schweißbedeckt. Er griff sich an die Brust.

„Ich bring dich um!", stöhnte er gepresst. Es klang, als koste es ihn die letzte Kraft.

Maria erschrak. Seine Haut war grau, das Gesicht verzerrter als sonst. Sie sah auf ihn herab, der Hass in seinen Augen abgelöst durch Todesangst. In ihrem Ärger hatte sie vergessen, was ihre Aufgabe war: zu helfen, zu pflegen, zu retten.

Doch warum ausgerechnet ihn? Machte sie sich damit nicht mitschuldig an allen Gemeinheiten, mit denen er in Zukunft andere quälen würde? War es ihr Los, bei ihm zu bleiben, um alles abzufangen, was durch ihr Eingreifen sonst anderen blühte?

Wie ihre Gedanken sich ineinander verfingen, so kompliziert, dass sie ihnen selbst nicht mehr folgen konnte. Ein Zeichen, dass die Sicherungen durchbrannten, der rettende Filmriss nur wenige Atemzüge entfernt.

Pollack bäumte sich auf, rang nach Luft. Sollte sie das Korsett lösen, die Herztabletten holen, die Ambulanz rufen? Unschlüssig blieb sie stehen. Und dann war es zu spät.

Getötet hat sie ihn nicht. Sie hat nichts getan. Auch dafür muss Platz sein im Gesetz des Handelns. *Arbeite mit dem, was du hast!* Vielleicht ist das sogar die wichtigste Regel. Auch Nichtstun ist Handeln. *Sei Teig, sei Wachs, sei Wasser!* Auf ihre eigene Art kann sie die Welt zu einem besseren Ort machen. Nicht nur für sich.

Den Blick auf den Bildschirm gerichtet, senkt die Ordinationshilfe die ohnehin schon abwärtsweisenden Mundwinkel im maskenhaft überschminkten Gesicht. Im Zeitlupentempo schüttelt sie den Kopf. „Frau Stoica!" Sie zieht die grüne Karte aus dem Lesegerät und schiebt sie Maria mit einer Geste zu, in der Endgültigkeit liegt. Ihre hautfarben lackierten Kunstnägel schaben über die Platte. „Wir können Sie nicht behandeln."

„Tschuldigung, Bild ist alt, aber bin ich." Maria bemüht sich, den Blick der anderen festzuhalten, der schon zur nächsten Patientin flackert. „Brauchen Sie Ausweis?" Sie fummelt im Portemonnaie nach Ionelas Identitätskarte.

Die Ordinationshilfe schließt kurz die Augen. „Sie sind nicht mehr versichert." Ihre Stimme wie ihre Miene verraten, wie überdrüssig sie all der Zumutungen ist, die das Leben für sie bereithält.

Maria rührt sich nicht, starrt auf die glänzende Versicherungskarte, die ihre Ungültigkeit durch nichts zu erkennen gibt. Das daumennagelgroße Porträt von Ionela, inzwischen fast vertrauter als ihr eigenes Passbild, blickt ernst zurück.

„Sie haben Ihre Beiträge nicht gezahlt." Die Ordinationshilfe rutscht auf ihrem Drehstuhl herum und reckt den Kopf, um an Maria vorbeizusehen.

Maria fühlt ihren Körper von den Rändern her absterben. Das ist ihr schon lang nicht mehr passiert. Nase, Ohren, Lippen prickeln, die Fingerspitzen sind bereits taub.

„Sie sind doch Unternehmerin, da müssen Sie schon wissen ... Der Nächste bitte!"

„Ich habe Schmerzen. Schon lang! Eitrige Blasen im Mund." Maria deutet auf ihre rechte Wange, die in den letzten Tagen zusehends angeschwollen ist. „Bitte!"

„Nichts zu machen, leider. Wenn Sie die ausstehenden Beiträge online einzahlen, kann ich Sie vielleicht nächste Woche einschieben."

Die ältere Frau, die hinter Maria steht, drängt sie beiseite und reicht ihre eigene Karte über die Theke. „Russ, ich komme zur Kontrolle."

Mit beiden Händen klammert sich Maria an die marmorierte Platte, die sie von der Ordinationshilfe trennt. Das ist doch eine wie sie, der das Leben schon mitgespielt hat. Die könnte ihr doch helfen, wenn sie nur wollte. Die muss ihr doch helfen wollen. Aber sie tut lieber nichts.

Auf welches Konto soll sie einzahlen und wie viel? Wie kommt sie an die Daten? Sie kann die Tränen nicht mehr zurückhalten. Warum hat Ionela ihr nichts gesagt? Aber warum hätte sie etwas sagen sollen? Warum weiterhin Beiträge zahlen, wo sie selbst längst im Ausland ist? Keinen ihrer Ratschläge hat Maria befolgt, hat das Handy nicht weggeworfen, ist nicht zurück nach Eichschlag gegangen. Das hat sie jetzt davon.

Es muss eine Möglichkeit geben.

Eine kräftige Männerhand schließt sich um ihre Schulter, eine zweite zieht die Versicherungskarte unter ihren Fingern weg. „Sie wollen Ionela Stoica sein?"

„Kennen Sie die Dame?", fragt die Ordinationshilfe.

„Eben nicht!"

Angst kriecht Maria in den Nacken. Der muskulöse Mann, der kurz hinter ihr die Praxis betreten hat, packt ihre Oberarme – nicht direkt grob, eher entschlossen – und dreht sie einfach um. Sie legt den Kopf in den Nacken und windet sich in seinem Griff. Das bärtige Gesicht, den breiten Brustkorb hat sie schon irgendwo gesehen. Ionela hat ihr ein Foto von ihm gezeigt.

Alle sehen sie an. Niemand tut etwas.

„Das ist nicht Ionela Stoica!", erklärt Ionelas Mann erneut und blickt die Anwesenden der Reihe nach herausfordernd an.

„Wie kommen Sie eigentlich dazu, die Dame anzufassen, wenn Sie sie nicht kennen?", fragt ein junger Mann im Karohemd, dünne Beine, breite Schultern. Er erhebt sich von seinem Sitz im Wartebereich und tritt zu ihr. „Kommen Sie, setzen Sie sich!" Er schält sie aus den Händen des Bärtigen.

„Sie ist eine Betrügerin!", behauptet der. Drohend beugt er sich über Maria. „Wo ist Ionela?"

Mit gefühllosen Fingern fummelt Maria Ionelas Personalausweis aus dem Portemonnaie. „Da! Bitte schauen! Nici o problema", flüstert sie, als sie dem Karohemd die Karte reicht. „Ich Ionela Stoica!" Sie weiß, dass sie es jetzt übertreibt mit dem Akzent – und kann doch nicht anders.

„Ionela Lidia Stoica", liest er ab. Geboren am ..."

„12.8.1978 in Timişoara", flüstert Maria, obwohl es ihr selbst in dieser Situation widerstrebt, sich für älter auszugeben als sie ist.

„Es kann mehrere Frauen mit diesem Namen geben", sagt der mit dem Karohemd. „Du bist doch sicher Altenpflegerin, ja, ja?"

Nur, weil er so fragt, möchte Maria am liebsten widersprechen. Doch es ist einfacher so. Sie nickt.

„Diese braven Frauen pflegen unsere Alten für einen

Hungerlohn rund um die Uhr und wir hängen ihnen dafür auch noch die ganze Bürokratie der Selbständigkeit um, anstatt sie anzustellen. Und wenn sie krank sind, lassen wir sie verrecken wie Tiere. Ein Skandal ist das!" Er drückt Maria auf den Sessel, auf dem er zuvor gesessen ist. „Scheiß Kapitalismus!"

„Ja, 24-Stunden-Pflege", sagt Maria und sucht nach dem Akzent. „Brauche Arbeit. Dringend!" Alle Rs gerollt.

„Erst Arbeit, dann Zahnarzt!" Eine neue Stimme. „Sozialschmarotzer!"

„Elisabetta?", tönt es aus dem Lautsprecher über der Empfangstheke, „Ich warte auf den nächsten Patienten!"

„Verlassen Sie jetzt bitte die Praxis!", fleht Elisabetta in unbestimmte Richtung und drückt die Fingerspitzen an die Schläfen. Wie elend sie aussieht. Auch eine, deren Hände vom dauernden Stress irgendwann einmal so zittern werden, dass sie jemandem ein paar Finger abhacken wird.

Mit hängenden Armen steht Ionelas Mann in der Mitte des Raumes, mahlt mit den Kiefern, den Blick auf Maria gerichtet. Sie starrt zurück, ein Reh vor dem Wolf, denn so sieht er aus, etwas wild, die Haare länger. Keiner, den sie von der Bettkante stoßen würde, hätte sie früher gesagt, viel früher, als sie noch mit anderen Frauen, die sie Freundinnen nannte, abends in Lokalen Wein getrunken hat. Und jetzt? Jetzt weiß sie, dass sie so einen nicht will, Ionela zuliebe nicht wollen darf, selbst, wenn sie wollte. Schließlich murmelt er eine Entschuldigung, dreht sich um und geht.

Mit seinem Rückzug hat Maria nicht gerechnet. Sie atmet auf. Wie langsam verfliegender Brandgeruch hängt der Geist der Auseinandersetzung in der Luft.

„Wohin kann ich ohne Versicherung …?" Maria bricht ab, nicht, weil sie auf den Akzent vergessen hat, sondern weil ein stechender Schmerz ihr vom Oberkiefer direkt bis ins Hirn fährt. Sie beißt die Zähne zusammen, um ein

Wimmern zu unterdrücken und jault auf vor Schmerz. Schützend legt sie die Hand um die Wange, wächst auf ihrem Sitz fest.

„Es gibt Ambulanzen für solche wie Sie", sagt die Angestellte. „Barmherzige Brüder, Rotes Kreuz, steht alles im Internet."

Maria schließt die Augen. Wenn ihr niemand helfen will, stirbt sie eben an diesem Schmerz. Was kann sie sonst tun?

„Schaut aus, als hätte sie Fieber." Maria blinzelt. Die Stimme gehört zu einer hageren, jungen Frau in Anzughose und Bluse mit kurzgeschorenem Haar, die sich vor Maria hinhockt und ihr die Hand an die Stirn legt. „Ich verzichte für diese Frau auf meinen Termin. Bitte, holen Sie sofort die Frau Doktor oder rufen Sie einen Krankenwagen!" Der Blick ihrer grauen Augen und ihr gerader Mund mit den schmalen Lippen machen jedes ihrer Worte zu einer Tatsache. „Keine Sorge, das wird schon!"

„Was ist denn da los?" Die Frau im weißen Kittel wirkt ungehalten. Niemand antwortet. Sie schreitet auf Maria zu, von Licht umflossen, weil die Sonne hinter ihr durch das Fenster brennt. „Schauen Sie mich an!"

„Sie ist Rumänin", erklärt die Ordinationshilfe, „sie hat keine aufrechte Versicherung, Frau Doktor!"

„Na, dann kann man natürlich nichts machen, dann muss sie wohl sterben." Die Ärztin schielt zur Decke, verzieht spöttisch den Mund. „Sind wir in den USA, oder was?" Bestimmt fasst sie Maria am Arm. „Kommen Sie, wir schauen uns das mal an."

Die Hagere steckt Maria eine Visitenkarte in die Hand. „Ich suche eine Pflegerin. Für ... rufen Sie mich einfach an, wenn es Ihnen besser geht!" *Mag.ª Sigrun Gasparini* steht auf der Karte, darunter einige Adresszeilen.

„Sie können auch bar zahlen", sagt die Ärztin sanft in Marias Ohr. „Das hat Elisabetta Ihnen doch sicherlich mitgeteilt?"

*

Der Zahn ist weg, die einfachste und günstigste Lösung, ein schnelles Ende der Schmerzen. Dass die Betäubungsspritze bei akuten Entzündungen schlecht anschlägt, hat ihr die Ärztin erst während der Behandlung gesagt. Vom Unterdrücken der Schreie ist Maria fast der Schädel geplatzt. Zum Glück hat es nicht lang gedauert.

Als sie nach einer halben Stunde Fahrt aus der Straßenbahn steigt, beißt sie noch immer auf den blutigen Tupfer. Zwanzig Minuten hat die Ärztin gesagt, aber sicher ist sicher. Noch einmal will sie nicht dorthin müssen.

Mechanisch setzt sie einen Fuß vor den anderen, schleppt sich die sanft ansteigende Straße entlang, rechts nichts als Weinberge und Heurigenlokale, links vorwiegend Wohnhäuser. Sie wirft einen Blick über die Schulter, doch es ist kein Mensch außer ihr auf der Straße an diesem Nachmittag. Wie eine Großstadt wirkt das nicht. Aber sie fühlt sich ohnehin so erledigt, dass ihr egal ist, wo sie sich befindet. Als hätte man ihr nicht einen Zahn, sondern mindestens einen Arm entfernt, wenn nicht gleich das halbe Hirn. Benebelt von der Spritze und der Schmerztablette, die sie sicherheitshalber gleich in der Apotheke geschluckt hat, ziehen sich ihre Gedanken zäh wie Strudelteig. Auch die Hitze wird mit schuld sein. Die flirrt über dem Asphalt, als führte die Straße quer durch die Sahara und nicht durch einen Wiener Randbezirk.

Eine Katze quert die Straße von links nach rechts. Ihr Rücken ist schwarz, die Schnauze, der Bauch und drei der vier Pfoten weiß, zum Glück. Glück, das sich als Unglück tarnt. Ein Amselmännchen stößt warnende Rufe aus. Ein Stein trifft Maria an der Stirn, nein, ein großer Käfer war es. Benommen von der Kollision trudelt er dem Asphalt entgegen, bevor er wieder aufsteigt und schnurgerade in Richtung der Weinberge brummt. Die Haut brennt, wo er sie getroffen hat.

Ein Stück weiter am linken Rand der Kurve taucht endlich das dreistöckige Gebäude mit dem verglasten Wintergarten auf, in dem sie am Morgen hätte frühstücken können, wäre der Zahn nicht gewesen. Eine Tasse Tee mit Blick durch die trüben Fenster, mehr hat sie nicht zu sich genommen den ganzen Tag. Zwischen den Scheiben der Doppelverglasungen hatte sich über die Jahre Staub angesammelt. Vor allem in den Ecken und am unteren Rand frisst er sich von innen in das Glas, nicht zu reinigen. Hier, in der ungewohnten Umgebung, fällt ihr das auf. Im Haus der Mutter hat es unzählige solcher Ecken gegeben, vor denen sie die Augen verschlossen hat, weil sie einfach nicht hinterhergekommen ist mit der Arbeit.

Dass sie jetzt daran denken muss. Vielleicht ein Zeichen heimzugehen. Doch noch traut sie sich nicht nach Eichschlag zurück. Das gäbe ein Aufsehen, womöglich einen Bericht in der Lokalpresse oder gar im Regionalfernsehen. Solange sie als Mia Berger noch gesucht wird, kann sie das nicht riskieren.

Als sie die fünf Waschbetonstufen erreicht, die zum Eingang hinaufführen, ist sie nassgeschwitzt. Sie hätte die Jacke ausziehen sollen. Mit den Fingern fährt sie sich durch das feuchte Haar, lockert es auf.

Die Rezeption ist nicht besetzt. Zwischen zwölf und fünfzehn Uhr kümmert sich die Empfangsdame – die, wie sie, Maria heißt – um das Mittagessen und die Hausaufgaben ihres achtjährigen Sohnes. Viel wird er nicht zu tun haben. In ein paar Tagen beginnen die Sommerferien. Maria nimmt den Schlüssel mit dem schweren Messinganhänger vom Brett.

Ein paar Jahrzehnte zuvor sind hier Touristen abgestiegen, hat ihr die andere Maria erzählt. Hotel garni, weil man mehr als ein kräftiges Frühstück nicht braucht, wenn man den ganzen Tag von einem Heurigen zum nächsten tingelt, hier eine Scheibe Kümmelbraten mit Kraut und dort Aufstrich und Brot zum Wein verzehrt.

Jetzt hausen in den abgewohnten Zimmern Handwerkerpartien aus Tschechien und der Slowakei. Vor drei Tagen, als sie spätnachmittags angekommen ist, hat sie kräftige Männer in staubigen, blauen Latzhosen und Arbeitsstiefeln mit Bierdosen und Wurstsemmeln auf die Zimmer gehen gesehen. Abends hört sie sie durch die offenen Fenster trinken und reden, Musik hören oder fernsehen. Spätestens um zehn Uhr ist Ruhe. Keiner der Männer hat Maria bisher angesprochen, kein Pfeifen, keine eindeutigen Gesten. Nur ab und zu streift sie ein Blick. Im Frühstücksraum war sie allein, die Arbeiter längst unterwegs.

Täglich durchforstet sie das Netz und die Zeitungen nach Annoncen. Sich an eine Agentur zu wenden, wagt sie nicht, aus Angst, dort auf rumänische Mitarbeiterinnen zu treffen, die sie auffliegen lassen könnten.

In der Jackentasche tastet sie nach der Karte der Frau aus der Praxis, Sigrun Gasparini. Gleich morgen wird sie anrufen, wird nach dem Frühstück fragen, ob sie das Hoteltelefon benutzen darf. Sobald sie einen neuen Job hat, eine Meldeadresse, wird sie sich ein eigenes Handy besorgen, diesmal wirklich, denn das von Ionela hat sie noch in der Arztpraxis im Müllbehälter am Klo entsorgt. Ein wenig voreilig vielleicht, doch sie kann nicht riskieren, dass der Kärntner sie ein weiteres Mal aufspürt. Wie knapp sie ihm entkommen ist. Sie schaudert.

Der Aufzug, am Morgen noch kaputt, scheint wieder zu funktionieren. Sie drückt den Rufknopf. Hinter ihr öffnet sich schleifend die Eingangstür. Wenn sie sich umdreht und zur Kenntnis nimmt, dass jemand gekommen ist, muss sie mit demjenigen im engen Lift fahren, höflich aneinander vorbeilächelnd in gegenüberliegende Ecken gedrückt. Die Teleskoptür öffnet sich. Schon beim Betreten der Kabine drückt sie auf die Zwei und den Schließknopf, wendet sich um, ein bedauerndes Lächeln auf den Lippen. Doch da ist niemand. Sie atmet auf.

Sie muss den Tupfer loswerden. Ihr Kiefer ist schon ganz verkrampft vom Zubeißen, das wirkt sich auf die Stimmung aus. Hastig stößt sie den Schlüssel ins Schloss. Der Messinganhänger knallt gegen das Türblatt, dass sie zusammenfährt, doch dahinter wartet endlich Entspannung. Eine Tür, die sich in ein Zimmer öffnet, das sie für sich allein hat, gleich wie abgewohnt oder kürzlich noch fremd es auch sein mag – was für ein Luxus. Niemand wird sie hier rufen, kaum, dass sie die Füße hochgelegt hat, niemand sie aufscheuchen mitten in der Nacht. Sie öffnet die Tür, freut sich über die kühlere Luft, die herausweht, den terrassierten Garten, der sich vor dem Fenster den steilen Hang hinaufzieht. Sie wird sich hinaussetzen, wenn sie sich ein wenig ausgeruht ...

Ein grober Stoß ins Kreuz lässt sie vorwärts stolpern, drückt ihr die Luft aus der Lunge. Der blutige Tupfer schießt aus ihrem Mund, landet auf dem braunen Rankenmuster des Spannteppichs. Wie eine welke Blüte liegt er da. Sie landet auf Händen und Knien. Herzrasen. Mehr Blut wird folgen, sagt ihre Angst, während die Tür zuschlägt und sie vollends zu Boden gestoßen wird. Der Angreifer sitzt jetzt auf ihren Oberschenkeln, verdreht ihr den Arm auf den Rücken. Sie kann ihn nicht sehen. Er ist schwer. Panik füllt den Raum, ohne in sie einzudringen, auf Abstand gehalten wohl von dem starken Schmerzmittel.

„Keinen Ton!"

Sie wird einfach stillhalten, dann ist es schneller vorbei und tut weniger weh.

„Wo ist sie?"

Wer? Maria ist noch gar nicht zum Denken gekommen, so schnell ist es gegangen. Ist er das, der Kärntner? Natürlich, er muss es sein, sucht Ionela, ist ihr gefolgt, auch ohne Handy, und in ihrem Nebel hat sie nichts bemerkt, dumme Nuss. Doch sie kann ihm nicht helfen, selbst wenn sie wollte. Er wird ihr nicht glauben, wird sie bestrafen.

Dumpfe Angst sickert durch ihre Haut, fühlt sich vertraut an. Selten wird es schlimmer, als sie befürchtet.

„Bist du taub?"

Sie macht sich taub. Die Fasern des abgetretenen Teppichs, feucht an ihren Lippen, schmecken bitter. Keimkugeln, schwarz, grün, violett, folgen dem Blutgeruch, dringen ein zwischen ihre Lippen auf dem Weg zu ihrer frischen Wunde. Sie dreht den Kopf, schließt den Mund, hält den Atem an. Gleich wird sie weg sein, außer sich, wenn sie Glück hat.

„Bist du behindert, Weiberl? Warum kriegst du den Mund nicht auf?"

Sie schließt auch die Augen. Jetzt, da ihre Nase nicht mehr vom Teppich zugedrückt wird, riecht sie das Aftershave, das ihr heute schon einmal aufgefallen ist. Der weiche Dialekt, die volle Stimme, wie gemacht für traurigen Chorgesang, kennt kein Erbarmen. Er sucht Ionela, die er halb totgeschlagen hat, und ihr blüht jetzt dasselbe. Sie will sich wappnen gegen den Schmerz, aber für heute ist es zu viel. Sie macht sich nass.

„Jessas Maria!" Er meint nicht sie. Im Aufstehen reißt er sie noch einmal am Arm, dass es in der Schulter knirscht, und lässt dann los. „Jetzt hast du dir vor Angst in die Hose gemacht! Grauslich! Ich hab dich doch nur ein bisserl schrecken wollen." Er steigt von ihrem Rücken, lässt sich auf den Boden fallen, den Rücken an das Bett gelehnt. „Hurerei, verfluchte!" Er reibt sich das Knie. „Jetzt hab ich den Meniskus schon wieder beleidigt!"

Maria rührt sich nicht.

Er stupst sie mit dem Fuß an. „Hey, lebst du noch?" Sein Ton kokett, als wäre der Überfall nichts als eine harmlose Balgerei am Schulhof.

Vorsichtig stützt sie die Unterarme auf den Boden, hebt den Kopf, ohne aufzublicken. Solchen reicht oft ein direkter Blickkontakt, um sich provoziert zu fühlen.

„Jetzt setz dich halt auf, dann plaudert sich's besser!

Dass du nicht schreien sollst, muss ich dir nicht sagen, du bringst den Mund eh nicht auf. Bist eine richtige Plaudertasche." Er versetzt ihr einen Klaps seitlich auf den Hintern. "Hopp, hopp, auf mit dir! Ich hab nur ein paar Fragen, dann bist du mich los."

Maria rappelt sich auf, stützt sich auf Hände und Knie. Sie klaubt den blutigen Tupfer auf und wirft ihn in den Papierkorb im Eck, bevor sie sich auf die linke Hüfte setzt, die Beine fest geschlossen und seitlich angezogen, um die Feuchtigkeit im Schritt zu verbergen und den Teppich nicht nasszumachen. Unter gesenkten Wimpern riskiert sie einen Blick.

Es ist wirklich der aus der Zahnarztpraxis, fassbreite Brust, zu viel Kraft in den Armen, womöglich grob aus Versehen. "Der Papa spürt halt seine Kraft nicht, Mirli", hat die Mutter immer gesagt. Wie Ionelas Kärntner. Dass er ihr folgen würde, da er sie schon in der Praxis aufgespürt hat, hätte sie sich denken und besser aufpassen sollen. Aber nichts hat sie gedacht und das hat sie jetzt davon.

Sein graumeliertes, dichtes Haar fällt bis auf die Schultern. Er zieht ein Plastiketui aus der Hüfttasche seiner Cargo-Hose, klappt es auf und setzt sich eine randlose Brille auf, schiebt sie mit dem Mittelfinger auf der Nasenwurzel zurecht. Die Beine gegrätscht und angewinkelt, die Unterarme lässig auf den Knien abgelegt, schaut er sie an, schmunzelt sogar. Vor zwanzig Jahren war er einer von denen, die auf den Liebesromanen der Mutter die Frauen so zurückgebogen haben, dass Maria immer vorkam, ihr Kreuz müsse brechen.

"Du sitzt da wie eine Meerjungfrau."

Sie verschränkt die Arme eng vor der Brust.

"Ist ja schon gut, Mädel! Ich tu dir nichts. Voraussichtlich." Er grinst. "Ich will nur wissen, wo die Ionela ist. Die echte Ionela! Und wie du zu ihrem Namen kommst, zu ihrem Ausweis."

Maria wischt sich mit dem Handrücken über den

Mund, bewegt die Lippen, fühlt vorsichtig mit der Zunge. Die Wunde spannt, doch zum Glück blutet sie nicht. Sie öffnet die trockenen Lippen, schließt sie wieder. Kein Wort bringt sie heraus.

„Mein erster Gedanke war ja", dröhnt der Kärntner freundlich, „dass du sie erwischt hast, die Hur, dass du ihr alles abgenommen hast." Er sieht sich im Zimmer um. „Aber du schaust mir nicht so aus, als könntest du es mit ihr aufnehmen." Er zwinkert ihr zu.

„Was abgenommen?", fragt Maria mit brüchiger Stimme.

„Oh, es spricht!" Er steht auf. „Was abgenommen", äfft er sie nach. „Du hast also keine Ahnung? Aber nichts dagegen, dass ich trotzdem nachschaue, nehm ich an? Rühr dich nicht vom Fleck!"

Er öffnet ihren Koffer, der leer in der Nische zwischen Schrank und Fenster steht, schüttelt ihn, klopft ihn von allen Seiten ab, lässt ihn fallen. Er macht den Kasten auf, reißt alle Laden heraus, schüttet sie aus. Er durchsucht jedes Fach, schaut hinter jede Tür, sogar in den Spiegelschrank im Bad und in die Dusche und natürlich unters Bett, unter die Matratze und hinter die Vorhänge. Er leert den Inhalt ihrer Umhängetasche auf den Boden und nimmt die Scheine aus ihrem Portemonnaie, fünfunddreißig Euro, steckt sie in seine Gesäßtasche. Er zieht die Ausweise heraus, lässt sie nach kurzer Prüfung achtlos fallen.

Er hockt sich vor sie hin, so nah, dass sie seinen Atem von oben im Gesicht spürt. „Also, wo ist sie? Wo ist das Geld?"

Maria versucht, nicht an die Scheine zu denken, die unentdeckt im Innenfutter der Tasche stecken. Auch an Ionelas zerschlagenes Gesicht will sie nicht denken. Sie schüttelt den Kopf. „Ich weiß nicht, was Sie meinen."

Er packt sie mit der Linken an den Haaren und stößt ihr Zeige- und Mittelfinger der Rechten in die Nasenlöcher. „Jetzt lass dir doch nicht alles aus der Nase ziehen,

Dirndl!" Er lacht, wischt sich die Finger an der Hose ab und lässt sich wieder auf den Hintern fallen, die Beine zu ihren beiden Seiten ausgestreckt.

„Ich bin ihr in Innsbruck begegnet", haucht Maria. „Sie hat mir meine Ausweise weggenommen und ihre dafür dagelassen. Und ihr Handy. Das ist alles, was ich weiß."

„Und seither nichts?"

Sie schüttelt den Kopf.

„Du bist keine Rumänin."

Sie schüttelt den Kopf. Welchen Sinn hätte es zu leugnen, zumal sie den Akzent völlig vergessen hat.

Er legt den Kopf schief, mustert sie konzentriert, als sähe er sie wirklich. Sein Magen knurrt. „Ich werde dir was erzählen über Ionela", sagt er. „Aber zuerst brauch ich was zwischen die Zähne. Was ist? Hunger? Geht aufs Haus." Er klopft auf die Hosentasche, in der ihre Scheine stecken.

Wieder schüttelt sie den Kopf. Auch noch mit ihm essen gehen, das fehlt noch. Mit der Zungenspitze tastet sie zart die neue Zahnlücke ab, obwohl sie das nicht tun soll. Das Gefühl ist zurück, der Schmerz so mild im Vergleich zu vorher, dass man ihn kaum so nennen kann. Natürlich hat sie Hunger. Sie hat seit gestern nichts gegessen. Jetzt knurrt auch ihr Magen.

Der Kärntner lacht. „Auch eine Antwort!" Er reicht ihr die Hand.

Was soll sie machen? Bei ihm braucht sie nicht darauf zu warten, dass er von alleine stirbt. Besser unter Leuten als allein mit ihm hier sein. *Sei Teig, sei Wachs, sei Wasser.* Sie räumt ihre Tasche ein und steht auf.

„Umziehen nicht vergessen!"

Sie sucht einen Slip und eine Jeans aus den verstreuten Sachen, will ins Bad.

Er packt sie am Arm, schüttelt den Kopf, zeigt mit dem Zeigefinger auf den Boden vor ihren Füßen. „Nicht so gschamig! Ich hab schon vor dir Nackerte gesehen."

Mit gesenktem Kopf steht sie starr. Nicht aus Scham. Dass sie sich nicht schämt für das, was andere ihr antun, das ist auch eine Superkraft. Eine von vielen. *Finde deine Superkraft!* Soll er sie zwingen. *Sei Teig, sei Wachs ...*

„Dann geh halt. Aber die Tür bleibt offen." Selbstverständlich muss er ihr noch einen Klaps auf den Hintern geben. Sie soll nicht vergessen, dass er die Kontrolle hat. Bis zur Hälfte schließt sie die Tür hinter sich, dann steht sein Fuß im Weg.

Sie zieht sich aus, setzt sich aufs Klo und pinkelt, wäscht sich am Waschbecken, zieht sich an, unbelästigt.

Wie ein Paar verlassen sie das Hotel, sein schwerer Arm um ihre Schulter, die Hand wenige Zentimeter entfernt von ihrer rechten Brust, die sich gegen Marias Willen hineinschmiegen will. Er riecht gut. Wenn sie sowieso keine Wahl hat, könnte sie da nicht für den Moment vergessen, wer er ist, was er ist, und die körperliche Nähe genießen? Sie denkt an Ionela. *Gib keinem, der sich nimmt, was er will*, probiert sie. Es klingt zu kompliziert.

Er ist ein Mann, auf dem die Blicke der Frauen verweilen. Die anderen Gäste werden sich fragen, was der von ihr will. Sie schüttelt ihr Haar auf und streift sich mit den Zähnen über die Lippen, als er der Kellnerin winkt. „Zwei Mal Kümmelbraten mit Knödeln und Sauerkraut und einen Liter vom Veltliner", verlangt er, ohne sie nach ihren Wünschen zu fragen.

„Und Leitungswasser", ergänzt Maria, „bitte."

Die Ellbogen auf den Tisch gestützt, beugt er sich ihr entgegen, sucht ihren Blick mit seinen samtbraunen Augen. „Ionela ist ein verfluchtes Dreckstück!", raunt er und es klingt fast genießerisch. „Du kannst froh sein, dass sie dir nur den Ausweis geklaut hat." Seine Augen verengen sich. „Wobei ich mich gerade frag, warum du dir nicht einen neuen besorgst, sondern stattdessen als Rumänin auftrittst. Kein guter Tausch." Er fixiert sie.

Sie lächelt. „Weil es egal ist. Ich hab niemanden."

„Das würde ich an deiner Stelle nicht jedem auf die Nase binden. Es gibt Leute, die könnten das ausnutzen." Er zwinkert ihr zu.

Nicht einmal ihren echten Namen braucht er, um sich Gedanken über Missbrauch, Mord und Menschenhandel zu machen oder was auch immer ihm gerade durch den Sinn geht. Erst jetzt fällt ihr auf, dass sie seinen Namen ebenfalls nicht kennt. Soll sie fragen?

Irgendetwas hat sie versäumt, denn inzwischen hat er von anzüglich auf wütend umgeschaltet. „Die Schlampe hat mir was in den Drink gemischt und sich mitten in der Nacht aus dem Staub gemacht. Mit meinem Geld!"

„Einfach so?"

Sein Blick wird hart. Er senkt die Stimme. „Vielleicht ist mir hin und wieder die Hand ausgerutscht. Aber sie hat gewusst, dass sie es verdient hat. Allein wie sie jeden x-beliebigen Typen angeflirtet hat! Zeig mir einen, der bei so einer Hur nicht die Kontrolle verliert! Wie man in den Wald hineinruft, so schallt es heraus. Du hast das kapiert. Sie nicht. Außerdem hat sie auch was davon gehabt: neue Nase und die Lippen aufgepolstert als Draufgabe."

Unvermittelt strahlt sein Gesicht in einem breiten Lächeln auf, das seitlich an Maria vorbeizielt. „Ah, was kommt denn da Feines!" Er schenkt der Kellnerin, die höchstens fünfundzwanzig ist, einen Ganzkörperscan, an dessen Ende er ihr ungeniert in den Ausschnitt schaut. „Und so appetitlich!"

Die junge Frau presst die Lippen zusammen, stellt die Teller ab. Ihr freizügiges Dirndl trägt die nicht freiwillig. Mit einem hasserfüllten Blick streift sie Maria, die ihr Gegenüber auf einmal durch jüngere Augen zu sehen glaubt. Einen eitlen Mann an die sechzig sieht sie, der mit seinem schmierigen Altmännercharme junge Frauen belästigt. Der sich nicht darum kümmert, wie das ankommt. Ihm gegenüber eine Frau, die ihm das durchgehen lässt, weil sie es gewohnt ist. Aber für die Kellnerin ist das nicht mehr normal. Die Welt dreht sich.

Sorgfältig darauf bedacht, Kraut und Knödel von der Wunde fernzuhalten, schiebt Maria sich kleine Bissen in den Mund. Der Kärntner attackiert inzwischen systematisch seine Mahlzeit: ein großer Bissen Fleisch, ein Stück Semmelknödel, eine Gabel voll Kraut, ein Schluck Wein und wieder von vorn.

„Was wolltest du mir über Ionela erzählen?"

„Ja, was?" Er schenkt sich nach, hält ihr das Glas zum Anstoßen hin. „Auf Ionela! Möge sie in der Hölle verrecken!"

Maria hebt das Glas, benetzt die Lippen, ohne sie zu öffnen. Darauf trinkt sie nicht.

Kauend schaut er sie an. „Und du hast wirklich keinen Kontakt mehr zu ihr, Weibi?" Er legt das Messer ab und zwickt sie in die Wange. „Du tätest mir doch sagen, wenn du was weißt? Nichts mit Frauensolidarität und solchem Blödsinn?"

Am Nachbartisch lädt die Kellnerin Getränke ab. Im Weggehen fängt sie Marias Blick auf, rollt die Augen und steckt sich andeutungsweise den Finger in den Hals.

Maria lächelt. „Frauensolidarität." Sie nimmt das Lächeln mit zu ihrem Gegenüber und macht die Augen rund und blöd. „Sie hat mich auch bestohlen." Sie gibt ihm, was er von ihr erwartet: Dummheit und Koketterie. *Sei Teig, sei Wachs, sei Wasser.* Was sie erreichen will? Dass er sie ziehen lässt.

„Nicht nur, dass sie meinen Safe aufgebrochen und das gesamte Bargeld geklaut hat!" Er lehnt sich über den Tisch, zischt: „148.000 Euro! Ich bin am Sand ohne den Schotter!" Wütend säbelt er an seiner letzten Bratenscheibe, kaut kurz, würgt das Fleisch hinunter und gestikuliert mit dem Messer. „Ich hab inzwischen den schweren Verdacht, dass sie eine gewerbsmäßige Betrügerin ist. Dass sie gar nicht Ionela Stoica heißt, sondern sonst wie. Deshalb kann sie auf ihre Ausweise verzichten, die Hex! Wahrscheinlich hat sie Dutzende davon."

Wäre sie keine Hexe, hätte Ionela einen wie ihn nicht übers Ohr hauen können, so sieht er es wohl. Maria nickt.

„Sie hat meine Liebe mit Füßen getreten, hat mich jahrelang verarscht, verstehst!"

Maria verbeißt sich ein Lächeln über das letzte Wort und trinkt einen Schluck auf Ionela. „Den Safe", noch nie hat sie einen gesehen, außer im Fernsehen, „aufgebrochen?"

Er friert mitten in der Schneidebewegung ein, starrt sie mit offenem Mund an. „Du bist ja eine ganz Flotte." Er macht den Scheibenwischer, ohne das Messer aus der Hand zu legen. „Ja, ein Safe! Am Bau läuft halt einmal viel mit Bargeld. Aber um das geht es jetzt nicht."

„Ich wollte nur am Anfang anfangen." Schwarzgeld also. „Du bist Bauunternehmer?"

„Und wenn? Kapierst du eigentlich nicht, was ich sage?"

„Doch." In Gedanken stößt sie mit Ionela auf den gelungenen Diebstahl an. Rührei! Darauf trinkt sie gleich noch einen Schluck. „Ionela ist nicht Ionela und ich bin auch nicht Ionela."

Er haut mit der Faust auf den Tisch. Alle Gäste im spärlich besetzten Gastgarten schauen in ihre Richtung. Noch wütender wollte sie ihn nicht machen. Ihr ist es lustig vorgekommen.

Unterm Tisch überkreuzt sie die Finger. „Wenn ich gewusst hätte, was sie für eine ist, hätte ich sie angezeigt."

Er antwortet nicht, schluckt das letzte Stück Fleisch, die Beilagen noch längst nicht verzehrt.

Sie zeigt auf ihren Braten. „Willst du?"

Ohne zu antworten, sticht er die Gabel in die Fleischscheiben und hebt sie hinüber auf seinen Teller. Saft tropft auf das karierte Tischtuch.

„Hast du sie angezeigt?", fragt sie.

„Was soll ich denen sagen, du taube Nuss?", fragt er

freundlich zurück, offenbar besänftigt durch das Fleischopfer. „Dass sie mit meinem Schwarzgeld weg ist, nachdem ich ihr eine Tracht Prügel verpasst habe?" Er lacht auf. „Nein, ich hab mich selbst auf die Suche gemacht. Bis sie kapiert hat, dass ich ihr Telefon tracken kann, ist eine Zeit vergangen. Katz und Maus hab ich mit ihr gespielt." Er lacht, schaut sie mit jungenhaftem Stolz an.

Sie nickt anerkennend. „Das hat ihr große Angst gemacht."

Einige Bissen lang essen sie schweigend. Maria wischt ihren Teller mit dem letzten Knödelfetzen sauber. So richtig satt ist sie noch nicht.

„Wo habt ihr euch eigentlich getroffen?"

„Im ..." Maria möchte ihren Kopf auf den Tisch schlagen. Eine taube Nuss, jawohl, das ist sie. Um ein Haar hätte sie Frauenhaus gesagt. Wo sie doch weiß, dass er es wahrscheinlich war, der davor randaliert hat, an dem Tag, als Ionela verschwunden ist.

„Im?", fragt er lauernd.

„Ich überleg, wie das geheißen hat, aber es fällt mir nicht ein. Eine kleine Pension. Du hast sie getrackt. Wie ist sie dir entwischt?"

„Ich war kurzzeitig verhindert."

Sie beißt sich auf die Lippe. Die Polizei, die Caro gerufen hat. „Und dann bist du mir gefolgt?"

„Dem Handy. Aber sie war nie, wo das Handy war. Da hab ich mir schon gedacht, dass sie es weitergegeben haben muss. Du bist mir zuerst nicht aufgefallen. Ich hab gedacht, sie hat es an irgendeinen Youngster verscherbelt, geldgeiles Stück, das sie ist. Erst vorhin in der Arztpraxis ist es mir wie Schuppen von den Augen gefallen. Davor habe ich die Schlampe sogar in Rumänien gesucht, in Timişoara, wo sie angeblich herkommt. Ich hatte sogar die Adresse ihrer Eltern. Alles Fake! Keine Spur von ihr."

„Sie könnten umgezogen sein."

Sein Teller ist leer. „Die Adresse gibt es, eine Ionela Stoica gibt es dort auch. Nur dass die fünfzehn Zentimeter größer ist als meine, schwarze Lederklamotten trägt, Motorrad fährt und sich um Straßenkinder oder Straßenhunde, irgendwas in der Art, kümmert. Ich hab ihr die Story erzählt. Das Pferdegesicht hat behauptet, sie hätte keine Ahnung, wovon ich rede. Verfluchte Lügnerin."

„Vielleicht beim Meldeamt fragen?"

„Hältst du mich für einen Vollidioten? Das ist fast, wie wenn man hier nach einer Maria Mayer sucht. Und nichts läuft ohne ..." Er reibt Daumen und Zeigefinger. „Ich hatte kein Bargeld mehr. Außerdem hat das Mannweib angedeutet, dass es sich für mich ungünstig entwickeln könnte, wenn ich weiterfrage. Ich kann mir schon vorstellen, warum sich die verfickte Hure ausgerechnet bei der Braut die Adresse ausgeborgt hat. Nicht blöd."

Er schenkt sich nach und diesmal auch ihr. Obwohl sie ihr erstes Glas erst halb geleert hat, ist der Weinkrug leer. Er hebt die Hand. „Fräulein!" Die Kellnerin, auf dem Weg zu einem anderen Tisch, überhört ihn.

Jetzt hab ich den Namen übernommen von einer, von der ich nicht weiß, ob sie wirklich so heißt, denkt Maria.

„Darf ich Ihnen noch was bringen?", wendet sich die Kellnerin an sie.

„Einen Halben noch!", antwortet der Kärntner.

„Ein Stück Sacher mit Schlag?", bittet Maria.

„Jetzt stell dir vor", wütet er, „dass ich Jahre und Jahre mit einer zusammengelebt hab, deren Namen ich nicht einmal weiß! Ich hab die Frau geliebt, verstehst! Und die hat nichts anderes im Sinn, als mich zu betrügen, zu belügen und zu bestehlen! Und dann sag mir, dass die nicht ein paar Tachteln verdient hat!" Er hat Tränen in den Augen.

Früher hätte sein Leid sie weich gemacht. Schließlich hat auch sie sich schon über Ionela geärgert, sich unfair behandelt gefühlt. Aus welchem Grund sie ihren Namen beim letzten Mal geändert hat und was wohl ihr echter Name ist? Vielleicht sogar Maria. Wir alle sind Maria, hat sie bei ihrer ersten Begegnung gesagt.

„Wie heißt du?", fragt sie den Kärntner.

„Das tut nichts zur Sache! Viel interessanter ist doch, wie du heißt!"

„Maria."

„Und weiter?"

„Bachmann."

„Ha! Hauptsache, nicht Ingeborg! Weißt du, ob sie deinen Namen noch verwendet?"

Maria schüttelt den Kopf, streicht sich das Haar zurück. Sie ist so müde auf einmal. „Was machen wir jetzt?"

Die Kellnerin stellt die Torte vor ihr und den Krug vor dem Kärntner ab. Die ärgste Hitze ist vorbei. Nur einzelne flache Sonnenstrahlen dringen noch zwischen den Blättern der Laubenwand zu ihnen. Es liegt wohl an den Schatten, dass die Falten des Kärntners jetzt tiefer wirken, seine Haut grauer als noch vor einigen Minuten. Er stürzt ein weiteres Glas hinunter, bevor ihm eine Antwort auf ihre Frage einfällt.

„Ich werde sie noch unter deinem Namen suchen", sagt er mutlos. „Einen Versuch ist es wert."

„Und wenn du sie findest?"

Wieder mahlt er mit den Kiefern. „Dann bring ich sie um." Er senkt den Kopf, brütet eine Weile vor sich hin. „Oder ich frag sie, ob sie mich heiraten will. Sie ist schon was Besonderes." Er blickt auf, die Augen feucht, gerührt vom Wein und der eigenen Nachsicht, die nicht lang anhalten wird. Er greift nach Marias Hand. „Das kannst du ihr ausrichten, falls sie sich doch noch bei dir meldet!"

Ihn heiraten. Maria legt das Gesicht in die Handflächen. Ganz verkrampft sind ihre Wangen von dem ewigen Lächeln, festgefroren seit Jahrzehnten, so kommt es ihr jedenfalls vor. Dieses Lächeln, obwohl ihr Mund sich dabei kaum verzieht, das kann sie nicht mehr abstellen.

Das müsste man ihr abmontieren, herausoperieren, wegbotoxen allenfalls. Nicht sie lächelt es, sondern es lächelt sie. Es lächelt sogar, wenn sie schreien will.

Sie denkt schon wieder kraus. Es ist zu viel, zu viel für einen Tag, zu viel! Sie kann nicht mehr denken, nicht mehr reden, nur lächeln, das geht noch. Sie schiebt den halb gegessenen Kuchen über den Tisch. „Ich geh jetzt. Ich habe Schmerzen." Sie zeigt auf ihre Wange.

„Und was glaubst du, wer deine Rechnung zahlt?"

„Du hast mein Geld eingesteckt." Sie steht auf.

Er seufzt. „Ach ja. Hurerei! Nimm's mir nicht krumm, hab gedacht, du steckst unter einer Decke mit ihr. Ich bin nicht ich selbst ohne sie, verstehst?"

Sie nickt. Alles versteht sie. Aber es ist ihr egal.

„Jetzt trink doch noch ein Glaserl mit mir!"

Sie schüttelt den Kopf.

„Aber du behältst das Handy, dass ich dich finden kann, versprochen? Und drehst es wieder auf."

„Du bezahlst es die ganze Zeit?"

„Wer sonst?" Er packt sie am Arm. „Versprochen?"

Sie gönnt ihm einen letzten Blick auf ihr Lächeln, damit er sie loslässt, und nickt gehorsam. Gut, dass sie das Handy entsorgt hat und nicht in Versuchung kommt, ihm den Gefallen zu tun. Zwar kann sie sich kaum noch auf den Beinen halten, doch an Ruhe darf sie noch nicht denken. Teig. Wachs. Wasser.

*

Den Koffer hinter sich her schleifend, trottet sie vom Bus zur U-Bahn-Station und schleppt ihn drei Treppenläufe hinauf, weil der Aufzug kaputt ist. Zwei Minuten später sitzt sie auf einem roten Plastiksitz, sieben Stationen entfernt vom nächsten billigen Quartier, das sie vom Handy der Rezeptionistin aus gebucht hat. Sie ist eine von einer Million Frauen in der Großstadt.

Möglich, dass der Kärntner noch beim Wein sitzt. Möglich auch, dass er schon die Straße hinaufwankt oder bereits an die Tür ihres Zimmers hämmert, weil er festgestellt hat, dass er das Telefon nicht orten kann, oder weil er sich im Suff nach weiblicher Gesellschaft sehnt. Sie stellt sich vor, wie die müden Arbeiter aus ihren Zimmern kommen, aufgestört durch sein Geschrei, und sich eine Schlägerei entwickelt. Schließlich setzen sie ihn grün und blau geprügelt vor die Tür. Oder sie saufen sich gemeinsam in den Vollrausch. Versteh einer die Frauen.

Maria schaut an dem reich verzierten Gründerzeithaus hinauf: vier Stockwerke, hellgrau mit grünen Fensterrahmen. Zwischen zwei Erkern, die vom ersten bis in den dritten Stock reichen, erstrecken sich Balkone mit Geländern aus geschwungenen Eisenstäben.

Sie ist schon einmal um den Block gegangen – eine ruhige, bürgerliche Gegend – und immer noch zu früh dran. Den dürftigen Angaben zufolge, die Sigrun Gasparini ihr am Telefon gemacht hat, geht es weniger um Pflege als um die haushälterische Versorgung ihrer krebskranken Mutter, die damit zunehmend überfordert sei. „Kochen, putzen, plaudern, ab und zu ein Theaterbesuch." Das klang nach einem Traumjob.

Marias Fingerkuppe liegt schon auf dem Klingelknopf neben dem Schild mit der Aufschrift *Dr. M. Gasparini*, als ein Rennrad unmittelbar neben ihr zum Stehen kommt. Einen Moment lang balanciert die Fahrerin im Stand auf beiden Pedalen, bevor sie eine Fußspitze auf den Boden stellt und Maria die Hand reicht. „Wie schön, dass Sie so pünktlich sind!"

In der glänzend schwarzen Radkleidung und dem Helm hat sie Sigrun Gasparini nicht gleich erkannt. Verschwitzt, mit erhitzten Wangen sieht sie gut zehn Jahre jünger aus als vorgestern beim Zahnarzt in Make-up und Bürokleidung. Sie nimmt den Helm ab, hängt ihn über den Lenker und kramt in ihrem Rucksack nach dem Schlüsselbund. Maria betrachtet ihre schlanken, gebräunten Beine und unterdrückt ein Seufzen beim Gedanken an die eigenen weißen Schenkel. Schwer vorstellbar, dass die Mutter dieser vielleicht dreißigjährigen Athletin so hinfällig ist, dass sie den Haushalt nicht mehr bewältigen kann.

Kühlere Luft mit einem Hauch von Kellerfeuchte weht ihnen aus dem Inneren des Hauses entgegen, als Sigrun Gasparini die Tür aufstößt. Der Geruch weckt in Maria Erinnerungen an Mostfässer, ausgemusterte Möbel, kaputte Elektrogeräte, vor sich hin rostende Werkzeuge, Rattenfallen und Ziegelwände, so feucht, dass sie langsam wieder zu Erde werden.

Sigrun stellt ihr Rad im Hof neben den Mülltonnen ab, marschiert dann an der offenen Kellertür und dem Lift vorbei ins Stiegenhaus. Immer zwei Stufen auf einmal nehmend erreicht sie den Treppenabsatz, als Maria eben die dritte Stufe betritt.

„Ach, Entschuldigung, ich bin so im Flow!" Die junge Frau dreht sich nach Maria um. „Übrigens sollte ich Ihnen etwas gestehen, bevor wir hineingehen. Sie dürfen mir bitte nicht böse sein! Es ist mir total peinlich, zumal ich selbstverständlich Feministin bin."

Wenn es schon so anfängt. Maria erreicht den Treppenabsatz.

„Am Telefon habe ich gesagt, ich suche jemanden für meine Mutter." Sigrun beißt sich auf die Unterlippe, lächelt, wartet wohl auf eine Frage, die es ihr leichter macht.

Wie weiß ihre Zähne sind. Nicht die Mutter also. Maria senkt den Blick auf die Zementfliesen mit dem blauen Schlingenmuster.

„Es ist so." Sigrun fasst Maria am Ellbogen. „Ich fürchte, ich bin das ganz falsch angegangen. Meine Mutter ist topfit, fährt ja selber Rennrad, geht klettern und so weiter.

Eigentlich geht es um meinen Vater. Nur, dass Sie Bescheid wissen." Sie will weitergehen.

Maria bleibt stehen. „Und Mutter kann nicht selbst versorgen Vater?"

„Meine Eltern leben nicht zusammen! Mein Vater ist sehr krank, wissen Sie. Er hat Krebs, Brustkrebs! Wussten Sie, dass Männer Brustkrebs kriegen können? Metastasen in den Lymphknoten und den Knochen. Sie haben ihm die Brust entfernt. Ich kann mir das gar nicht anschauen!" Sie schüttelt sich. „Danach Chemo. Er hat alle Behandlungen durchgehalten, wollte stark sein vor mir. Ich hab ihn begleitet. Aber jetzt ist er so schwach, dass er allein einfach nicht zurechtkommt, und ich kann mir nicht mehr freinehmen. Das verstehen Sie doch."

Maria nickt. Keine gemütlichen Plaudereien unter Frauen. Wieder ein Mann. Wieder ein Kranker. „Warum nicht gesagt?"

„Ja!" Sigrun verdreht die Augen. „Weil ich blöd bin! Ich hatte Angst, dass Sie vielleicht nicht zu einem alleinstehenden Mann möchten. Er ist ja noch nicht so alt ..." Sie bricht ab, sieht jetzt noch jünger aus, legt die Hände in bittender Geste aneinander.

Wohin ist die Sicherheit verschwunden, die sie in der Praxis ausgestrahlt hat? Noch immer steht Maria reglos auf dem Treppenabsatz. Sie kämpft mit einer Träne, für die es keinen Anlass gibt. Das kann nichts werden. Sie wird einfach gehen. Ein Blick noch durch das Fenster in den Innenhof – Blumenbeete, ein Kastanienbaum, die Krone noch besonnt, darunter eine gelblackierte Bank.

„Ich mache alles nur noch schlimmer, oder? Sie verstehen mich ganz falsch! Er kann nichts dafür, dass ich Sie angeschwindelt habe. Natürlich ist er ein bisschen eigen, sein ganzes Leben alleinstehend, aber sonst ganz reizend, wirklich, ein Gentleman der alten Schule, sozusagen. Er hat auch Freunde, alles ganz normal. Und ich komme mindestens einmal die Woche und sehe nach dem Rechten."

Sie hat ihren Vater lieb und macht sich Sorgen. Das ist anders als bei OStR Pollack.

„Geben Sie ihm eine Chance, bitte! Wenn es nicht passt, können Sie ja immer noch gehen."

Maria atmet tief durch. „Intimpflege?"

Sigrun Gasparinis Energie verpufft. „Sie meinen ...", angeekelt verzieht sie das Gesicht, „mehr als Waschen?"

Maria zuckt mit den Schultern.

Sigrun Gasparini schaut unglücklich drein. Ganz bleich ist sie geworden. „Natürlich! Das müssen Sie ja glauben, nach meiner Lüge. Man mag sich das gar nicht vorstellen." Sie schüttelt sich. „Schon gar nicht beim eigenen Vater. Ist das denn normal? Gehört das dazu?"

Wieder zuckt Maria mit den Schultern. „Ich mache nicht."

„Natürlich nicht!"

Und wenn doch? Maria denkt an Pollack. Bei ihm hat sie schließlich Mittel und Wege gefunden. Vielleicht ist es ihre Aufgabe. Muss ja nicht jeder gleich sterben. Aber lernen, was sich gehört, das kann man in jedem Alter. Sie zurrt ihr Lächeln ein wenig hinauf.

Auch Sigrun hat sich gefasst. „Wenn er Sie jemals belästigen sollte, dann rufen Sie mich an! Dann kann er was erleben!"

Maria nickt.

„Danke, dass Sie so offen mit mir geredet haben!" Sigrun klopft auf ihren Rucksack. „Wir müssen uns beeilen, sonst zerrinnt das Eis trotz Thermobehälter."

Dr. Max Gasparini ist ein Gerippe und wirkt sehr angegriffen. Mit dem wird sie schon fertig. Obwohl dann jedes Mal doch mehr Kraft in den Männern steckt, als sie erwartet. Durch gesenkte Wimpern mustert sie ihn, während sie Mango-Eis vom Löffel schleckt. Ganz schmal sitzt er da, ein Bein über das andere geschlagen, und rührt in seiner Kaffeetasse, obwohl er weder Milch noch Zucker wollte.

Sie schätzt ihn auf knapp eins achtzig, doch im Sitzen ist es schwer zu sagen. Nur andeutungsweise hat er sich erhoben, um ihr die Hand zu reichen. Ein trockener, neutraler Händedruck, ein Nicken, ein Lächeln, nicht weiter bemerkenswert. Ungeachtet der Sommerhitze trägt er einen Pullover, der ebenso um seinen Körper schlottert wie die eng gemeinten Jeans, beides schwarz wie die Ringe unter seinen Augen. Sein Kopf ist kahl, die Haut fleckig und doch sieht er jünger aus, als sie erwartet hat.

Er überkreuzt die Arme, steckt die Hände in die Achseln, wippt kaum merklich mit dem Oberkörper vor und zurück. Auch sein Blick ruht auf ihr, die Augen tief in den Höhlen, während Sigrun redet und redet.

„Das Wichtigste wäre das Essen!", erklärt sie. „Sie sehen aus wie eine gute Köchin."

Maria schaut an sich hinunter. Hat sie zugenommen? Dr. Gasparini bemerkt ihren Blick und verzieht einen Mundwinkel, deutet ein Kopfschütteln an.

„Können Sie auch so *traditionals*? Hausmannskost oder Hausfrauenkost? Klar, beides sexistisch, aber Sie wissen, was ich meine. Kartoffelsalat, Kartoffelpüree, Schnitzel, Knödel, so Zeug, Gulasch? Oder was man halt stattdessen in Rumänien isst, sicher ähnlich, weil früher alles Donaumonarchie, oder? Saucen mit viel Sahne, kräftig Kohlehydrate. Natürlich Gemüse dazu, Salat. Von mir aus auch Fleisch."

Dr. Gasparini lacht müde auf. „Donaumonarchie! Du bist schon ein wenig uncharmant, mein Kind. Diese Periode war wohl nicht mehr prägend für unseren Gast. Nicht einmal für mich."

„Schon klar, aber ihr wisst, was ich meine. Ist doch alles ein Kulturkreis." Wie Sigrun bei dem Redefluss gleichzeitig essen kann, ist Maria ein Rätsel. „Ich bin Vegetarierin", wendet sie sich wieder an Maria, „und das Eis ist natürlich vegan, aber er liebt Fleisch – beinahe hätte ich *Leichen* gesagt, haha – und es heißt ja, dass es Kraft bringt, auch wenn mir schon bei dem Gedanken graust. Sie sind keine Vegetarierin, oder doch? Das wäre natürlich auch okay, sowieso gesünder. Ganz wichtig: Süßspeisen! Bei denen kann er nicht widerstehen, gell, Papa?"

Max Gasparini reibt sich über das Kinn, leert dann seine Tasse.

„Dein Eis wird kalt, Papa! Du mochtest doch immer Eis."

Er hebt die Brauen und löffelt ergeben die Schüssel aus. „Ich komme ganz gut allein zurecht." Seine Stimme ist tief und etwas nasal. „Und ich hab selten Hunger."

„Sicher! Schau dich doch an! Du hast nur vergessen, wie essen geht. Wann hast du das letzte Mal was Warmes gehabt?" Sie wendet sich an Maria. „Er isst nämlich nicht richtig, wissen Sie. Höchstens mal eine Pizza und nicht einmal die wärmt er sich auf. Er glaubt, er kann seinen Kalorienbedarf mit Milchkaffee, Wein und Chips decken. Aber gesundes Essen ist so wichtig, gerade, wenn man krank ist! Und frische Luft natürlich."

„Es geht mir gut!"

„Du hast Krebs, Papa, Krebs! Du kannst dich kaum auf den Beinen halten seit der Chemo. Du brauchst Kraft, um das durchzustehen, um diese Scheißkrankheit endgültig loszuwerden!"

„Sag nicht dauernd Krebs." Gasparinis graublauer Blick trifft Marias. Ein warnendes Zucken um die Augen teilt ihr mit, dass er nicht beabsichtigt, seiner Tochter zu verraten, wie es um ihn steht: dass er aufgegeben hat.

Maria nickt sparsam.

„Papa, Tatsachen verschwinden nicht, nur weil man sie nicht benennt. Face it!" Sie wendet sich Maria zu. „Hab ich Ihnen schon gesagt, dass er auch Metastasen in den Knochen hat? Aber die Chemo hat ganz gut angeschlagen. Stimmt doch?"

Die Drehbewegung, die Gasparinis Kinn vollführt, liegt auf halbem Weg zwischen ja und nein. „Na schön." Er seufzt. „Ich weiß deine Sorge um mein Wohlergehen sehr zu schätzen, Prinzessin! Danke für deine Mühe!"

„Schmeißt du mich raus?"

„Das würde ich nie tun. Aber du hast doch sicher noch etwas vor. Ich werde mir die Sache überlegen."

„Also, ich hab mir wirklich schon was ausgemacht." Sigrun Gasparini steht auf. „Ich zeig Frau Stoica nur noch schnell die Wohnung. Man kann hier nämlich im Kreis laufen, wissen Sie." Sie reicht Maria die Hand, um sie aus dem Sessel hochzuziehen, als wären sie Freundinnen.

„Nicht durch das Badezimmer. Du weißt, dass ich das nicht leiden kann."

„Ausnahmsweise. Sie muss doch wissen, worauf sie sich einlässt."

Maria lässt sich mitziehen vom Wohnzimmer durch die zweiflügelige Tür in ein Schlafzimmer mit Schrankwand, die Vorhänge noch geschlossen. Es riecht muffig. Eine kleinere Tür führt von dort ins Bad, das groß und annähernd quadratisch ist, fast wie die anderen Zimmer, nur fensterlos. Badewanne, Dusche, Waschbecken und Klo auf schwarz-weißen Kacheln, alles einigermaßen verdreckt, eine Gastherme an der Wand. Eine zweite Tür führt in ein weiteres Schlafzimmer, dessen Fenster auf den Innenhof hinausgehen. Staub flimmert im Licht, Lurch weht vor ihren Schritten über den Boden.

„Das war einmal meins", sagt Sigrun und schwenkt den Arm. Ein antiker Kleiderschrank, eine passende Kommode, ein Schminktisch, ein Schreibtisch, ein modernes Himmelbett mit denselben himbeerfarbenen Samtvorhängen, die auch die Fenster rahmen. „Da kann man natürlich noch was ändern, wenn Sie es weniger girly mögen." Sie niest.

„Schön." Maria sieht durch die wolkigen Scheiben in den Hof. Als Sigrun sie weiterziehen will, fragt sie: „Warum ich?"

„Weil", Sigrun legt die Hände vor der Brust aneinander, „bitte verstehen Sie das nicht wieder falsch – Sie sind sein Typ. Die anderen waren älter und eher mütterlich. Ich weiß, vom feministischen Standpunkt aus ist es eine Sauerei, so zu denken. Aber Sie sind mehr, na ja, Frau? Für Sie wird er sich anstrengen und er muss sich anstrengen, sonst – let's face it! – wird das nichts mehr." Sie weiß es also doch. „Dafür müssen Sie auch bestimmt nichts tun, was Sie nicht wollen!"

Maria hebt eine Hand in Augenhöhe. „Wie Karotte."

Sigrun lacht. „Vielleicht ein bisschen."

Durch eine weitere Doppeltür gelangen sie zurück ins Vorzimmer, die Eingangstür gleich gegenüber, links ein Fenster und die Toilette, rechts ein offener Durchgang in die Küche mit Essplatz, dahinter wieder das Wohnzimmer, wo Dr. Gasparini finster blickend wartet.

„Am besten wird es wohl sein, ich unterhalte mich jetzt allein mit Frau Stoica."

Sigrun drückt Maria wieder in ihren Sessel und beugt sich zu ihrem Vater hinunter, küsst ihn auf die Wange. „Tu mir den Gefallen und versuche es wenigstens mit ihr", hört Maria sie in sein Ohr flüstern. Dann wendet Sigrun sich ihr zu. „Wegen der Sache von vorhin." Sie bläst sich mit vorgeschobener Unterlippe Luft übers Gesicht und weiß nicht weiter.

„Intimpflege?", fragt Maria.

Gasparini errötet und senkt die Stirn in die Hand. „Um Himmels willen! Darüber habt ihr auch schon so nebenbei verhandelt? Im Bad? Oder schon im Stiegenhaus? Am Telefon? Vielleicht die Nachbarn befragt?" Er stöhnt. „Weißt du was, mein Kind? Ich glaube, ich will gar nicht mehr weiterleben."

„Papa! Das ist eben ein Thema. Heutzutage wird das nicht mehr unter den Tisch gekehrt, man spricht einfach darüber! Du kannst dich doch noch selbst waschen, oder? Du wäschst dich ja bisher auch."

„Gelegentlich."

„Frau Stoica macht das nämlich nicht."

„Ich kann mich selbst waschen. Und alles andere auch", presst er zwischen geschlossenen Zahnreihen hervor.

„Na ja, kochen gar nicht, putzen schlecht." Sigrun reicht Maria die Hand. „Also, Sie hören, es geht primär ums Essen, den Haushalt und ums Plaudern. Er geht auch gern ins Theater, in Museen. Das ist ja auch netter zu zweit. Mögen Sie Brettspiele?"

„Ich hasse Brettspiele", faucht Gasparini.

„Blödsinn! Du hast immer mit mir gespielt, früher. Aber das könnt ihr euch ja untereinander ausmachen. Ich hoffe sehr, wir sehen uns wieder, liebe Frau Stoica!"

Die Wohnung wäre leicht zu putzen, überall schlichte, teuer aussehende Möbel und Parkettböden, dazu ein Patient, der offenbar keine großen Ansprüche stellt. Der ihre Hilfe, wenn überhaupt, nur seiner Tochter zuliebe in Anspruch nimmt. Noch immer sitzen sie sich schweigend gegenüber. Durch das geöffnete Fenster, das auf eine ruhige Nebenstraße hinausgeht, dringen Vogelgezwitscher und die Stimmen der Menschen, die im Gastgarten am nächsten Eck sitzen. Nur ab und zu ist das Fahrgeräusch eines Autos zu hören.

„Meine Tochter scheint einen Narren an Ihnen gefressen zu haben." Gasparinis Stimme klingt brüchig. „Und wie Sie zweifellos bemerkt haben, ist sie recht willensstark. Wir haben nicht viel Spielraum."

Maria nickt.

Er lächelt. „Dafür, dass Kinder so empfindlich sind, wenn man sich in ihr Leben einmischt, sind sie umgekehrt erstaunlich schmerzbefreit, finden Sie nicht? Stört es Sie, wenn ich rauche?"

Maria schüttelt den Kopf. Dass er darauf nicht verzichtet, hat sie trotz des offenen Fensters schon gerochen. Grau wie Asche scheint auch sein Gesicht, als hätte er seine gesamte Energie erschöpft, um vor seiner Tochter lebendig zu wirken. Er beugt sich hinunter, zieht einen schweren Aschenbecher aus grünem Glas unter dem Sofa hervor, hebt ihn auf den Tisch, jede Bewegung bedachtsam, geschult durch Schmerz. So sieht es jedenfalls aus. Er fischt ein silberfarbenes Zigarettenetui aus der Hemdtasche unter dem Pullover, lässt es aufschnappen. „Möchten Sie auch?"

Maria schüttelt den Kopf. Er zündet sich eine an, inhaliert wie ein Ertrinkender und hustet in sein Taschentuch. Sie gießt ihm Wasser aus dem Krug in sein Glas und betrachtet den Tisch. Unter der Glasplatte in dem grauen Eisenrahmen liegt eine zweite aus Schiefer, aus deren Mitte eine Art Seestern mit langen, schlängelnden Armen leicht hervortritt. So etwas hat sie noch nie gesehen. Mit der Zeigefingerspitze zeichnet sie knapp über der Glasplatte die Windung eines Armes nach.

„Ein Schlangenstern", Gasparini hustet. „Furcaster palaeozoicus. Er ist circa 400 Millionen Jahre alt."

Sie versucht, sich das vorzustellen, sieht, wie er sie dabei beobachtet. Er dämpft die Zigarette aus, wedelt kurz mit der Hand durch die Luft. Natürlich muss sie an die Mutter denken bei der dummen Raucherei.

„Darf ich fragen, wie es um Ihre Deutschkenntnisse steht?", fragt Gasparini schließlich. „Sie vermitteln den Eindruck, als verstünden Sie jedes Wort. Gesagt haben Sie noch kaum eines."

„Intimpflege." Was ist denn in sie gefahren?

Er braucht einen Moment, schaut sie mit offenem Mund an, lacht dann hustend und nickt. „Ja, das war das Wort. Ein sparsamer Scherz, alle Achtung! Und darüber hinaus?"

Sie zuckt mit den Schultern, überlegt kurz, wie sie es verdrehen muss, um authentisch rumänisch zu klingen. Sie hat das Bedürfnis, ganz natürlich mit ihm zu sprechen. „Wollen Sie, dass ich kann Deutsch oder dass ich nicht kann?"

Er schaut sie an. Sie schaut zurück, hört auf die friedlichen Geräusche von draußen. Dass sie Übung hat im Gehenlassen, würde sie ihm gern sagen. Dass sie vielleicht genau das kann, was er braucht, weil ihre Kraft nicht im Tun, sondern im Lassen liegt. Dass sie das erst kürzlich erkannt hat. *Was du brauchst, kommt zu dir!*, möchte sie ihm zurufen und sogar noch ein *Da bin ich!* hinzufügen. Doch das alles ist schon verquer genug zu denken. Unvorstellbar, was herauskäme, nachdem sie es durch die Mühle des falschen Akzents getrieben hätte. Zudem bildet sie sich das alles womöglich nur ein, und er wünscht sich nichts sehnlicher, als zum Überleben gezwungen zu werden und ihr an die Wäsche zu gehen.

Es ist Zeit vergangen. Ihre inzwischen synchronisierten Atemgeräusche erinnern sie an das Rauschen, das sie als Kind aus dem Inneren einer Meeresschnecke gehört hat. Das kühle Dämmerlicht verwischt die Konturen. Sie sollte ihn etwas fragen, etwas Praktisches. Ob er es schon einmal rauschen gehört hat aus dem Inneren einer Meeresschnecke. Was er gerne isst, wann er schlafen geht.

„Es könnte vielleicht funktionieren mit uns", sagt er leise.

Ein Schauer läuft ihr über den Rücken. Sie wird das Fenster schließen.

Über den Sofatisch streckt er ihr die Hand entgegen. „Max!"

„Maria." Erst als seine knochige Hand die ihre umschließt, fällt es ihr auf. „Maria ist zweiter Name. Gefällt besser." Wie gut ihr das Doppel-L gelungen ist, ganz knapp hinter den Zähnen mit der Zunge geschlagen. Da fällt es hoffentlich nicht ins Gewicht, dass auf ihrem Ausweis Ionela Lidia Stoica steht, keine Maria weit und breit.

„Könnten Sie denn jeden Tag oder auch nur fünf Mal die Woche etwa für zwei, drei Stunden kommen?"

Maria schüttelt den Kopf.

„Nein?"

„Letzte Stelle in Graz. Ich nicht habe Wohnung in Wien."

Seufzend reibt er sich das Kinn, Entsetzen im Blick. „Sie wollen hier wohnen?"

Maria hebt die Schultern. „Immer so."

„Verdammt, ich hab ihr doch eindeutig gesagt ... Entschuldigen Sie! Ich habe mein ganzes Leben lang allein gelebt. Ich kann es mir wirklich nicht vorstellen und auch gar nicht leisten, Sie rund um die Uhr zu bezahlen." Er fröstelt. „Was Sigrun sich da nur gedacht hat. Es tut mir leid, dass Sie sich umsonst bemüht haben!"

Maria steht auf, schließt das Fenster und knipst eine Stehlampe an. Drei zarte Metallstäbe, auf denen ein gläserner Lampenschirm thront, der aussieht wie ein drapiertes Tuch und freundliches Licht verströmt, das Max Gasparini gerade noch streift.

Sie setzt sich wieder auf ihren Platz. „Dreißig Tage mal drei Stunden mal zwanzig Euro", rechnet sie vor. „Eintausendachthundert Euro." Sie bemüht sich, ihre Stimme so sanft wie möglich klingen zu lassen, weil der falsche Akzent ohnehin alles vergröbert. „Und Zimmer und Essen. Hast du Zimmer. Große Wohnung."

Er umschlingt seinen Oberkörper mit den Armen, die Beine immer noch übereinandergeschlagen, windet sich kaum merklich. Er leidet.

Warum macht es ihr Freude, einen Todkranken unter Druck zu setzen? Schämen sollte sie sich. Sie erhebt sich. „Ich suche mir eine andere Stelle. Sie brauchen ja wirklich niemanden rund um die Uhr. Probieren Sie Essen auf Rädern und eine Putzfrau."

Er hat innegehalten, sieht sie nachdenklich an, ein schwaches Lächeln auf den Lippen. „Lassen Sie es uns eine Woche lang miteinander versuchen!"

Was hat seine Meinung so plötzlich geändert? Jetzt ist sie es, die fröstelt. Starr steht sie neben dem Tisch.

„Zwei Wochen?", setzt er nach.

Sie nickt. Dann fällt es ihr ein: Sie hat den Akzent vergessen.

*

Von hier aus sieht er aus wie tot. Wenn er schläft, sieht er vielleicht immer aus wie tot. Falls er schläft. Tot darf er nicht sein. Es ist erst ihr zweiter Tag, der erste gemeinsame Morgen. Das wäre er gewesen. Das wird er sein, wenn Max Gasparini noch aufwacht.

Was macht sie jetzt? Gleich nach dem Aufstehen war sie einkaufen. Seit einer Stunde stehen frisches Gebäck und ein Fruchtsalat bereit. Schon drei Mal hat das Wasser gekocht. Drei Mal hat sie es nicht aufgegossen, weil Sie erst fragen muss, ob er zum Frühstück Tee trinkt wie sie oder doch lieber Kaffee. Dabei soll man Wasser nicht mehrfach aufkochen, sie hat vergessen warum. Wenn er lebt, wird sie neues einfüllen, nicht nur heute.

Noch immer steht sie in der offenen Tür. 9:36 ist es. Das verkünden die grünen Ziffern des Weckers, der auf der stählernen Kiste neben seinem Bett steht, die ihm als Nachtkästchen dient. Kein Mensch schläft an einem Wochentag um 9:36 so fest, dass er nicht aufwacht, wenn jemand anklopft. Wie wird Sigrun reagieren? Der Gedanke verursacht Maria einen brennenden Druck in den Augenhöhlen.

Als die Anzeige auf der Uhr am Backrohr auf 9:30 gesprungen ist, hat sie es nicht länger ausgehalten. Sie ist von ihrem Platz am Küchentisch – von dem sie noch nicht einmal weiß, ob es ihr Platz ist oder ob er dort sitzen möchte – aufgestanden, hat an seiner Schlafzimmertür gelauscht, nichts gehört und schließlich geklopft. Sie hat auf seine Antwort gewartet. Nicht lang, eine Minute vielleicht, weil sie da schon befürchtet hat, dass etwas nicht stimmt.

Inzwischen steht sie in der Mitte des Zimmers, am Rand des einzigen Teppichs in der Wohnung. Er zeigt eine Landschaft aus der Vogelperspektive: Felder in unterschiedlichen Anordnungen, unregelmäßige dunkelgrüne Waldflecken, einen Fluss, der sich ohne Rücksicht auf die geometrische Ordnung hindurchschlängelt. In der echten Welt hätte man ihn wohl längst begradigt. Trotzdem – wenn man nur einen Teppich haben dürfte, wäre dieser eine gute Wahl.

„Dr. Gasparini?" Max erscheint ihr zu vertraulich für dieses ungebetene Eindringen in seinen persönlichen Bereich. Doch er hört sie sowieso nicht. „Dr. Max?"

Noch immer rührt er sich nicht. Er darf nicht tot sein. Bisher hatte sie weder Gelegenheit, etwas für noch etwas gegen ihn zu tun, schon gar nicht etwas zu unterlassen. Ganz von allein wäre er gestorben. Ganz allein.

Als könnte sie einen Toten noch wecken, als wollte sie ihn nicht auch wecken, wenn er noch lebte, schleicht sie näher.

Er liegt auf dem Rücken, die Arme unter der dünnen Decke an den Seiten ausgestreckt, wie aufgebahrt. Sein Kopf ruht mitten auf dem Kissen, der Mund ist leicht geöffnet. Ein grünlicher Schimmer liegt auf seiner Haut, doch das muss nichts bedeuten. Grün ist, abgesehen von dem Eichenparkett, der weißen Schrankwand und dem kleinen Stahlmöbel, die einzige Farbe in diesem Zimmer. Die Vorhänge dunkelgrün, das Bettzeug olivgrün, die Teppichlandschaft in zahlreichen Grüntönen, die Ziffern auf dem Wecker neongrün.

9:45 schreien sie. Maria streckt die Hand aus, wagt dann doch nicht, seine Stirn zu fühlen. Aus der Nähe wirken seine Lippen erstaunlich voll und rosig. Sie beugt sich über ihn, um zu hören, ob er atmet.

Er schlägt die Augen auf und stößt einen spitzen Schrei aus. Maria taumelt zurück, beide Hände an die Brust gepresst. Auch er greift sich ans Herz, rappelt sich schwer atmend auf, lehnt den Rücken an das gepolsterte Betthaupt. „Willst du mich umbringen?"

Maria geht verschiedene Antwortmöglichkeiten durch. Gern würde sie eine witzige oder wenigstens flapsige Bemerkung machen, die ihr unangemessenes Verhalten entschuldigt und mindestens ein R enthält, das sie rollen kann. Doch ihr fällt nichts ein. Sie schüttelt den Kopf.

Max Gasparini grinst schief. „Das hat verdächtig lang gedauert. Du überlegst also noch, immerhin eine kleine Erleichterung. Noch so ein Schreck in der Morgenstunde und du musst dir keine Gedanken mehr darüber machen."

„Okay."

Er lacht.

Schon viel zu lange schaut sie ihn einfach nur an, noch immer auf der Suche nach einem Scherz. „Kaffee, Speck, Eier?", fragt sie, um irgendetwas zu sagen, das nicht verblödet klingt. Immerhin ist sie dafür engagiert und nicht, um ihn im Schlafzimmer zu belästigen.

„Gern, aber ich besitze keine Pfanne."

„Ich habe eine gefunden."

„Tatsächlich?"

„Hinter Bücher in Backrohr." Endlich ein paar Rs. Völlig verdreckt ist die Pfanne gewesen.

„Erstaunlich! Ich dachte, die hätte ich weggeworfen, hab sie nicht saubergekriegt. Dann gibt es womöglich auch Milch?"

Sie nickt.

„Wenn du gestattest, würde ich jetzt aufstehen, duschen und in zehn Minuten am Frühstückstisch erscheinen."

„Ich helfe!"

„Nein, um Himmels willen, bitte nicht! Ich bin noch nicht so weit, dass ich dir meine nackten Füße zeigen möchte." Abwehrend hebt er die Hände. „Tee mit Milch, das wäre phantastisch!"

Dr. Max poliert mit dem letzten Stück des Dinkel-Ciabattas die Schlieren der Spiegeleier vom Teller. Sogar dabei wirkt er elegant, die Ellbogen immer eng am Körper.

„Erzähl mir etwas über dich!" Er steckt das Brotstück in den Mund, lehnt sich zurück und schaut ihr in die Augen. „Du schaust so erschrocken. Darf ich nicht wissen, wer du bist?"

„Nicht interessant."

„Für mich schon. Du bist die erste Frau, mit der ich die Wohnung teile, mit der ich irgendeine Wohnung teile. Kaum zu glauben, nicht? Es ist ja immer ein Wagnis und ich bin es so lange nicht eingegangen, bis mir die Entscheidung aus der Hand genommen wurde." Er schnaubt belustigt. „Ach, Sigrun habe ich vergessen. Mein kleines Mädchen als Frau zu sehen, fällt mir immer noch schwer."

„Wie alt sind Sie?" Das interessiert Maria schon die ganze Zeit.

„Du. Wie alt bist du."

„Ich einundvierzig. Und du?" Hoffentlich merkt er nicht, dass sie sich schon wieder vertan hat. Ionela ist im August 1978 geboren, also vierundvierzig. Gestern hat er ihre Daten aufgenommen. Mit etwas Glück wird er denken, sie macht sich aus Koketterie jünger.

„Bald neunundfünfzig." Er beobachtet ihre Reaktion. „Klingt unwahrscheinlich, nicht? Was hättest du geschätzt? Ende sechzig? Sei ehrlich!"

„Vielleicht." Es sind nicht die Falten, es ist seine Kraftlosigkeit. Nicht alt sieht er aus, eher alterslos, fast schon körperlos wie ein Geist. Gut, dass sie das nicht gesagt hat. Nichts tun, nichts Unbedachtes sagen. Sie lächelt. „Vielleicht bald gesund, dann aussehen wie achtundfünfzig", sagt sie.

Er runzelt die Stirn, schürzt die Lippen.

„Drei?", schiebt sie nach, auch wegen dem R, „dreiundfünfzig?"

Sein Blick bleibt skeptisch. „Du wolltest mir etwas über dich erzählen. Woher kommst du genau?"

„Rumänien. Timişoara."

„Ah, eine sehr schöne Stadt, eine Barockperle, Wien so ähnlich, dass es Klein-Wien genannt wird, habe ich gehört. Vor Jahren hatte ich Gelegenheit, einen Vortrag dort zu halten beim *Club der Herzensösterreicher*."

Das fehlt noch, dass er den Ort kennt, wo sie schon stolz ist, dass sie den Namen fehlerfrei herausbringt. Eine Stadt also. Sie hat sich ein Bergdorf vorgestellt. Angespannt zuckt sie mit den Schultern, murmelt: „Nicht Zeit für spazieren."

„Wo hast du gewohnt? Auf welcher Seite der Bega?"

Bega? Ein Fluss, eine Burg, ein anderer Name für die Stadt? Marias Herz rast. Sie merkt, dass ihre Lippen sich bewegen, öffnen, schließen, Flucht unmöglich. Warum hat sie sich nicht vorbereitet auf Lügen, von denen sie sich hätte denken können, dass sie notwendig werden? Sie muss ihn dazu bringen, ihr zu glauben, egal wie. *Bring ein Opfer!*

„Wo Roma wohnen", stößt sie hervor. „Hochhaus an Rand von Stadt." Wenn er ein Rassist ist, hat sie Pech gehabt. „Viele Jahre nicht dort. Schlechter Mann gehabt." Nervös steht sie auf, räumt den Tisch ab. Außer dem Geklapper von Geschirr und Besteck ist nichts zu hören. Sie räuspert sich. „Kein Geschirrspüler?"

„Ich hab nie einen gebraucht. Ich koche nicht. Eine Tasse, ein Glas, ein Teller, ein Messer, mehr brauch ich kaum."

Sie nickt. „Bücher in Backrohr." Sie lässt Wasser ins Spülbecken, froh über das Rauschen, weil ihr Puls noch immer so hämmert, dass ihr vorkommt, er müsste es hören. Sie darf das hier nicht versauen. Das Gesetz des Handelns! Sie braucht eine Regel, einen Paragrafen, der ihr weiterhilft! *Sei Teig, sei Wachs, sei Wasser* ist alles, was ihr einfällt. Ob das in das Buch gehört oder nur ihr persönlich, hat sie noch nicht einmal entschieden, doch es hilft, ihren Herzschlag zu beruhigen. Was ist das Schlimmste, das passieren kann? Das sollte man sich vielleicht in jeder Situation überlegen und Vorkehrungen treffen. Das könnte ein Paragraf werden.

„Entschuldige", Dr. Max klingt zerknirscht. „Ich wollte dich mit meiner Fragerei nicht in Verlegenheit bringen. Ich wusste nicht, dass du Roma bist. Oder Sinti?"

Sie dreht sich um, lehnt sich an den Unterschrank. „Romni."

Er nickt. Trotzdem ist es kein guter Moment, um ihn nach der Unterschrift zu fragen, die sie für die polizeilichen Anmeldung braucht, die sie wiederum benötigt, um ein neues Handy anzumelden, ein Konto zu eröffnen, die Krankenversicherung zu aktualisieren.

„Ich hab keine Töpfe gefunden, nur diese Pfanne." Von Wort zu Wort ist ihre Stimme leiser geworden. Schon wieder hat sie den Akzent vergessen. „Brauch Töpf zu kochen."

„Ich werde nicht schlau aus dir." Er schüttelt den Kopf. „Aber mir scheint, dass es eine Verbindung zwischen uns gibt, irgendeine Gemeinsamkeit, die wir noch entdecken müssen."

Sie antwortet nicht. Was auch? Eine Verbindung. Was wird er wohl meinen. Steckverbindung Lingam in Ioni. Dabei hat sie gehofft, dass er schwul ist, trotz Sigrun, altersschwul vielleicht. Sie möchte schreien, mit den Fäusten auf ihn einhämmern. Doch ihre Kraft liegt im Nicht-Tun. *Sei, wer du sein musst!* Das passt. Sie merkt, dass sie den Atem angehalten hat, und holt tief Luft, lächelt. *Sei, wer du sein musst*, doch nur für kurze Zeit, fügt sie hinzu, dann *tu, was zu tun ist*! Wann immer sie sich über ihn ärgert, kann sie darüber nachdenken, was zu tun ist. Sie ist Ionela Stoica. Sie kann sich von einem Tag auf den anderen in Luft auflösen.

„Aber was rede ich da für einen transzendenten Blödsinn! Früher wäre mir so ein Schmus nicht über die Lippen gekommen. Gedacht hätte ich es vielleicht, aber niemals gesagt." Er schnaubt. „Na, man ist ja heute offener, wie ich gelernt habe." Die Arme um den Oberkörper geschlungen, die Beine übereinandergeschlagen, zittert er wie ein Blatt in dem sanften Luftzug, der durch das geöffnete Fenster dringt. „Um von der Rührseligkeit wegzukommen, lass mich dir ein Kompliment machen: Dein Lächeln ist sehr geheimnisvoll, es erinnert mich an das der Gioconda. Mona Lisa." Er mustert sie mit konzentriertem Kennerblick, als wäre sie tatsächlich ein Ausstellungsstück. „Das wird es sein, was mich anzieht! Nichts gegen deine sonstigen Qualitäten, aber immer schon hab ich mich gefragt, was ihr Lächeln zu bedeuten hat. Du kennst doch das Bild von Leonardo?"

Wie oft sie das schon gehört hat. „Jeder kennt. Jeder fragt sich." Sie denkt an den Druck aus dem Möbelhaus, fertig gerahmt, der bei der Mutter an der Wand im Wohnzimmer hing, gleich neben dem Kuss von Klimt. Ob dort alles noch immer so ist, wie es war, als sie es zuletzt gesehen hat?

„Je nachdem, von welcher Seite und in welcher Stimmung man sie betrachtet, wirkt ihr Lächeln anders – traurig, berechnend, erotisch oder listig, als ob sie etwas ausheckt. Heckst du etwas aus, Maria? Was bedeutet dein Lächeln? Ich könnte berühmt werden, wenn ich es entschlüssle."

„Ich habe gedacht, du bist Arzt, Dr. Max. Lächeln ist keine Krankheit."

„Dr. Max." Er lacht. Es klingt so arglos fröhlich, dass der Knoten in ihrem Bauch sich auflöst. „Ich und Arzt! Ein Objekt der Ärzte schon eher. Ich habe garantiert noch kein Leben gerettet. Ich bin Historiker. Mein Geschäft ist nicht die Aktion, sondern die Reaktion." Er schürzt die Lippen. „Ich studiere und zerpflücke, was andere geleistet haben. Man könnte das sogar als das Prinzip meines Lebens bezeichnen."

*

Tu, was zu tun ist. Sei, wer du sein willst. Denk nicht an gestern. Maria trabt auf die Rotundenbrücke zu, eine Silbe pro Schritt. Seit fast zwei Monaten läuft sie zweimal wöchentlich, wenn nichts dazwischenkommt. Über die Brücke in den grünen Prater, die Hauptallee entlang – „Richtung Rumänien", wie sie Dr. Max erklärt hat –, am Heustadelwasser vorbei oder weiter, dann rechts ins Gelände, über gewundene Pfade zurück zur Brücke und über die Kreuzung in die Gasse, in der sie jetzt daheim ist.

„Aus heutiger Perspektive", hat Dr. Max ihr einmal in den ersten Wochen erzählt, „scheint mir, ich hätte öfter hinausgehen, mich bewegen, Natur wenigstens wahrnehmen sollen. Sie hat für mich nie eine große Rolle gespielt. Irgendwann ist es zu spät, sich daran zu gewöhnen, und dann ärgerst du dich doch eine Spur, weil dir alle immer schon gesagt haben, wie es enden wird, und selbst hast du es auch gewusst. Die anderen – sofern sie gute Freunde sind – reiten zwar nicht darauf herum, aber du kannst ihre Gedanken hören. Man redet sich ein, man treffe eine heroische Entscheidung für den Genuss im Moment und ist doch nur zu feig, auf das zu verzichten, was man zu brauchen meint, und zu faul, um seine Gewohnheiten zu ändern." Dann hat er sich eine Zigarette angeheizt. „Jetzt ist es allerdings auch schon egal. Immerhin bleibt mir eine kleine Genugtuung: Es ist nicht der Lungenkrebs, den mir alle prophezeit haben."

Also läuft sie. Die Runden werden größer und sie spürt ihren Körper, spürt ihn nicht wieder, sondern erstmals richtig. Zuvor ist er, bis auf wenige Ausnahmen – betrunkenes Tanzen, selten beim Sex – einfach nur da gewesen, hat funktioniert, unbemerkt. Meist besser so.

Sei doch nicht so blöd, wann ist es zu spät, jetzt ist es egal, hechelt sie im Rhythmus ihrer Gedanken, holt eine Silbe lang Luft, bläst sie vier Silben lang aus. Die Haare wird sie sich wachsen lassen und einen Pferdeschwanz tragen, der mit jedem Schritt, mit jedem Sprung von einer Seite zur anderen schwingen kann.

Sich aufs Heimkommen freuen – wie lang sie dieses Gefühl nicht mehr gehabt hat. Sie ist lang unterwegs gewesen an diesem Tag, deutlich über die übliche Stunde hinaus. Es fängt schon an zu dämmern. Über die Straße beschleunigt sie, hält das Tempo auf den letzten Metern, auch, weil es kühler wird und das klamme Shirt an ihren Nieren klebt. Der Winter naht.

Er naht, so steht es in den Gedichten, die Dr. Max ihr manchmal vorliest. Immer wieder zittert er vor Kälte. Wenn jetzt zu der Kälte von innen auch noch die von außen kommt ... Was, wenn er den Winter nicht übersteht, wenn er trotz ihrer Bemühungen nicht durchhält? Je mehr sie ihren Körper spürt, desto verwelkter kommt ihr seiner vor. Dabei behauptet Sigrun, dass er besser aussieht. Sie hat teilweise recht gehabt. Dr. Max bemüht sich, vor Maria Haltung zu bewahren, und er isst, wenn auch wenig. Doch das ändert nichts daran, dass er sich an manchen Tagen kaum auf den Beinen halten kann, und auch nichts an dem Zustand der Hoffnungslosigkeit, in dem er sich wohlig eingerichtet hat.

Drei Wochen ist es her, dass sie miteinander im Konzerthaus waren, seither nur kurze Ausfahrten mit dem Auto ins Grüne, ein paar Schritte in den Wald oder über eine Wiese bis zur nächsten Bank. Sich in den Hof auf die gelbe Bank unter der Kastanie zu setzen, lehnt er ab. Gelegentlich lässt er zu, dass sie sich zur Unterstützung bei ihm einhakt. Doch sobald sie in der Öffentlichkeit durch ein Wort, eine Geste zu erkennen gibt, dass sie nicht Frau, sondern Pflegerin ist, reißt er sich los.

Maria schließt die Haustür auf, springt die Stiegen hinauf, immer zwei Stufen auf einmal.

Wenn es so weitergeht, wird er ihr irgendwann erlauben müssen, ihn öfter zu berühren und das nicht nur bekleidet. Sie wird ihm beim Waschen helfen müssen, beim Anziehen. Wie sie sich in ihm geirrt hat. Seine Angst vor körperlicher Nähe übersteigt ihre Angst vor unerwünschter Zudringlichkeit bei weitem. Vielleicht arbeitet er deshalb daran, seinen Körper zum Verschwinden zu bringen.

Maria öffnet die Wohnungstür, schaltet das Licht im Vorraum an, streift die Schuhe ab. Als sie gegangen ist, hat er für einen Artikel über eine Wiener Komponistin aus dem 17. Jahrhundert recherchiert, von der sie noch nie gehört hat. Zwei Spalten mit Literaturliste lautet die Aufgabe. Er ist nämlich nicht nur Dr. Max, sondern Oberrat Dr. Max Gasparini, und verfasst und überarbeitet für das Österreichische Biographische Lexikon Einträge über historische Persönlichkeiten.

„Bin wieder da!" Kein R. Sie trippelt auf der Stelle, während sie zwei vertrocknete Blätter von der Palme im Vorzimmer zupft, läuft weiter in die Küche, um das Backrohr aufzudrehen, hüpft seitwärts ins Wohnzimmer.

Er sitzt am Sofa, gleich beim Fenster, hält die Seiten eines Buches ins spärliche Licht. Eine Flasche Rotwein und ein fast leeres Glas stehen auf dem Tisch. Wie viel noch in der Flasche ist, sieht sie nicht. Aufgeklappt lässt er das Buch auf den Schoß sinken, schiebt die Lesebrille auf die Stirn.

„Alles okay? Brauchst du was?", fragt sie, das R gerollt. Noch in der Tür stehend greift sie nach ihrem rechten Fuß, dehnt den Oberschenkel, dann den anderen. Sie knipst die Stehlampe neben dem Sofa an. In dem warmen Licht sieht sie immer, dass er einmal gut ausgesehen hat.

„Ich hab alles. Geh ruhig duschen!"

Wie er das sagt. Er sieht ihr zu, wie sie nacheinander die angewinkelten Ellbogen hebt und mit der anderen Hand nach hinten drückt, dabei ihre Seiten dehnt. Ein Ausfallschritt, um auch die Waden zu dehnen, die Hände hinter dem Rücken verschränkt. Sie beugt sich vor, lässt die Arme in Richtung Boden pendeln, kommt wieder hoch und sieht, wie er sich die Hose im Schritt zurechtzupft. Er greift nach den Zigaretten.

„Ich gehe Dusche." Ob er hört, dass sie an Sex denkt? Er soll sich vorstellen, wie das Wasser über ihren nackten Körper fließt. „Ich lasse Tür offen." Hat sie das wirklich gesagt?

Er hebt die Zigarette wie zum Gruß und sieht ihr in die Augen. Ob er versteht, was sie anbietet, ist nicht zu erkennen. *Nimm, was man dir geben will!*, möchte sie ihn anschreien.

Er hat sich nicht vom Fleck gerührt, das Buch noch immer aufgeschlagen auf dem Schoß. Nur der Fernseher läuft jetzt, eine Nachrichtensendung, die er zu verfolgen vorgibt, während er ins Leere starrt.

Maria schaut nach der Lasagne, füllt einen Krug mit Wasser, stellt ihn mit zwei Gläsern auf ein Tablett und bringt ihn ins Wohnzimmer. Mit einem Abstand, so gering, wie er ihn eben aushält, setzt sie sich neben ihn. Wenn sie ihm zu nahe kommt, fängt er an herumzurutschen oder bittet sie um einen Gefallen, der sie zum Aufstehen zwingt. Jetzt sitzt er ruhig. In Momenten wie diesen voller Wärme und Küchenduft stellt sie sich vor, es könnte so bleiben. Zwischen seinem schwarzbekleideten Oberschenkel und ihrem blauen ist gerade genug Platz für zwei Hände, die sich ganz knapp nicht berühren.

„Heute hat der Prozess gegen Robin H. begonnen, dem zur Last gelegt wird, im April dieses Jahres seine Mutter, die Pinzgauer Wirtin Brigitte H., mit zahlreichen Messerstichen getötet zu haben."

Elektrisiert richtet Maria sich auf, wagt nicht zu atmen, nicht zu blinzeln. Robin hat abgenommen in der U-Haft. Seine Haare sind akkurat geschnitten und er hat sich einen Bart wachsen lassen, der seinem Gesicht ein wenig Kontur verleiht. Er trägt einen dunkelblauen Anzug, darunter ein gestreiftes Hemd.

Eine Kameradrohne fliegt über das Dorf, kreist über der Pension, sinkt herab. „Der Beschuldigte bestreitet die Tat. Er schiebt das Verbrechen auf die ehemalige Angestellte Mia B., die seit dem Tod der Wirtin spurlos verschwunden ist."

Das Bild aus dem Café, auf dem sie im Hintergrund abserviert. Danach ein schmeichelhaftes Phantombild – glattere Haut, vollere Lippen, betonte Wangenknochen –, auf dem sie sich nicht erkennt.

„Die Anklage hingegen vertritt die Auffassung, dass Mia B. den Beschuldigten bei der Tat überrascht hat und Hals über Kopf geflohen ist. Sie schließt jedoch nicht aus, dass auch Mia B. ein gewaltsames Ende genommen haben könnte. Die Hoffnungen sind nun darauf gerichtet, dass die durch den Prozess generierte Aufmerksamkeit die Frau doch noch dazu veranlassen könnte, sich bei den Behörden zu melden. Opferschutzorganisationen haben in Aussicht gestellt, eventuelle Steuernachzahlungen zu übernehmen, die Mia B. aufgrund des illegalen Arbeitsverhältnisses drohen."

In Gedanken sieht Maria sich selbst von links hinten nach rechts vorn über den Bildschirm ziehen, flankiert von Polizistinnen, umringt von Journalisten, die ihr Mikrofone ins Gesicht recken. Was soll sie denen sagen? Dass sie drauf und dran war, als Dorfnutte Karriere zu machen? Wer soll denn glauben, dass sie das nicht freiwillig getan hat? In Eichschlag werden es alle schon immer gewusst haben und ihren Job bei Dr. Max ist sie los. Sie kann sowieso nichts sagen, nicht über die Tat, weil sie sich nicht erinnert und vermutlich längst weg war, als Robin ausgerastet ist, und auch sonst. Niemandem würde es helfen, wenn sie sich meldet, weder der Anklagebehörde noch Robin.

Zwischen zwei Justizwachebeamten betritt er den Gerichtssaal und setzt sich auf die Anklagebank, die Beine breit, die Haltung mürb wie eh und je. Ewig weit weg erscheint ihr die Zeit mit ihm, sein klebrig fließendes Fleisch um sie, das harte in ihr. Tot hätte er sein können und es wäre ihr egal gewesen. Ihre Hände wissen es besser, zittern unkontrolliert wie damals, als sie das Messer gehalten hat, die Chefin im Rücken. Sie schiebt die Handflächen unter die Oberschenkel, ein durchdringendes Piepsen im Ohr.

„… zuversichtlich, dass wir die Unschuld meines Mandanten in den nächsten Tagen zweifelsfrei nachweisen können. Wir haben uns erlaubt, den überlasteten Ermittlungsbehörden beizuspringen und uns entschlossen, eine Belohnung von 5.000 Euro für Hinweise auf den Aufenthalt von Mia B. auszusetzen."

„Maria, bist du das?"

Sie hat Dr. Max neben sich völlig vergessen. Heftig schüttelt sie den Kopf. „Nein, nein! Nicht Rumänin! Nicht ich!"

„Okay, schon gut!" Unbeholfen tätschelt er ihre Hand. „Für einen alten Junggesellen schaut eine hübsche Frau wie die andere aus."

Sie spürt seinen Blick und hält den ihren starr nach vorn gerichtet. Noch immer liegt seine Hand auf ihrer. Endlich eine Berührung und ausgerechnet jetzt drängt es sie, um sich zu schlagen, auf ihn einzudreschen, weil niemand sonst da ist, und zu schreien, schreien, schreien. Doch sie bewegt sich nicht, atmet nur weiter, schneller und flacher als sonst, ein regelrechtes Flattern. Wenn sie jetzt in den Blackout flüchten könnte. Doch sie findet dort nicht mehr hin.

„Maria? Hörst du mich? Schau mich an!"

Sie dreht den Kopf, lächelt leer. Gleich wird er ihr eine scheuern, weil sie hysterisch ist, völlig hysterisch. Das muss er ihr anmerken. Sein rechtes Augenlid zuckt.

„Das Backrohr", sagt er, „die Lasagne. Es piepst in einem fort. Soll ich mich kümmern?"

„Ja. Nein." Er merkt es nicht. Kein Wunder, wenn sie sich nicht rührt. „Ich ..." Sie erhebt sich mit Mühe, die Knie butterweich. *„Sei Teig, sei Wachs, sei Wasser!"*, hört sie sich flüstern. *Finde das Tor zu deiner Kraft!* Es gibt Zeugen, die sie nach der Tat gesehen haben. Den Molkereiwagenfahrer, den Nachtwächter, den Neffen, Caro Klausner, die anderen Frauen im Frauenhaus. Nein, die nicht, die würden keine der ihren verraten. 5.000 Euro sind ein schlagkräftiges Argument. Doch alle haben auch Gründe, sie nicht zu verraten – die Frauen aus Solidarität, die Männer, weil sie allesamt ihre Befugnisse überschritten haben und sich keinen Ärger einhandeln wollen. Hoffentlich!

„Was hast du gesagt? Teig, Wachs, Wasser? Ist das ein Reim?" Seine Stimme, übertrieben bemüht um Heiterkeit und Ruhe, bebt ein wenig. Wieder fasst er ihre Hand, zieht sie zurück aufs Sofa. „Du schlotterst ja richtiggehend. Du kennst diesen Mann. Hat ... hat er dir etwas angetan?"

Angetan. Sie hört ja, welche Mühe es ihn kostet, diese Frage zu stellen und schüttelt den Kopf, damit er mit den Antworten nicht auch noch fertig werden muss. Er nimmt die Wolldecke von der Armlehne, wickelt sie darin ein, legt den Arm um ihre Schultern. Und das Backrohr piepst und piepst. Sein Arm fühlt sich an wie ein Ast. Das macht sie traurig. Die Trauer lenkt sie ab, lässt sie ihren Körper auf dem Sofa spüren, den Ast auf ihrer Schulter, den knorrigen Körper an ihrer Seite.

Was ist das Schlimmste, das passieren kann? Dass sie gefunden wird, auf der Straße erkannt, im Supermarkt, beim Laufen. „Das ist doch die ..." Warum ist es das Schlimmste? Was hat sie schon getan? In Notwehr, fast aus Versehen, einer zwei Finger abgehackt, die sie bedrängt, ja, beinahe erstickt hat, und bis aufs Blut ausgenutzt. Bis aufs Blut. Sie wird alles sagen, wenn sie erwischt wird. Alles. Über den Bürgermeister und die anderen. Oder es aufschreiben. Alles, alles. Vielleicht sollte sie es jetzt aufschreiben, heute Abend. Wenn sie es schon getan hat, bevor man sie findet, wird man ihr eher glauben. So viel hat sie schon schreiben wollen und kommt doch nie dazu.

Niemand wird sie erkennen. Sie sieht anders aus als damals, die Haare dunkelbraun und länger. Von nun an wird sie eine Kappe tragen, wenn sie außer Haus geht. Sie wird sich schminken. Sie ist nicht mehr Mia, und Maria ist sie nur für Dr. Max. Sie ist Ionela Stoica. Sie kann sich ausweisen.

Das Schlimmste wäre etwas anderes. Das Schlimmste wäre, wenn Dr. Max sie verraten würde. Längst ist sein Arm weicher geworden. Sie hat die Fäuste geöffnet und sich an ihn gelehnt. Wieder oder noch immer piepst das Backrohr. Draußen ist es Nacht geworden. Sie steht auf. Seine Hand gleitet an ihrem Arm abwärts, fast ein Streicheln.

Sie geht in die Küche, jede Bewegung, jeder Atemzug eine Entscheidung. Drinnen hört sie sein Feuerzeug schnappen, riecht gleich darauf den Rauch. Sie dreht das Backrohr ab und öffnet es, greift nach den Topflappen und hebt die quadratische Glasform aus dem Ofen, stellt sie auf ein Holzbrett. Ihr Herz setzt aus, als sie von drinnen hört, wie der Bericht über den Prozess erneut abgespielt wird. „Er schiebt das Verbrechen auf die ehemalige Angestellte Mia B., die seit der Tat spurlos verschwunden ist." Dr. Max hat zurückgespult. Er schaut sich das Phantombild an, sucht nach Ähnlichkeiten. Ihre Augen brennen.

So einen Mann hat sie sich immer gewünscht, ohne es zu wissen. Er hat ihr Geld gegeben und ihr gesagt, dass sie alles kaufen soll, was sie für die Küche braucht, und auch sonst. Die Topflappen hat sie aus olivgrünem Baumwollgarn selbst gehäkelt. Er wollte wissen, wie das geht. Sie hat es ihm gezeigt und er hat so getan, als wäre es ein Wunder, wie da etwas Neues entsteht, hat selbst ein Stück weitergehäkelt. An der Stelle ist jetzt eine Welle im Muster, weil er den Faden zu fest gezogen hat.

Er ist nicht der Mann, fällt ihr ein, den sie sich gewünscht hat. Er wird sterben. Einen, der gleich stirbt, hat sie sich nicht gewünscht, nie.

Mit dem großen Küchenmesser fährt sie innen am Rand der Form entlang. Es ist spitz, aber nicht scharf genug, um damit Finger abzutrennen. Bei der Chefin hätte es so ein stumpfes Messer nicht gegeben. Robin hätte es in der Werkstatt schleifen müssen.

Ein kreuzförmiger Schnitt zerteilt die Lasagne in vier Teile, die Maria auf zwei Teller verteilt. Sie nimmt eine Tomate aus dem Metallkorb, schneidet sie in dünne Scheiben und ordnet sie blütenförmig auf den Tellerrändern an, bevor sie einige Blättchen Rucola über alles streut. Sie trägt die Teller ins Wohnzimmer, stellt sie auf den Couchtisch. Er wird wieder die Hälfte übriglassen, doch niemals mehr als die Hälfte, deshalb die großen Portionen.

Dr. Max hebt die Augenbrauen. Er fragt nicht, warum sie heute am Sofa statt am Küchentisch essen. Einen feinen Esstisch gibt es nicht, nur Küchentisch, Couchtisch und die beiden Schreibtische, einen hier und einen in Marias Zimmer. Sie holt Besteck und Servietten. Ausnahmsweise trinkt auch Maria ein Glas Wein, für die Nerven. Nach dem Schock hat sie erwartet, dass das Essen nach nichts schmecken wird, doch das Gegenteil ist der Fall.

„Die beste Lasagne meines Lebens", sagt auch Dr. Max. Da wird er sie doch nicht verraten.

Während sie auf den Bildschirm starrt, auf dem irgendwelche Menschen irgendetwas tun, über irgendetwas reden, spürt sie, öfter als sonst, seinen Blick. Etwas hat sich verändert. Doch solange sie die Augen nicht vom Fernseher ab- und ihm zuwendet, tritt es nicht in Kraft.

„Ich stecke in einem Dilemma", krächzt Dr. Max, heiser von der langen Zeit des Schweigens, gefühlte Stunden später. Er räuspert sich. „So sehr es mir widerstrebt, die Angelegenheit gegen deinen Willen anzusprechen, meine liebe Maria, so wenig ertrage ich es, weitere Stunden schweigend neben dir zu verharren und darauf zu warten, dass du von dir aus sprichst."

Überrascht schaut Maria ihn an. Meine liebe Maria. Dass sie seine ist, sagt er zum ersten Mal. Was hätte sie sagen können? Was soll sie ihm erzählen? Die Vorstellung, ihre ganze Geschichte auszubreiten, baut sich vor ihr auf, ein Berg aus Worten, Gebirgsketten von Sätzen, eine Alpenüberschreitung, hinter der vielleicht Erleichterung wartet, Zuspruch, Erlösung. Oder Verurteilung, wahrscheinlich Verachtung. Selbst, wenn sie es versuchen wollte – wo anfangen, wo weitermachen? Mit dem Tag, als die Chefin sie erstmals erpresst hat? Womit erpresst? Besser also mit dem Tod der Mutter und ihrer eigenen unbesonnenen Flucht beginnen. Aber war nicht auch diese Flucht eine Folge von allem, was davor geschehen war? Ist sie nicht, wie sie ist, auch wegen des Waldes, in dem sie aufgewachsen, der Stadt, in die sie gezogen ist, der Eltern, der Freunde, der Männer, die sie gehabt, jedes Wortes, das sie je gehört oder gesagt hat? Sie öffnet die Lippen, schließt sie wieder. Wo beginnt eine Geschichte?

Dr. Max hebt die Hand. „Schon gut! Ich verstehe, dass es dafür mehr Vertrauen braucht, als sich in ein paar Wochen aufbauen lässt. Zumal du ja zusätzlich auf deinen Akzent achten musst."

Maria schluckt, sucht nach Anzeichen von Ironie, doch kein Schmunzeln diesmal, kein Blitzen in den Augen.

„Ich will dir nur sagen", fährt er müde fort, „es ist mir egal. Egal, ob du diese Frau bist oder nicht, egal, ob du gesucht wirst und von wem. Es ist mir auch egal, ob du diesen Mörder oder Mordverdächtigen kennst. Dass du ihn kennst. Was mir nicht so egal wäre: wenn er dir etwas angetan hätte. Das zu wissen, würde mich schmerzen, aber ändern ließe es sich jetzt auch nicht mehr. Wenn du diese Frau bist, wirst du deine Gründe haben, dich nicht zu melden. Ich maße mir nicht an, das für dich zu entscheiden. Du bist mir keine Rechenschaft schuldig. Im Grunde genommen geht mich deine Vergangenheit nichts an." Er sieht sie an, als warte er auf eine Reaktion, gar auf Beifall.

Maria ist hin- und hergerissen zwischen Erleichterung und Enttäuschung. Weil beides sich die Waage hält, bleibt sie unbewegt. Nur ihre im Schoß verschränkten Hände ziehen aneinander, ohne sich zu lösen. Die Anspannung spürt sie bis in die Oberarme.

„Ich geh ins Bett. Mach dir keine Sorgen." Er stemmt sich hoch, schlurft zur Schlafzimmertür, stützt die Hand am Rahmen ab und hält inne, als wollte er noch etwas sagen.

„Was ist das Schlimmste, was passieren kann?", bringt Maria endlich heraus.

Ohne die Tür zu schließen, geht er weiter in den dunklen Raum, setzt sich wohl aufs Bett. Sehen kann sie ihn nicht.

„Das Schlimmste, was passieren kann", hört sie ihn leise. „Wer weiß das schon? Das Schlimmste könnte sein, dass dieser Robin H. unschuldig wäre. Dass Mia B. seine Mutter erstochen hätte und ihn eiskalt dafür büßen lässt. Dass du diese Mia B. wärst. Dass ich mich in dir getäuscht hätte. Dass ich in Gefahr schwebte." Er lacht auf, hält kurz inne, lacht fast lautlos weiter, hustet. „Einen Treppenwitz müsste man das wohl nennen", krächzt er schließlich,

„wenn mir die Gefahr drohte, schnell zu sterben, anstatt langsam und qualvoll. Aber wenn es so sein sollte, was ich nicht glaube, würde ich es nicht wissen wollen."

*

Sie tun, als wäre nichts gewesen. Sie sprechen weiter miteinander in heiterem Ton und sehen sich gegenseitig dabei zu, wie sie darunter leiden, dass jedes Wort einen falschen Klang annimmt. Maria rollt weiter die Rs und verstümmelt ihre Sätze. Er hat gesagt, er will es nicht wissen, und sie will nicht darüber reden. Was also stimmt nicht? Fast ohne Unterlass denkt sie darüber nach.

Heute ist sie durch den ersten Schnee gelaufen, die Luft so frostig, dass ihr die Gedanken im Sprung gefroren sind. Als sie heimkommt, ist Sigrun da. Bis ins Vorzimmer hört Maria sie schimpfen.

„Was ist los mit dir, Papa? Du bist nicht allein auf der Welt! Warum hast du mir nichts davon erzählt?"

Maria schleicht in ihr Zimmer, holt frische Kleidung und beeilt sich, ins Bad zu kommen. Wenigstens geduscht und geföhnt will sie sein, bevor Sigrun sie vor die Tür setzt. Bevor sie die Polizei verständigt, um ihren Vater vor der eiskalten Mörderin zu schützen, für die er sie hält, im schlimmsten Fall.

Als sie aus dem Bad kommt, steht sie seiner Tochter gegenüber. „Hast du davon gewusst, Maria?" Die junge Frau stemmt die Fäuste in die Taille, die Lippen zusammengepresst.

„Von …?"

„Na, von der unvollständigen Remission! Dass der Krebs nicht ganz weg ist, trotz Operation und Chemo. Dass ihm eine neuartige Therapie angeboten wurde und er sich weigert, sie in Anspruch zu nehmen! Hast du?"

Langsam schüttelt Maria den Kopf. Es geht gar nicht um sie. Vielleicht geht es schon die ganze Zeit nicht um sie. Vielleicht gibt es Wichtigeres. Eine Träne löst sich aus Sigruns Augenwinkel. Maria legt ihr eine Hand auf die Schulter, streichelt, bewegt in lautlosem Trost die Lippen.

Letzte Woche sind sie im Spital gewesen. „Nichts Besonderes", hat er mit schiefem Grinsen behauptet, als er aus dem Untersuchungszimmer gekommen ist. „Alles auf Schiene, alles im Plan." Sie hat nicht gefragt, was genau auf Schiene ist. Sie hat nicht gefragt, weil sie es auch nicht so genau wissen will. Er hat sie in die Cafeteria eingeladen und ihr über die Kernfusionskonstante erzählt, eine ironische Bezeichnung der wunderlichen Tatsache, dass eine Anwendung der Kernfusion seit rund 50 Jahren immer 30 Jahre in der Zukunft zu liegen scheint. „Manches scheint eben das ganze Leben lang zum Greifen nah und bleibt doch immer außer Reichweite."

 Sie hat genickt und gedacht, dass es vielleicht nur das ist, was uns antreibt.

 „Man muss es nur einmal begreifen", hat er gesagt, „dann spart man seine Kraft und streckt die Hand nicht mehr danach aus."

Sigrun legt einen Arm um Marias Taille und zieht sie ins Wohnzimmer. Dr. Max sitzt auf seinem Platz am Sofa und saugt an einer frisch angezündeten Zigarette.

 „Jetzt rauchst du auch schon, wenn ich da bin? Was bist du für ein rücksichtsloses Arschloch!" Sigrun knurrt wie ein wildes Tier und schüttelt Maria. „Nicht einmal ihr hast du was gesagt! Du kommst dort raus mit einem Todesurteil und einem Rettungsring, lässt beides in den nächsten Mistkübel fallen und dann was? Gehst heim und machst dir eine Flasche Wein auf, hab ich recht? Sag, Maria, erzählt er überhaupt jemals etwas über sich, über sein Leben? Weint er manchmal? Kennt er sowas wie Verzweiflung oder raucht und säuft er sich jedes Gefühl gleich weg?"

Maria streicht Sigrun über den Rücken. Doch warum sie beruhigen? Es tut gut, dass sie ausspricht, was Maria manchmal denkt und dann wieder nicht, aber niemals zu sagen wagt.

„Ich bin niemandem Rechenschaft schuldig", sagt Dr. Max ruhig. „Es ist mein Leben."

„Nein, du feiger Mistkerl, ist es nicht!" Sigrun packt den schweren Glasaschenbecher und wirft ihn durch den Raum. Zigarettenstummel fliegen, Farbe platzt von der Wand. Unwillkürlich hat Maria ihren Kopf geschützt. Jetzt lässt sie den Arm wieder sinken, während das Trumm mit lautem Gepolter auf den Boden prallt und neben dem Tisch liegen bleibt.

Sigrun schwingt beide Arme durch die Luft. „Was ist mit mir? Nur, weil du dich nicht traust, etwas zu fühlen, gilt das für mich noch lange nicht! Du musst kämpfen! Ich brauch dich!" Sie lässt die Arme fallen. „Für dich war das wahrscheinlich der größte Ausrutscher deines Lebens, dass du ein Kind in die Welt gesetzt hast."

„Jawohl, der größte Ausrutscher und die schönste Überraschung. Jetzt bist du aber kein Kind mehr, du Rumpelstilzchen. Du bist dreißig."

Sigrun bläst geräuschvoll die Luft aus, schließt die Augen. „Jaja, schon klar. Vor hundert Jahren hätte ich da schon vier Kinder gehabt, beide Eltern verloren oder wäre selber im Kindbett gestorben."

„Ich denke bei all meinen Entscheidungen an dich, Prinzessin. Aber doch nicht nur an dich. Es ist auch keine Therapie im herkömmlichen Sinn. Es ist eine Doppelblind-Studie für ein noch nicht zugelassenes Medikament. Die eine Hälfte der Probanden – und Probandinnen natürlich – bekommt einen Gift-Cocktail, der, nach allem, was man wissen kann, vielleicht rascher ins Grab führt als du Hui Buh sagen kannst. Die andere Hälfte kriegt ein Placebo. Nicht einmal die Ärzte wissen, wer wirklich eine Chance bekommt. Ich hab keine Lust, meine letzten Tage als Versuchskaninchen zu verbringen."

„Hui Buh, sehr witzig! Wer leitet die Studie? Gib mir die Nummer! Sag mir die Namen, damit ich die anzeigen kann! So wie du es erzählst, sind das die reinsten Mörder."

Max Gasparini schüttelt den Kopf. Er beugt sich vor, um den Aschenbecher aufzuheben und dämpft die Zigarette aus. „Schau ..."

Mit einer abweisenden Drehung des Kopfes hebt Sigrun die Hand. Maria muss lächeln, weil ihr die Geste von ihm so vertraut ist. Kein Tee mehr, kein Essen, nein danke, nur Wein.

„Ich versteh schon, Papa, du brauchst kein Wort mehr zu sagen. Das Risiko, deinen Zustand eventuell nur aufgrund der Placebo-Wirkung zu verbessern, kannst du als wissenschaftlich denkender Mensch nicht eingehen, ganz klar!" Sie reißt beide Arme hoch. „Wahrscheinlich ist bei dir sowieso alles anders. Dich müssen gar nicht die Medikamente oder der Krebs unter die Erde bringen, dich bringt auch das Placebo um. Hauptsache, keine Hoffnung, nirgendwo!"

„Mäuschen ..."

„Nein, es hat sich ausgemaust! Weißt du, was ich nämlich glaube: Du bist nicht ganz gefühllos. Du hast nur vergessen, dass man etwas anderes als Schmerz und Einsamkeit überhaupt fühlen kann! Sind ja auch megapraktische Gefühle, weil man dafür keine anderen Menschen braucht! Du ... alter Mann!" Grußlos rauscht sie durch die Küche ins Vorzimmer. In Stiefeln und Mantel stapft sie wieder herein, sticht mit dem Finger in seine Richtung. „Du! Wirst! Dort mitmachen! Sonst enterbe ich mich selbst und tanze jeden Tag auf deinem Grab, dass du dort drinnen keine Sekunde Ruhe findest, kapiert!" Sie rennt hinaus.

„Das würde ich nicht versäumen wollen", murmelt Gasparini mit kleinem Lächeln.

Wieder kommt Sigrun hereingestürmt. „Ich hab dich nämlich lieb, du Arsch!"

Er seufzt. „Ich dich auch."

Als die Wohnungstür zuschlägt, holt Maria tief Luft, hört ihn dasselbe tun. Sie sehen sich an. Er lächelt.

„Tja, Kinder! Sie glauben, man gehört ihnen von dem Moment an, in dem sie das Licht der Welt erblicken."

Sie schweigen einige Augenblicke. Maria betrachtet den Aschenbecher. Ein Sprung zieht sich die mehrere Zentimeter dicke Wand hinunter und endet vor dem Boden. Ein kleiner Splitter fehlt.

„Was ist mit dir, Maria? Hast du Kinder?"

Sie senkt den Kopf, greift unwillkürlich auf ihren Bauch. „Fast."

„Ach!" Er schlägt sich mit der flachen Hand auf die Wange. „Das tut mir leid. Ich hab heut einen schlechten Tag, was Kommunikation angeht."

Maria sammelt die Kippen auf, deren Fall sie vorhin verfolgt hat, eine auf dem Sofa, drei auf dem Boden, legt sie in den Aschenbecher. Sie wird den Staubsauger holen.

„Ich sollte wohl froh sein, dass Sigrun noch nicht völlig desillusioniert ist, in ihrem Alter. Sie meint es nicht böse, wenn sie so tobt. Sie war immer schon jähzornig. Aber wir beide sind uns doch einig, Maria, dass Gelassenheit in der Regel das Beste ist, dass es sich in den seltensten Fällen lohnt, ein Risiko einzugehen, oder?"

Maria geht auf Hände und Knie, um unter den Möbeln nachzusehen, ob sie etwas übersehen hat, sammelt einen weiteren Filter auf, wirft ihn zu den anderen. Max greift nach ihrem Handgelenk. Was der sich alles traut, inzwischen. Sie schaut ihn an.

„Komm, setz dich zu mir und sag: Hat sie recht?"

Maria setzt sich neben ihn, ein Bein angewinkelt auf der Sitzfläche, den Ellbogen auf die Rückenlehne gestützt. „Willst du sterben, Dr. Max?"

Er schnaubt, greift nach der Dose mit den scharfen Bonbons, die er wegen des guten Atems nimmt. Nach einer Kostprobe an ihrem ersten Tag vermutet Maria, dass sie vielmehr den Magen völlig verätzen. Er klappt den Deckel auf und zu, auf und zu, ohne etwas herauszunehmen.

„Es ist doch keine Frage des Wollens. Ich werde sterben. Und so leid es mir tut: Du wirst auch sterben. Früher oder später sterben wir alle. Wenn man sich das einmal klarmacht ..."

„... muss man die Hand nicht mehr ausstrecken, ich weiß."

Röte zieht über seinen Hals in die Wangen. „... fällt es leichter, sich damit abzufinden, wollte ich sagen." Er öffnet den Deckel, betrachtet die Zuckerln, als wären sie nicht alle weiß und oval, schüttelt die Dose sanft, bevor er sich endlich für eines entscheidet.

Sie ist ziemlich sicher, dass er auf diese Weise mit seiner eigenen Unentschlossenheit kokettiert und dass er es tut, um sie zu amüsieren. Doch sie lächelt nicht. Sie holt den Staubsauger. Verglichen mit ihm ist sie am Ende vielleicht nicht so passiv, wie sie gedacht hat.

*

In der Nacht vor dem ersten Advent schreckt Maria aus dem Schlaf. Ein Scheppern, als wäre etwas zu Bruch gegangen. Unter der Tür des Badezimmers, das ihr Zimmer von seinem trennt, sieht sie Licht und hört ihn unterdrückt fluchen.

„Dr. Max?"

Er antwortet nicht. Sie steht auf, lauscht an der Tür. Nach einer Weile hört sie die Klospülung, dann den Wasserhahn und die elektrische Zahnbürste. Alles in Ordnung offenbar.

Füße tappen, ein leiser Fluch, ein Fall.

Noch nie ist sie, außer zum Putzen, durch das Bad in sein Zimmer gegangen. Betritt sie es, sperrt sie beide Türen ab. Betritt er es, verfährt er ebenso. Ohne viel Hoffnung drückt sie die Klinke. Offen. Die Leuchte über dem Spiegel brennt, doch der Raum ist leer, die Tür zu seinem Zimmer nur angelehnt. Das Aftershave, das auf der Glasablage unter dem Spiegel gestanden ist, steht jetzt im Handtuchregal. Das Waschbecken hat einen Sprung.

Durch den Türspalt sieht sie das Licht seiner Leselampe, doch die pfeifenden Atemzüge scheinen nicht aus seinem Bett zu kommen. Mit dem Ellbogen schiebt sie das Türblatt auf, lugt in sein Zimmer.

Zusammengekrümmt wie ein Baby liegt er schnarchend inmitten seines Landschaftsteppichs, dessen eine Ecke umgeschlagen ist. Er muss gestolpert, gefallen und auf der Stelle eingeschlafen sein. Das neue Mittel aus dem klinischen Versuch nimmt ihn stärker mit, als sie erwartet hat. Aus dem Pyjama mit dem roten Paisley-Muster ragen sein knochiger Schädel, die Hände und die Füße, als wären sie an den Säumen angenäht. Sie wüsste gern mehr über den Körper, der alles zusammenhält, doch das hat sich noch immer nicht ergeben.

„Dr. Max, alles okay? Soll ich dir ins Bett helfen?" Sie geht neben ihm auf die Knie.

„Geh schlafen!", murmelt er, ohne die Augen zu öffnen.

Sie legt eine Hand auf seinen Arm. Er schüttelt sie ab. Sie geht zum Bett, greift nach der Decke, um sie über ihm zu auszubreiten.

„Lohnt sich nicht! Erfrieren soll ein angenehmer Tod sein."

Sie lässt die Decke los. „Nicht hier!" Sie hockt sich neben ihn und schiebt die Hände unter seinen Achseln hindurch.

Gequält lacht er auf, windet sich. „Hör auf, das kitzelt."

Er hustet, stützt sich auf, dreht sich in einen schlampigen Schneidersitz. Ihr Blick fällt auf seine Füße, die sie noch nie nackt gesehen hat. Sie passen zu ihm, schmal, mit geraden Zehen.

„Was soll das überhaupt heißen: nicht hier? Willst du mich rausbringen, damit ich auf der Straße erfrieren kann?"

Sie zuckt mit den Schultern. „Du bist Chef."

„Ach, lass mich doch in Ruh!" Er klingt nüchtern, rappelt sich auf, steht schwankend, stabilisiert sich.

Auch Maria steht auf. Sie sehen sich in die Augen, eine Armeslänge voneinander entfernt. Gleich wird er sie berühren, vielleicht ein bisschen ungeschickt, weil er angetrunken ist, das riecht sie. Er wird nicht können oder auf ihr einschlafen und morgen nicht wissen, wie er sich entschuldigen soll. Aber wenigstens ist dann einmal der erste Schritt getan. Ihre Haut prickelt. Jetzt ist der Moment!

Er steht wie eingefroren.

Soll sie? Sie hebt die Hand, berührt seine Wange.

Er schließt die Augen, verzieht das Gesicht wie im Schmerz und verharrt so. Die Arme, die sie halten sollten, hängen schlaff an seinen Seiten. Sein Adamsapfel hebt und senkt sich. Er presst die Lippen zusammen, öffnet die Augen und dreht sich um, stakst zum Bett.

Marias Herz schlägt ihr fast die Rippen ein. Mit dem Fuß glättet sie den Knick im Teppich, streicht ihn glatt.

Dr. Max legt sich nieder, zieht die Decke bis zum Hals. „Geh schlafen, Maria!" Seine Stimme rau. „Ist dir nicht kalt?"

Sie schaut an sich hinunter, die nackten Beine mit Gänsehaut bedeckt. Vielleicht hat er nur nicht länger stehen können und wartet jetzt im Bett auf sie, weiß nicht, was er sagen soll, damit sie kommt. Sie geht einen Schritt auf ihn zu, einen zweiten. Am besten wärmt man sich gegenseitig.

Ohne sich zu rühren, starrt er ihr entgegen. Schreckensstarr wie das Kaninchen vor der Schlange oder atemlos vor Erwartung? Sie schluckt, macht zögernd einen weiteren Schritt. Er dreht fast unmerklich den Kopf, hebt unter der Decke die Hand. Sie hält inne.

„So nicht", flüstert er.

„Manchmal man braucht Haut, Dr. Max", das R gerollt.

Ärger kriecht in seinen Blick. „Lass doch endlich das Theater! Ich hab genug von deinem unterwürfigen Dr. Max, genug von diesem Akzent, den du an- und ausknipst, wie es dir passt! Da ist mir dein Schweigen noch lieber!"

Sie prallt zurück. Irgendwann zeigt jeder sein wahres Gesicht. *Sei Teig, sei Wachs, sei Wasser*, denkt sie – und erschrickt. Es hilft nicht, passt nicht. Sie will nichts anderes wollen, nicht nachgeben, nicht weggehen. Doch was bleibt ihr übrig? Sie flüchtet ins Bad, drückt die Tür ins Schloss.

Schlimmer hätte es nicht kommen können. Wie soll das jetzt werden zwischen ihnen? Noch ein Elefant im Raum. Muss sie jetzt ihre Sachen packen?

„Wer bist du, Maria?", hört sie ihn rufen. Und leiser: „Falls du das überhaupt weißt."

Mitten im Bad bleibt sie stehen. Solche Fragen passen nicht zu ihm. So dramatisch ist er nur, weil er zu viel getrunken hat und weil es Nacht ist. Morgen, wenn er wieder nüchtern ist, wird es ihm leidtun oder peinlich sein. Mit ein bisschen Glück wird er vergessen haben, was genau geschehen ist, oder wenigstens so tun, als ob. So ist er. So sind sie beide. Besser, sie geht jetzt schlafen.

Was, wenn das ihre einzige Chance ist, ihm zu beweisen, dass er sie braucht? *Was du brauchst, kommt zu dir*. Er wartet auf sie und weiß es nur nicht. *Tu, was zu tun ist!* Klingt das nach Schlafengehen? *Spring über deinen Schatten!* Das hat das Zeug zu einem neuen Paragrafen. Wie könnte sie ihm besser zeigen, wer sie ist?

Sie mustert ihre Füße, die pink lackierten Zehennägel auf dem Schachbrettmuster des Fliesenbodens. Man darf die Fugen nicht betreten. Alles muss seine Ordnung haben. Die Nacht ist nicht die Zeit, um große Entscheidungen zu treffen. Ein Stehsatz der Mutter. Und doch ist der Vater damals mitten in der Nacht verschwunden und wäre irgendwann zurückgekommen, hätte er diese Entscheidung bereut. Gut, dass er es nicht getan hat.

„Maria? Bist du noch im Bad?"

Er ruft sie. Oder will, dass sie das Licht abdreht. Das wird sie jetzt tun. Sie verrennt sich in etwas. Was, wenn nicht er sie, sondern nur sie ihn braucht? Was nützen die ganzen Regeln, wenn man sie drehen und wenden kann, wie man will? Was auch immer das Gesetz des Handelns verlangt, sie darf ihm nicht ihren Körper aufdrängen wie ... Wenn sie darüber nachdenkt, graust ihr vor ihr selbst.

„Maria, geht es dir gut?"

„Ja!"

Sie setzt sich aufs Klo, erleichtert sich, drückt die Spülung, wäscht sich die Hände, löscht das Licht und kuschelt sich in ihr Bett. An Wellenrauschen denkt sie, an Venedig, an Bakary. Es muss bestimmt nicht ausgerechnet Dr. Max sein.

*

Am nächsten Morgen schneidet sie gerade eine Birnenhälfte, als Max in die Küche tappt, früher als sonst. Über dem Pyjama trägt er einen Morgenrock, der aussieht wie von Professor Dumbledore entwendet, an den Füßen dicke Wollsocken. So hat sie ihn noch nie gesehen. Sie füllt Wasser in den Kocher.

Sein „Guten Morgen" klingt angespannt. Er setzt sich.

Sie erwidert den Gruß, ohne die Arbeit zu unterbrechen, verteilt Obst und Mandelsplitter auf die Schalen mit dem in Joghurt eingeweichten Müsli. Dass er ausgerechnet heute so früh dran sein muss, da sie erstmals nicht auf ihn gewartet hat.

„Entschuldige meinen Aufzug!"

Sie wirft einen Blick über die Schulter, sieht ihn über seinen albernen Zaubererumhang streichen und den Gürtel festzurren.

„Ein Geschenk meiner Mutter. Jetzt fallen mir die vielen guten Gründe wieder ein, aus denen ich ihn noch nie getragen habe. Ich hatte die Befürchtung, du könntest es mir übelnehmen, wenn ich mich nicht so früh wie möglich für mein rüpelhaftes Benehmen letzte Nacht entschuldige. Außerdem – danke!"

Ratlos dreht sie sich um.

Er stützt einen Ellbogen auf den Tisch, legt den Kopf in die Hand, hebt die andere und nuschelt: „Frag jetzt bitte nicht, wofür. Ich kann nur hoffen, dass mich meine Erinnerung trügt, und bin fest entschlossen, meinen nächtlichen Alkoholkonsum zu reduzieren."

Mit einem Klacken schaltet sich der Wasserkocher ab. Maria wendet sich wieder der Arbeitsplatte zu, löffelt Darjeeling in den Papierfilter, gießt den Tee auf. Was will er ihr sagen? Es wird und wird nicht einfacher, inmitten seiner vielen Worte die wesentlichen herauszuhören. In ihrem Rücken spricht er weiter, als wäre längst alles klar zwischen ihnen, erzählt ihr von der mühsamen Wohnungssuche der Freundin, die letzte Woche mit ihnen gegessen hat. Schwierige Eigentumsverhältnisse, ungenügender Lichteinfall, schlechte Isolierung, reine Schattenlage.

Ein Wald aus Wörtern. In Wäldern sollte sie sich auskennen. *Achte auf die Richtung, anstatt an einzelnen Bäumen Halt zu suchen.* Immer müheloser spuckt ihr Hirn Merksätze aus, über deren Stichhaltigkeit sie bei Gelegenheit ebenso in Ruhe nachdenken muss wie darüber, ob sie als Paragrafen für das Gesetz des Handelns taugen. Wenn sie nicht Angst hätte, dass er sie auslacht, könnte sie es mit ihm besprechen. Zu dumm, dass ihr letzte Nacht ihre Sprache abhandengekommen ist. Der falsche Akzent kommt nicht mehr infrage nach seinem Angriff. Soll sie kommentarlos zu korrekten Sätzen übergehen, so korrekt, wie sie es halt zusammenbringt?

Als sie die Müslischalen auf die hellgrünen Stoffsets stellt, die sie erst letzte Woche im Möbelhaus gekauft hat, streift seine Hand die ihre. Es kann ein Versehen gewesen sein. Sie ärgert sich, weil das Prickeln sofort wieder da ist, obwohl sie sicher war, dass sie es sich ausgetrieben hat. Falls sie bleiben sollte, das hat sie sich in dieser Nacht vorgenommen, wird sie ab und zu abends aus- und mit Männern heimgehen. Das funktioniert am besten in Hotelbars, wie sie auf ihren Reisen gelernt hat. Seit sie für Dr. Max arbeitet, hat sie es erst einmal ausprobiert, im ersten Monat. Er hat getan, als hätte er es nicht bemerkt, obwohl er bereits im Bad war, als sie morgens heimgekommen ist.

Max, Dr. Max, Gasparini, ihr Patient, ihr Arbeitgeber. Nicht einmal unter welcher Bezeichnung sie jetzt an ihn denken soll, weiß sie noch.

Er hat aufgehört zu reden. Der Tee. Sie hat vergessen, auf die Uhr zu sehen. Sie nimmt den Filter aus der Kanne, setzt sich, füllt die Tassen, schaut nur ungefähr in seine Richtung, ohne den Blick scharfzustellen, und achtet auf einen freundlich-neutralen Gesichtsausdruck. Es gibt keinen Anlass, sich über ihn zu ärgern. Er hat sich entschuldigt und es ist sein gutes Recht, sie nicht zu wollen. Sie muss nur ihre eigene Sehnsucht in den Griff kriegen, die ihr vorgetäuscht hat, ausgerechnet ein Todkranker könne ihr geben, was sie sich wünscht. Das Müsli schmeckt fad. Sie spürt den verrückten Drang, es mit Salz und Pfeffer zu würzen.

„Du bist mir noch böse."

Sie antwortet nicht gleich. „Wofür?"

„Wofür was?"

„Danke."

Er schaut alarmiert. „Wofür ich mich bedankt habe?" Er seufzt. „Also gut. Ich habe mich dafür bedankt, dass du mich ... in Betracht gezogen hast." Er senkt den Blick und widmet sich Tee und Müsli so konzentriert, als wäre plötzlich sein Interesse an fester Nahrung erwacht.

Wie soll sie darauf reagieren?

Er hat das Müsli ausgelöffelt. Die Tasse ist leer. Sie schenkt ihm nach.

„Mein Leben lang ..." Er räuspert sich, nippt am Tee. „Mein Leben lang habe ich nichts mit großen Gefühlsausbrüchen anfangen können. Es heißt immer zu bedenken, dass was man heute verspricht, morgen eingelöst werden will. Doch da fühlt man womöglich schon ganz anders. Der einzige Mensch, dem ich je meine ..." Er bläst in seine Tasse, bevor er einen weiteren Schluck wagt, „... meine Zuneigung erklärt habe, ist meine Tochter. Bei einem Kind muss man keine Angst haben, dass – ja, was eigentlich?" Er schaut sie hilfesuchend an, sie schaut neutral zurück. „Alles, was Sie sagen, kann vor Gericht gegen Sie verwendet werden."

Maria erschrickt.

Er bemerkt es nicht. „Ob vor Gericht oder im Leben – das ist es, was mich davon abhält, über meine Gefühle zu sprechen. Ich lasse mich nicht gern festnageln. Schließlich sollte das Gegenüber spüren können, wie man fühlt, oder etwa nicht? Und sich damit zufriedengeben."

Was soll das wieder bedeuten? Eine Zurückweisung oder nur einer seiner selbstverliebten Scherze über die eigenen Unzulänglichkeiten. Heute Abend wird sie ausgehen.

Sie sitzen eine Weile schweigend. Schließlich legt er die Handflächen auf den Tisch. „Mir scheint, ich kann dich heute nicht bezaubern." Das Lächeln ist ihm aus dem Gesicht gewischt. So traurig hat sie seine Augen noch nicht gesehen. „Unglücklicherweise ist der Hang zu ironischeleganter Selbstreflexion beziehungsweise, wie Sigruns Mutter es nannte, eitlem Zynismus anscheinend immer noch bestens geeignet, um Gefühlskälte zu vermitteln. Selbst wenn es in dem Betreffenden innerlich brodelt."

So ein Affe! Dass er es immer so kompliziert machen muss.

„Verstehst du ungefähr, was ich sagen will, Maria?"

Er bemüht sich so sehr, ihren Blick einzufangen, dass sie schließlich nachgibt und ihm in die Augen sieht.

Er bläst die Luft aus, lächelt. „Du musst zugeben, dass wir ein originelles Paar sind. Die Stumme und der Schwätzer."

Sie löst ihre Finger von der Tasse und legt die offene Hand auf den Tisch. Er wird es nicht sehen können, weil sein Blick sich in ihren verhakt hat. Weil er wartet, dass sie endlich den Mund aufmacht. Immerhin scheint er nicht verärgert. Gleich wird er lachen oder belangloses Zeug von sich geben, weil sie schon wieder nichts herausbringt.

Aber er sagt nichts. Seine Fingerspitzen liebkosen ihre Handfläche und sie spürt ein Flackern bis in ihren Bauch und sieht Max sich auf die Lippe beißen, als ihre Finger antworten. Er nimmt ihre Hand und legt sie an seine Wange.

Am besten, wir fallen jetzt beide tot vom Sessel, denkt Maria.

*

„Wo wir schon beim Essen sind – habt ihr diesen Mordprozess in Salzburg verfolgt?" Philipp stellt sein Glas ab. „Der Koch, der seine Erzeugerin zerhackt hat? Stellt euch vor, ich kenn die! Um ein Haar hätte es mich erwischt!"

Einen Schritt vom Tisch entfernt hält Maria inne wie vom Schlag getroffen. Die Schalen mit Gulaschsuppe geraten auf dem Tablett ins Rutschen, schlagen aneinander. Zum Glück schwappt nichts über.

Tamara springt auf, nimmt ihr das Tablett ab. „Alles okay?"

Nicht einmal nicken kann Maria im ersten Moment. Sie schaut zu, wie Tamara Suppenschüsseln, Löffel und Servietten verteilt. Er ist ihr bekannt vorgekommen, dieser Philipp, schon als er das erste Mal zu Besuch war, und jetzt fällt ihr auch ein, woher. Nicht mit Tamara, die sie heute zum ersten Mal sieht, war er damals dort, sondern mit einer anderen, einer Rothaarigen, ebenfalls gut zwanzig Jahre jünger als er. Eines von den Paaren, für die sie täglich die Bettwäsche hat wechseln müssen, wegen der Spermaspuren. Zum Glück keiner der Hausgäste, die zur Flötenstunde gekommen sind. Sie schaudert.

Alle sehen sie an. Max macht Anstalten, sich aus dem Sessel zu erheben „Maria, was ist denn?"

Noch immer steht sie wie angewachsen.

„Sicher ein Krampf", meint Philipp.

Maria nickt und spürt ihren Körper aus der Erstarrung erwachen. Sie presst die Lippen zusammen, streckt den Fuß, dreht ihn wie zur Lockerung.

„Ich hol schnell das Brot." Sie hastet in die Küche. Beide Hände auf den Tisch gestützt, atmet sie den Schreck weg. Ausgerechnet jetzt muss das passieren, wo sie endlich nicht mehr nach jedem zufälligen Blickkontakt auf der Straße Polizeisirenen erwartet. Drinnen hört sie Philipp weiterreden.

„Noch nicht einmal ein Jahr ist das her. Das Hotel, in dem wir eigentlich absteigen wollten, in dem ich seit zig Jahren Gast bin, direkt am Lift, spielt sämtliche Wellness-Stückln, war überbucht. Eine Schweinerei sondergleichen bei den Preisen. Die sehen mich nie wieder! Find einmal mitten in der Saison spontan was anderes! Ich hab ein Riesentheater gemacht, die Rezeptionistin fast zum Weinen gebracht. Dabei kann die ja nichts dafür. Eine Stunde lang hat sie herumtelefoniert und ausgerechnet in diesem Mords-Wirtshaus sind wir gelandet und auch nur, weil jemand storniert hat. Nicht ganz der übliche Standard für unsere Gehaltsklasse, aber die Betten waren in Ordnung, das Frühstück auch. Vom Style her, na ja – karierte Tischtücher, Kunstledersitze, dunkles Holz, das übliche Drama. Aber dafür günstig."

Noch einmal atmet Maria tief durch, schneidet schnell ein paar Scheiben Brot ab, ordnet sie fächerförmig auf dem Brett an. Was wohl Leute verdienen, denen ein Drei-Stern-Wirtshaus in der Schisaison zu billig vorkommt.

„Jedenfalls: Die Wirtin hat dort alles im Griff gehabt, das Buffet immer gut bestückt, die Wäsche in den Zimmern makellos. Den Sohn hab ich kaum zu Gesicht bekommen, der war ja in der Küche. Optisch ein typischer Koch, wenn ihr versteht, was ich meine. Noch eher: ein Fleischhacker. Passt eh besser, nach allem, was man weiß."

Maria bringt das Brot und setzt sich. Vielleicht stimmt das sogar, denkt sie: ein typischer Koch. Mit welchem Genuss er die Saucen abgeschmeckt und an ihrer Muschi geleckt hat.

„Und seine Mehlspeisen!" Philipp beugt sich vor, um dem Löffel auf halben Weg zum Sofatisch entgegenzukommen. „Fantastisch! Wenn ich allerdings daran denk, dass er die mit den Händen geknetet hat, mit denen er nachher dieses Blutbad angerichtet hat – stellt euch vor, das wäre nur ein paar Wochen früher passiert und er wär auf den Geschmack gekommen und hätte gleich bei den Gästen weitergemacht. Die Suppe übrigens, Maria ..." Er spitzt die Lippen, macht ein Kussgeräusch.

„Mit wem warst du dort?", fragt Tamara, die neben ihm auf dem Sofa sitzt.

„Eine, ähm, flüchtige Bekannte. Vor deiner Zeit." Er legt ihr die Hand aufs Knie. „Willst du dir nicht endlich einen Esstisch zulegen, Maxi? Wie soll man hier Suppe essen, ohne alles vollzupatzen?"

„So!" Max balanciert die Schale auf den angewinkelten

Knien und löffelt. „Wir haben leider nur drei Küchenstühle. Du meinst also, du hättest ihm den Mörder angesehen?"

Wir haben nur drei Küchenstühle. Maria lächelt. Wir.

„Na ja, ein großer Sympathieträger war er auf Anhieb nicht, aber um der Wahrheit die Ehre zu geben – ich habe kein Wort mit ihm gewechselt. Wenn ich nicht ein Kompliment an die Küche ausgerichtet und die Wirtin versprochen hätte, es ihrem Sohn weiterzugeben, wäre ich nie auf die Idee gekommen, dass die verwandt sind. Alles ist über die Mutter gelaufen, eine ganz Resche war das, charmant und geschäftstüchtig. Und er halt eher ein Waschlappen, ein Lulu, mit so einem jammernden Ton in der Stimme. Wie sagt man da heute politically correct, Tammy?"

„Loser?"

Philipp lacht. „Ich gebe zu, er hat nicht sehr gefährlich gewirkt. Gerade deshalb kann ich mir vorstellen, dass er eines Tages ausgezuckt ist. Wenn seine Mutter ihn angesprochen hat, ist er jedes Mal ganz blass geworden. Das war schon auffällig."

Weil sich ihm der Magen von ihrer Stimme umgedreht hat. Das würde Maria jetzt gern einstreuen. Einerseits, um herauszufinden, ob jemand unter diesen klugen Leuten schon einmal von einer solchen Reaktion gehört hat. Andererseits: Wann weiß sie schon einmal etwas, das niemand sonst weiß, zu einem Thema, das alle interessiert? Wie sie zu dieser Information kommt, mag sie allerdings nicht erklären und auch nicht riskieren, dass Philipp sie doch noch wiedererkennt. Sie widmet sich lieber den letzten Löffeln der Suppe, die erst jetzt auf die richtige Temperatur heruntergekühlt ist.

Anders als bei seinem ersten Besuch hat Philipp sie diesmal zur Begrüßung umarmt. Max muss ihm etwas erzählt haben von dem, was in den letzten Tagen zwischen ihnen vorgeht. Nicht so viel leider, wie sie sich wünschen würde. Das ganze Gift, mit dem sie ihn seit Monaten vollpumpen, schwächt ihn in jeder Hinsicht. Aber es wird noch besser werden. Sie schaut hinüber zu ihm, würde gern die Hand ausstrecken, ihn berühren, traut sich nicht. Auch er sieht sie an. Alle sehen sie an. Sie muss etwas versäumt haben.

„Warst du schon bei uns in den Bergen, Maria, Schifahren, wandern?", fragt Tamara mit überdeutlicher Betonung. Wahrscheinlich fragt sie schon zum zweiten Mal, hält sie entweder für nicht besonders hell oder eben für eine Rumänin. Ist sie für die anderen die rumänische Pflegerin, die sich aus Gier an einen Todkranken heranmacht? Intimpflege zur rechten Zeit, um kräftig abzuräumen? Doch Tamara schaut sie arglos an.

„Ja", antwortet Maria. „Schifahren und auch Arbeit im Fremdenverkehr. Gastro", fügt sie noch hinzu, weil ihr das mit dem Fremden*verkehr* zu anzüglich vorkommt. Die Rs rollt sie nicht. Sie lernt halt schnell. Rumänin muss sie bleiben. Max kann sie nicht aus ihrer Rolle erlösen, ohne sie zur Lügnerin zu stempeln.

Philipp stellt die ausgelöffelte Schüssel auf den Tisch, wischt sie mit einem Brotstück aus. „Beste Gulasch von Timişoara", behauptet er mit ungarischem Zungenschlag.

Tamara stößt ihn an, verdreht die Augen. Maria lächelt. Sie ist ja keine Ungarin. Sie beendet die Stille, indem sie das Geschirr auf das Tablett räumt.

„Siebenundzwanzig Messerstiche, muss man sich einmal vorstellen. Gut, dass ich mich mit dem nicht angelegt hab." Philipp wendet sich an Maria. „Kann ich mir noch ein Bier holen?"

Sie steht auf. „Noch jemand?"

„Ich hab, was ich brauche." Max ist ernster zuletzt und er redet weniger. Ob es ihm doch zu viel ist mit ihr? Sie stellt das Tablett auf die Arbeitsplatte, geht zum Kühlschrank, öffnet eine Bierflasche, bringt sie hinein.

„Overkill nennt man das wohl." Max ist müde, das sieht

ein Blinder. „Wer auch immer es war, muss einiges mitgemacht haben, um dermaßen alle Grenzen zu überschreiten."

„Was meinst du mit: Wer auch immer es war?" Philipp nimmt das Bier mit einem dankenden Nicken entgegen. „Hast du es nicht mitgekriegt? Bist wohl mit den Gedanken woanders." Sein Blick zuckt vielsagend zu Maria. „Das Urteil ist heute gefallen. Die Kellnerin, auf die er sich rausreden wollte, ist aus dem Spiel. Der Schnitt, mit dem Kehle und Aorta durchtrennt worden sind, ist eindeutig von einer größeren Person ausgeführt worden, sagt der Sachverständige. Die verschwundene Kellnerin ist aber deutlich kleiner gewesen als die Wirtin.

„Eine Ungarin, Rumänin oder Bulgarin soll sie gewesen sein, behauptet der Bürgermeister." Tamara schaut Maria mit leuchtenden Augen an. „Stell dir vor, du würdest sie kennen, Maria! Würdest du sie verraten?"

Maria schüttelt den Kopf. Ob das Schwein wirklich denkt, dass sie Ausländerin ist, oder es nur behauptet, damit man nicht länger nach ihr sucht? Niemand wird heiß darauf sein, dass sie aussagt. Sie weiß mehr über den Angeber und einige andere als umgekehrt. Selber hat sie ja nie geredet mit denen, kein Wort, hat den Mund nur aufgemacht, um ihn gestopft zu kriegen.

„Großartig, Tammy! Alle Rumänen und -innen kennen sich natürlich persönlich, sind ja nur zwanzig Millionen. Sei ihr nicht böse, Maria!"

„Alles gut!" Sie lächelt Philipp an, sie lächelt Tammy an. Unglaublich, dass sie hier mit ihnen und mit Max im Hellen sitzt. Dunkel wird es nur draußen, vor dem Fenster. Das Leben mit der Chefin, mit Robin, dem Bürgermeister und den anderen Männern ist demgegenüber feucht und finster in ihrer Erinnerung, trotz der alpinen Sonne, dem gleißenden Schnee, den lachenden Urlaubern, trotz der Straßenlichtergirlanden am Berghang. *Was du brauchst, kommt zu dir.* Jetzt muss sie nur noch lernen, sich am rechten Platz zu fühlen. *Werde, wer du bist!* Das ist neu, das ist gut.

„Nichts Genaues weiß man nicht!", plappert Philipp weiter. „Auch nicht den Namen der Frau, weil der nirgendwo festgehalten wurde, wie sich herausgestellt hat. Sie war nicht angemeldet, Schwarzarbeit." Solange niemand ein anderes Thema anschneidet, wird er wohl daran hängen bleiben. „Der Mörder hat bestritten, dass sie Ausländerin war, und ich kann es euch auch nicht sagen, obwohl ich die Frau gesehen haben muss. Stellt euch vor, die hat womöglich mein Frühstücksgeschirr abgeräumt und ich hab sie nicht bemerkt, weiß nicht einmal, ob da eine war oder mehrere, und jetzt ist sie womöglich tot."

„Tot muss sie ja nicht sein", nuschelt Max. Er hält die Augen kaum noch offen. „Hoffen wir lieber, dass es ihr gut geht."

„Bestimmt", sagt Tamara. „Wie ist das eigentlich bei euch? Du bist doch versichert, Maria?"

„Ja. Ja, natürlich." Soll ich holen Karrrte, wollen sehen? Schwer, nicht in alte Gewohnheiten zu verfallen.

„Ich fürchte", sagt Philipp, „dass die arme Mia B. das Schicksal der Mutter teilt und irgendwo unbemerkt verwest. Überlegt mal: Wenn einer so einen Hass auf seine Mutter hat, dann schlägt das doch auf alle Frauen durch. Der hat eine Beziehung mit der Kellnerin gehabt, heißt es. Was, wenn er das nur behauptet? Die hat nichts von ihm wissen wollen, hat ihn gedemütigt, wie die Mutter das sein ganzes Leben lang getan hat und – bämm! Erst die eine, dann die andere. Wenn man einmal die Hemmungen überwunden hat ..."

„Philipp liest gerade das aktuelle Buch von diesem Gerichtspsychiater, deshalb kennt er sich so gut aus." Tamara zwinkert Maria zu.

„Was machst du nochmal beruflich?", fragt Max.

Tamaras Lächeln leuchtet auf. „Ich bin Lehrerin, Chemie und Mathe."

„Ach, interessant! An welcher Schule?"

„Ich bleib dabei, er ist ein Frauenhasser, dieser Robin."

„Vielleicht hat er Mia nicht gehasst, weil sie gut zu ihm war", sagt Maria. Wie meistens, wenn sie eine Meinung äußert, wenden sich alle ihr zu. Mit beiden Händen klammert sie sich an die Armlehnen. „Anders als die Mutter", fügt sie noch leise hinzu und würde sich am liebsten in Luft auflösen.

Max überwindet den Abgrund, der ihre Fauteuils voneinander trennt, und legt seine Hand auf ihre. „Verzeiht, meine Lieben, wenn ich euch langsam rausschmeißen muss. Ihr wisst, meine Kondition war schon besser. Beim nächsten Mal musst du mir erzählen, wie man Kinder für Naturwissenschaften begeistert, Tamara. Ich bedaure bis heute, dass meinen Lehrern das nicht gelungen ist."

Tamara springt auf. „Gern."

Philipp leert sein Bier. Auf dem Weg zur Tür legt er Max eine Hand auf die Schulter. „Hilft das neue Zeug? Du wirst doch wieder? Du hast versprochen, dass du wieder ins Büro kommst."

„Schau mich an. Was glaubst du?"

„Ich Trottel red die ganze Zeit über Mord und Totschlag. Tut mir leid!"

„Passt schon. Ich bin jedem dankbar, der meinen Zustand ignoriert."

„Dass der Philipp seit seiner Scheidung alle paar Wochen mit einer Neuen auftauchen muss." Max spült seine Tabletten mit dem letzten Rest Bier hinunter und reicht Maria das Glas. „Glaubst du, dass sich Tamara länger hält?"

„Eher nicht." Maria stapelt die abgewaschenen Schüsseln auf das Abtropfbrett und wischt die Arbeitsfläche ab, lässt neues Wasser ein, um die Gläser zu spülen, die Max gebracht hat. „Sie hat ihren Schal vergessen. Rufst du an?"

„Morgen. Ich brauch jetzt erst einmal Ruhe."

Als sie ins Wohnzimmer kommt, sitzt Max auf seinem üblichen Platz auf dem Sofa. Wie zur Einladung legt er einen Arm auf die Rückenlehne. Die Augenlider schon halb geschlossen fragt er: „Magst du dich zu mir setzen?"

Eigentlich fühlt sie sich zu aufgekratzt. Nach Tanzen ist ihr. Mia B. ist tot! Sie schmiegt sich trotzdem an ihn, legt ihre Hand auf seine Brust und verfolgt, wie sein Herzschlag so ruhig wird wie sein Atem. In den Fenstern auf der anderen Straßenseite blinken Lichterketten und ein mit LEDs besetzter Engel. Wie ein altes Ehepaar sitzt sie mit Max im freundlichen Schein der Stehlampe. Sie seufzt. So ein Ehepaar aus einem Bilderbuch, vertraut auf einer Parkbank an einem Teich, im Hintergrund herbstlich gefärbtes Laub. Eine Libelle fliegt durch das Bild. Es löst sich auf. Keine gemeinsamen Jahrzehnte verbinden sie, keine Kinder, keine Erinnerungen und er weiß so gut wie nichts von ihr. Seine geheimnisvolle letzte Liebe ist sie, ein kleiner Trost, sonst nichts.

„Geboren bin ich im Waldviertel", flüstert sie an seine Brust. Er rührt sich nicht, ruhig fließt sein Atem. „Mein älterer Bruder ist mit dem Auto verunglückt, da war ich elf. Der Vater hat uns ein Jahr später sitzengelassen. Ich war froh." Beschleunigt sich sein Puls? Wenn er wach wäre, würde er wohl etwas sagen, sie fester halten. „Nach der Schule bin ich nach Linz, hab Floristin gelernt. Im Blumenladen hab ich Adnan getroffen. Er war Kunde, hat seiner Mutter zwei Mal die Woche Blumen gebracht. Das hat mir gefallen. Metalltechniker bei der Voest war er. Wir haben geheiratet. Ich bin dann draufgekommen, dass ich nicht mehr mit Schnittblumen arbeiten mag. Sie beginnen zu sterben, sobald sie geschnitten sind. Werden sie nicht gekauft, wirft man sie weg. Abermillionen von

Blumen werden nur gepflanzt, um uns mit ihrer Schönheit zu erfreuen und sterben, ohne dass jemand sie gesehen hat."

Sie seufzt so zurückhaltend wie möglich, um Max nicht aufzuwecken. Das hätte sie nicht erzählen sollen. Es soll nicht immer ums Sterben gehen. Aber wenn du es einmal gesehen hast, dann bleibt es, würde sie gern noch hinzufügen. Ihr ist es geblieben. Der Tod ist überall.

„Ich hab dann im Werk angefangen, an der Stanzmaschine. Wir hätten gern Kinder gehabt. Es hat nicht geklappt. Eines ist in meinem Bauch gestorben. Danach hat mein Mann mich nicht mehr anrühren können. Nach einer Weile haben wir uns getrennt. Er hat mit einer anderen zwei Kinder gekriegt. Ich bin zurück in den Wald gegangen, um meine Mutter zu pflegen. Vor einem Jahr ist sie gestorben."

Max zuckt. Die Augen öffnet er nicht. Wenn er sie ansieht, kann sie ihm nicht weitererzählen. Zittert er? Sie greift nach seiner Hand, die kalt ist. Ohne sich zu bewegen, kann sie die Wolldecke nicht erreichen. Sie muss sich beeilen mit ihrer Geschichte. Ein Jahr muss noch raus.

„Ich hab dann wegmüssen aus dem Dorf. Die Mutter ist tot im Bett gelegen und ich bin einfach fort, bin seither nicht mehr dort gewesen. Eine Zeit lang bin ich herumgekommen – Wachau, Linz, Venedig, Gmunden, Zell am See – bis mir das Geld ausgegangen ist. Ich hab Arbeit gesucht und …"

Max ächzt. Sie schreckt auf.

„Entschuldige, ich kann keine Sekunde mehr stillsitzen, Maria", er massiert sich die Schulter, „sonst erfriere ich. Außerdem erscheint es mir respektlos, mich schlafend zu stellen, wenn du mir derart unerhörte Dinge erzählst."

Unerhört? Damit hat sie doch noch gar nicht angefangen. Sie breitet die Decke über ihn. „Ich mach uns Tee." Sie hätte sowieso nicht gewusst, wie sie ihm den Rest erzählen soll, welche Teile sie auslassen muss und warum.

„Wer ist Ionela Stoica?"

Maria steht auf. „Ich hab sie im Frauenhaus in Innsbruck kennengelernt. Wir haben unsere Namen getauscht."

„Eure Identitäten getauscht? Und warum um Himmels willen bist du im Frauenhaus gelandet?"

Wie soll er das je verstehen. Sie flieht in die Küche, kocht Wasser, gießt Kräutertee auf, lässt ihn lange ziehen, hofft gegen jede Vernunft, dass Max wieder einschläft. Doch drinnen schnappt das Feuerzeug auf und zu. Sie riecht Rauch.

„Wie heißt du wirklich?", fragt er, kaum, dass sie den Raum betritt. „Bist du Mia B.?"

Sie setzt sich nicht mehr neben ihn, nimmt im Sessel gegenüber Platz. Der Zauber ist vorbei. „Maria ist mein richtiger Name."

„Warst du dort, in dem Haus, in dem der Mord geschehen ist? Hast du etwas gesehen? Hat er dich angegriffen? Bist du deshalb ins Frauenhaus geflohen?"

Was hat sie sich da eingebrockt? Reden ist Silber, Schweigen ist Gold. Unvorstellbar zu sagen: „Die Chefin hat mich zur Prostitution erpresst."

Und doch hört sie sich genau das wispern. Er hält sich die Hand vor den Mund. Fast muss sie lächeln. Womit erpresst?, will er sicher fragen. Wenn er ihr zuliebe schweigt ... Sie hört ihren eigenen Atem und seinen, ein leichtes Pfeifen durch die Nase. Was ist das Schlimmste, das geschehen kann? Verraten wird er sie nicht. Wegschicken vielleicht. Heimschicken.

„Sie hat mich immer weiter bedrängt. Ich hab ihr nur zwei Finger abgehackt." Hat sie nur gesagt? Sie sieht Max nicht an, konzentriert sich auf den Schlangenstern in der Mitte des Tisches. 400 Millionen Jahre. „Robin ist dazugekommen, hat mir das Messer abgenommen, glaube ich. Mehr weiß ich nicht. Ich wollt nur raus, nur weg. Aber sie hat gebrüllt wie ein Schwein vor dem Schlachten und er hat ihre Stimme schon in normaler Lautstärke nicht ertragen."

Die Ellbogen auf die Knie gestützt, atmet Max in die Schale seiner Hände. Sie wartet, dass er aufschaut. Was er jetzt von ihr hält, will sie wissen, ob er sie verachtet oder Mitleid hat, Angst womöglich. Doch er schaut nicht auf, auch nicht, als er die Finger schließlich verschränkt hinabsinken lässt, den Blick auf die Mitte des Tisches gerichtet. 400 Millionen Jahre, unvorstellbar.

„Unvorstellbar", flüstert sie. „Dann war noch der Molkereiwagenfahrer. Der Wächter. Der Neffe. Die Apothekerin. Das Frauenhaus. Ionela. Das Gesetz des Handelns. Pollack und der Kärntner. Alles in diesem einen Jahr." Was soll er damit anfangen? Ihre Augen brennen.

Max raucht. Noch immer hat er kein Wort gesagt. Maria sieht aus dem Fenster. Stockfinster ist es jetzt, dabei kann es nicht später als 19 Uhr sein. Es ist Sonntag, der zweite Advent. Der Mond hängt genau zwischen den Häusern am Himmel, ein paar Tage noch, bis er voll ist. In den meisten Fenstern brennt Licht. Blau flackern die Fernsehgeräte. Max hustet. Maria atmet tief durch. Hat sie es ihm wirklich erzählt oder seit Stunden geschwiegen?

„Geboren bin ich Wien", Max räuspert sich, nimmt einen Schluck Rotwein, „und hier bin ich geblieben. Ich habe Geschichte und Kunstgeschichte studiert und bin Beamter geworden. Ich habe mich nie gelangweilt. Ich habe sehr viel gelesen. Ich habe schlechte Bilder gemalt. Das einzige Abenteuer, dem ich mich ausgeliefert habe, ist meine Tochter." Er kaut auf seiner Lippe. „Dann der Tod, dachte ich, aber jetzt du. Es besteht die Hoffnung, dass die neue Therapie anschlägt. Ich habe es dir nicht gesagt, aus Angst, dass du gehen könntest. Ich käme ja wirklich allein zurecht. Ich habe es Sigrun nicht gesagt, aus Angst, dass sie meinen könnte, ich brauche dich nicht mehr."

Maria hätte es sich auch nicht gesagt an seiner Stelle.

Aber schön ist es schon. Über den Tisch hinweg schauen sie sich an, bis es genug ist. Dann greift sie nach ihrem Smartphone, dreht die Box auf, sucht Musik. Sie wählt *Queen*, weil er die Band mag. Sie steht auf und reicht ihm die Hand.

„Ich tanze nie."

Sie wartet mit ausgestreckter Hand. *Bohemian Rhapsody*. „Mamaaaa, uhuhuhuu", mimt sie lautlos. Das ist alles, was sie vom Text kennt. Endlich greift er doch noch nach ihrer Hand, steht auf und umfasst ihre Taille. Wie Teenies bei der ersten Kellerparty drehen sie sich unbeholfen auf der Stelle. Sie legt den Kopf an seine Schulter. Als es wilder wird, schält sie sich aus seinem Arm und dreht sich, fliegt und wirbelt und hüpft, obwohl die Musik sich nicht zum Tanzen eignet. Es muss raus. Max wippt mit dem Fuß, klopft mit den Fingern den Rhythmus auf den Oberschenkel. Bei *Fat Bottomed Girls* lehnt er sich an die Fensterbank, zupft verschämt die Luftgitarre, während sie den Hintern schwingt, als wäre das Lied für sie geschrieben. Als sie zu *The Killers,* von dort zu *Red Hot Chili Peppers* und *Queens Of The Stone Age* wechselt, sitzt er längst wieder.

Fünf Stücke braucht sie, bevor sie sich verschwitzt über die Armlehne in den Sessel fallen lässt. Wie zwanzig fühlt sie sich. So ist sie zu jung für ihn. Sie wollte immer einen Mann, der tanzt. Jetzt steht er auf, reicht ihr die Hand. Ohne Musik?

*

Vier Tage schon dauert die Leichtigkeit. Maria zögert, sie Glück zu nennen. Max will, dass sie ihren Beziehungsstatus vorerst für sich behalten, um Sigrun nicht zu überfordern. Maria hingegen ist verstimmt, weil seine Tochter die Nachricht vom möglichen Erfolg der Krebstherapie mit einem selbstzufriedenen „Hab ich es dir nicht gesagt!" quittiert hat. Wie wird sie erst reagieren, wenn sie auch noch mit der Kuppelei durchkommt?

Kaum dass Maria den ersten Bissen Spiegelei mit Schinken sorgfältig auf ein Stück Semmel gespießt und zum Mund geführt hat, klingelt es, nicht unten an der Haustür, sondern gleich an der Wohnungstür. Noch kauend schiebt sie den Stuhl zurück.

Max streckt den Arm nach ihr aus, ohne von der Zeitung aufzublicken. „Bleib doch! Es ist sicher nur eine Hilfsorganisation auf vorweihnachtlichem Spendenfang."

„Oder Tamara. Wegen dem Schal. Oder die Post. Bringt Geschenke." Sie ist schon am Weg zur Tür, entriegelt das Schloss.

Das Türblatt knallt ihr gegen Kopf und Schulter. Sie taumelt gegen die Wand. Ein bulliger Kerl drängt herein. Die Wohnungstür knallt zu.

„Hallihallo!", ruft der Kärntner gut gelaunt. „So sieht man sich wieder."

Marias Herz schlägt am Beckenboden auf, drückt einen Tropfen aus der Harnblase. Unwillkürlich fährt ihre Hand nach unten.

„Was ist los? Wer ist das?", fragt Max aus der Küche.

Der Eindringling legt den Finger auf den Mund und zwinkert ihr zu. „Nicht schon wieder nassmachen, gell!", flüstert er. Mit drei großen Schritten steht er im Durchgang zur Küche. „Dr. Gasparini, nehme ich an."

„So steht es am Türschild. Und mit wem habe ich das zweifelhafte Vergnügen?"

Eingeschüchtert klingt Max nicht. Das wird dem Kärntner nicht gefallen. Mit seinem breiten Rücken blockiert er den Durchgang. Während sie noch darüber nachdenkt, ob sie über den Umweg durch das Schlafzimmer zu Max vordringen, womöglich auf dem Weg eine Schere oder den Brieföffner schnappen soll oder lieber gleich um Hilfe schreiend hinaus ins Stiegenhaus rennen, packt der Kärntner ihren Arm und zerrt sie an sich vorbei in die Küche.

Max steht, eine Hand auf die Rückenlehne gestützt, die Stirn gesenkt, als wollte er wie ein Stier auf den Eindringling losgehen. Wie dünn und schwach er im Vergleich wirkt. „Lassen Sie sie auf der Stelle los!"

Der Kärntner lacht auf. „Nur keine Aufregung, Doktorchen! Jetzt setzen wir uns erst einmal alle." Grob schubst er Maria auf den dritten Stuhl und rückt sich ihren zurecht. „Mhm, das schaut gut aus! Durchs Reden kommen die Leut zsamm, aber Essen hilft auch, sag ich immer." Er greift nach Messer und Gabel, deutet Max noch einmal sich zu setzen, den ersten Bissen schon im Mund.

Sei Teig, sei Wachs, sei Wasser, versucht Maria so laut zu denken, dass Max es hören muss. Sie hat mit ihm gesprochen über das Gesetz des Handelns. Auch wenn es ihn nicht gleich überzeugt hat, muss er doch jetzt sehen, dass sie recht hat: *Auch Nachgeben ist Handeln.* Doch anstatt auf sie zu achten, bleibt er, wo er ist. Jetzt zieht er auch noch das Telefon aus der Hosentasche.

Sein Stuhl springt ihn an, bringt ihn aus dem Gleichgewicht, schlägt ihm das Handy aus der Hand. So jedenfalls sieht es aus, obwohl der Kärntner das mit einem einzigen kräftigen Tritt unter dem Tisch besorgt hat. Max ist blass und atmet schwer, die Augen rund vor Entsetzen. Natürlich, der Arme! Er ist Gewalt nicht gewohnt. Immerhin hat er gelernt, dass man besser still bleibt, denn von seinen schweren Atemzügen abgesehen gibt er keinen Ton von sich. Als er sich nach dem Stuhl bückt, betastet er sein Schienbein. Das Telefon ist bis vor den Herd geschlittert.

„Heb es auf!" Der Kärntner stupst Maria gegen das Schienbein. Sie wird nicht warten, bis er richtig zutritt. Ein entschuldigender Blick zu Max, dann apportiert sie gehorsam.

Der Kärntner steckt das Telefon ein, ohne einen Blick darauf zu werfen, und greift nach dem Besteck. „Setzen, hab ich gesagt." Seine prächtigen Zähne reißen einen Riesenbissen von der Gabel.

„Ich lasse mir in meiner eigenen Wohnung nicht gern Befehle erteilen", erklärt Max. Unter seinem verhaltenen Tonfall hört Maria die Wut kochen.

„Eh!" Ohne das Besteck abzulegen, hebt der Kärntner die Hände. „Könnten wir immer nach unseren Vorlieben handeln, was wäre das für ein herrliches Leben, da bin ich ganz bei Ihnen! Aber leider ..." Er massakriert den zweiten Eidotter und stopft ihn sich samt einer Scheibe Schinken in den Mund. „Wir stehen auf derselben Seite. Das werden Sie überreißen, sobald Sie die ganze Geschichte kennen, Gasparini." Genüsslich leckt er sich die Lippen. „Hinter der harmlosen Larve Ihrer Hausfreundin lauert nämlich eine falsche Schlange. Gut möglich, dass ich Ihnen gerade das Leben rette, mein Freund." Er zischt und züngelt in Marias Richtung.

„Danke, kein Bedarf!"

„Sei Teig, sei Wachs, sei Wasser!", murmelt Maria. „Sei Teig, sei Wachs, sei Wasser!" Max muss verstehen, dass jetzt nicht der Moment für Widerstand ist.

„Was ist mit Wasser, Herzerl? Hast dich wieder angemacht?" Lachend pikt der Kärntner sie mit der Gabel in die Brust. „Hat sie Ihnen das erzählt?" Lachend schüttelt er den Kopf.

Dummerweise hat sie Max nichts davon erzählt, hat Ionelas Mann mit keinem Wort erwähnt, weil sie sicher gewesen ist, dass sie ihn nie wiedersehen wird. Ein paar unangenehme Stunden, an die sie sich lieber nicht erinnert. Warum hätte sie ausgerechnet darüber sprechen sollen?

„Wie ..." Ihr Mund ist trocken, doch sie wagt nicht, nach ihrer Tasse zu greifen, die noch vor dem Kärntner steht. Er sieht sie erwartungsvoll an, folgt ihrem Blick und greift nach der Tasse, hält sie ihr lächelnd entgegen. Wie gut er aussieht. Gleich wird er sie anschütten und so tun, als wäre es ihre Ungeschicklichkeit gewesen. Zögernd greift sie trotzdem zu. Er lässt los. Sie atmet auf, trinkt, hält die Tasse fest. „Wie hast du mich gefunden?"

„Böses Mädchen!" Er wedelt mit dem Zeigefinger. „Ich hätt gern noch mit dir gekuschelt nach unserem netten Abend beim Heurigen. Stell dir vor, wie ich mich geärgert hab, dass du mir die Tür nicht aufgemacht hast! Und einfach Ionelas gutes Handy verschwinden zu lassen. Das gehört doch in die Altstoffsammelstelle!" Er zwinkert ihr zu. „Ich hätte gleich nachschauen sollen, ob sie dir wirklich keine Nachrichten geschrieben oder sonst was Nützliches hinterlassen hat. Sag schon: Wo bist du es losgeworden?" Er wischt den Teller mit einem Fetzen Semmel sauber.

„Schon bei der Zahnärztin."

„Ah, du überraschst mich! Doch nicht durchgehend deppert. Na, Schwamm drüber, mein Fehler. Wer zu spät kommt, den bestraft das Leben."

Maria sieht zu Max, der in stiller Anspannung vor seinem halbleeren Teller sitzt. Hat er wirklich auf sie gehört, hält sich zurück? Sie kann seinen Blick nicht deuten. Ist er enttäuscht? Von ihr? Von sich selbst?

„ZMR!", schreit der Kärntner, der es anscheinend nicht ertragen kann, wenn sie ihre Aufmerksamkeit auch nur für eine Sekunde von ihm abwendet. „Beim Zentralen Melderegister kann jeder x-Beliebige über jede y-Beliebige eine Meldeauskunft einholen. Es sei denn, es besteht eine Auskunftssperre. Die hättest du als Ionela natürlich beantragen können. Und Ionela hätte das auch getan. Aber du bist zum Glück genauso blöd, wie du ausschaust, meistens jedenfalls. Apropos", er wendet sich Max zu, „sind wir eh auf demselben Wissensstand, wenigstens was die primitiven Betrügereien unserer gemeinsamen Freundin angeht? Wie heißt sie denn bei Ihnen?"

„Sie haben mir Ihren Namen noch nicht verraten", sagt Max.

„Geh, machst mir einen Kaffee, Maria, einen doppelten", der Kärntner reibt sich zwischen den Beinen, „mit ordentlich Milchschaum. Sie auch einen, Herr Doktor?"

Regungslos starrt Max auf den Tisch. Er ist klug, da wird ihm doch etwas einfallen. Immerhin nickt er jetzt. „Kaffee, eine blendende Idee."

Maria steht auf. Während sie die Maschine in Gang setzt, Milch in ein Kännchen gießt und in der Mikrowelle wärmt, schwatzt der Kärntner in heiterem Ton weiter. Wie die Chefin. Mit einem Mal ist Maria sicher, dass auch er aus einer Wirtsfamilie stammt. Hat er, wie Robin, als Kind jeden Sommer und Winter sein Zimmer räumen müssen für die Gäste?

Sie ist muss noch viel blöder sein, als er glaubt, dass sie sich darüber jetzt Gedanken macht. Überhaupt ist sie der größte Trampel auf Gottes Erdboden. Eine Meldeauskunft.

„Sehr freundlich, die Dame am Amt. Außer dem Namen braucht man nur ein zusätzliches Merkmal der gesuchten Person: Geburtsdatum, Geburtsort, Staatsangehörigkeit oder eine ehemalige Adresse. Ich konnte mit allem dienen. Schließlich habe ich jahrelang mit der originalen Ionela zusammengewohnt." Er lacht zufrieden. „Und das Beste: Wenn man persönlich vorbeikommt, kostet es nur drei Euro dreißig Bundesverwaltungsabgabe. Ich hab gleich noch ein paar andere Adressen erhoben von Leuten, die mich …"

„Ja, da wüsste ich auch einige." Max hat zu seinem höflichen Ton zurückgefunden. „Was ist denn nun der Anlass Ihres überraschenden Besuchs?"

„Das erzähl ich Ihnen in Ruhe beim Ka…"

Es klingelt, gleich zweimal, wieder an der Wohnungstür. Maria friert mitten in der Bewegung ein, den Finger schon fast auf der Taste, die den Kaffee mit lautem Brummen in die vorgewärmten Tassen gelassen hätte. Ein Brummen, das womöglich bis vor die Tür zu hören gewesen wäre. Sie wirft einen Blick über die Schulter. Der Kärntner hat einen Zeigefinger an die Lippen gelegt, lauscht mit leicht geneigtem Kopf und weit geöffneten Augen, aufmerksam wie ein Wachhund. Max sitzt stocksteif, die Hände auf den Oberschenkeln. Sein Kiefermuskel zittert.

Wieder ertönt Sigruns Doppelklingeln. „Papa?", dringt ihre Stimme durch die Tür. „Maria?" Klopfen. „Jetzt macht schon auf! Ich komm eh nur auf einen Kaffee. Ich war grad in der Nähe. Papa, du bist nie weg um die Zeit. Ich komm jetzt rein." Ein Schlüssel wird ins Schloss geschoben, der Riegel schnappt zurück.

„Ah! Uahh!", stöhnt Maria. „Ja, so, nicht aufhören!" Schweratmend schlägt sie mit der Hand auf die Arbeitsplatte, denkt an Meg Ryan in *Harry und Sally*.

„Oh!", bringt Max zaghaft heraus. „Uh!"

Ein unterdrücktes Würgen an der Tür.

„Ich komme", hechelt Max.

Draußen schnappt der Riegel wieder ein.

Maria hält sich die Hand vor den Mund. Sie bildet sich ein, Sigruns Schritte die Stiegen hinunterlaufen zu hören, spürt den heißen Atem in ihrer Handfläche und wie sich ihr Herzschlag langsam beruhigt. Max schickt ihr ein augenrollendes Lächeln und einen stummen Dank, bevor er den Kopf senkt, zurück in der Realität.

Mit offenem Mund starrt der Kärntner Maria an, bevor er in schallendes Gelächter ausbricht. „Da ist mir wohl was entgangen. Was glaubst du, wie ich dich zum Jaulen bringen könnt, wenn das Krepierl dich schon so inspiriert. Na, vielleicht ergibt sich's ja noch." Mit den Fingern schnippt er quer über den Tisch. „Nichts für ungut, Herr Doktor."

Max bläst kontrolliert den Atem aus, hebt den Kopf. „Wie wäre es, wenn wir den Kaffee im Wohnzimmer einnehmen?"

Der Kärntner zuckt mit den Schultern. Maria drückt den Knopf, sieht den Kaffee schwarz in die Tassen tropfen, bevor sich der Druck aufbaut und die Crema durch den Filter presst. Die Chefin hat sie sorgfältig eingeschult. Sie rührt den Milchschaum glatt, verteilt ihn in die Tassen. Was hat Max vor? Er ist aufgestanden, weist dem Gast den Weg.

„Ich lass der Dame den Vortritt", sagt der.

Drinnen macht er eine Runde durchs Zimmer, schaut aus jedem Fenster. Maria stellt die Tassen ab, fängt einen wilden Blick von Max auf, der ihr durch ein Rucken des Kopfes bedeutet, schnellstens durch die Küche zu verschwinden. Doch da legt der Kärntner ihr schon den Arm um die Schultern.

„Schau, es bringt ja nichts, wenn du rennst. Hinter Ionela kannst du dich nicht mehr verstecken, dafür werd ich sorgen. Sie erwischen dich also so oder so und ich werde mich ärgern müssen, dass mir die Belohnung entgeht. Und wenn ich mich ärgere, dann muss das womöglich dein Doktor ausbaden und der schaut nicht sehr robust aus. Also setzen wir uns lieber und besprechen in Ruhe, wie es weitergeht."

Er weist ihnen Plätze am Sofa an und lässt sich in den Fauteuil fallen. Max hält es nicht länger aus. Er greift unter das Sofa, wo er noch immer den Aschenbecher versteckt, für alle Fälle, falls Sigrun spontan vorbeischaut. Er stellt ihn auf den Tisch, bietet dem Kärntner eine Zigarette an – „Na sowieso, zum Kaffee immer gern!" – und lässt das Feuerzeug aufschnappen.

„Also ..."

„Also", echot der Kärntner und bläst genießerisch den Rauch aus. „Unter uns Männern: Sie schauen nicht viel fern, oder? Sie haben sich eine Killerin ins Haus geholt. 5.000 Euro Belohnung sind auf unsere Freundin ausgesetzt. Sie hat die Wirtin im Pongau, Pinzgau, was weiß ich, ums Eck gebracht und eiskalt zugeschaut, wie der Sohn dafür verurteilt worden ist."

„Hat sie nicht."

Der Kärntner scheint nachzudenken. „Ma, vielleicht hat sie es auch nicht getan. Aber 5.000 Euro sind 5.000 Euro. Es sei denn", er fixiert Maria, „du verrätst mir hier und heute, wo die 163.000 Euro sind, die Ionela mir gefladert hat. Dann finden wir eventuell eine andere Lösung. Ich bin ja kein Unmensch und wenn ich mir euer junges Glück so anschau – da geht mir schon das Herz auf."

„Über Ionelas Geld weiß ich nichts! 1.000 Euro hat sie mir geschenkt. Das ist alles."

„Sie behauptet etwas anderes."

„Ionela?"

Er nickt gewichtig.

„Sie haben sie gefunden?"

„Geh, wir sind doch per du, Herzerl." Der Kärntner drückt die Zigarette aus und lehnt sich mit verschränkten Armen zurück. „Sie hat mir sehr überzeugend versichert, dass du den Schotter für sie aufbewahrst."

„Nein." Maria schüttelt den Kopf. Er lügt. Ionela würde das Geld doch sicher hergeben, bevor sie eine Leidensgefährtin in Gefahr brächte. Was würde sie selbst tun? Egal. Er lügt. Er hat Ionela nicht gefunden oder hat bei ihr nicht gefunden, was er gesucht hat, oder die ganze Geschichte mit dem Geld ist gelogen. „Ich hab dein Geld nicht."

„Wenn es Ihnen um Geld geht ...", sagt Max.

Sie saugt an den Zähnen. Wie kann man so klug und so dumm zugleich sein.

Der Kärntner lächelt Max mit neu erwachtem Interesse an. „Ja, bitte?"

„Glaub ihm nicht!" Sie würgt an den Worten. Hass auf den Kärntner, Wut auf Max und seine weltfremde Naivität, Zweifel an Ionela und der Ärger über sich selbst kochen ohne Vorwarnung über, dass es ihr fast den Dampf aus den Ohren treibt. Ihr Kopf wird leicht und leer, will sie hochziehen und aus dem Zimmer schweben lassen. Was ist, wenn sie einfach geht? Doch er wird sie nicht lassen. Diesmal darf sie nicht durchdrehen. Alles hängt an ihr. Sie strengt sich an. „Beim letzten Mal waren es noch 148.000."

Der Kärntner lacht auf. „Gut mitgedacht! Ich habe diverse Unkosten gehabt, verstehst. Hör zu: Ich mach das nicht aus Bosheit. Meine Firma geht krachen, wenn ich das Geld nicht auftreibe. Ich habe Verpflichtungen."

Seine Worte sind an Max gerichtet. Er ist derjenige mit dem Geld. Keine Sekunde hat der Mistkerl geglaubt, dass sie das Geld hat. Er hat den Doktor gesehen und die Wohnung und sich gedacht, dass mehr zu holen sein könnte als nur die Belohnung. Maria schaut zu Max, der versucht, Haltung zu bewahren, die Beine überkreuzt, darauf abgelegt die ebenfalls überkreuzten Arme, der Rücken gerade. Wie damals bei ihrem Vorstellungsgespräch. Flüchtig berührt er ihr Knie, bevor er nach der nächsten Zigarette langt. Seine Augen sind feucht. Er sieht so hinfällig aus wie seit Wochen nicht mehr. Als er das Feuerzeug zurücklegt, nimmt sie seine Hand.

„Fickst du das Gerippe, damit er dich nicht ausliefert? Ist das euer Deal?"

Max räuspert sich. „Unser Ding ist Händchenhalten."

Er spinnt.

„Verarsch mich nicht!"

Sie sind in einer Sackgasse gelandet.

„5.000 Euro könnte ich heute auftreiben", sagt Max ruhig.

„Aber dafür brauch ich dich nicht. Ich hab ja sie. 150.000 sind mein letztes Angebot."

Max seufzt. „Das würde dauern. Ich müsste Papiere verkaufen."

„Nein!", sagt Maria. Will er sie jetzt kaufen?

„Na schön, genug geplaudert." Der Kärntner langt über

den Tisch, packt Marias Handgelenk. „Ich werde mit dir anfangen, Mauserl. Oder soll ich mir zuerst deinen Kavalier vornehmen?"

„Vornehmen?", fragt Max mit rauer Stimme.

Maria schüttelt den Kopf.

„Hab ich mir gedacht. Na, dann komm her." Er hält ihr Handgelenk umklammert, während sie aufsteht und den Tisch umrundet. „Ja, vornehmen, Doktorchen." Maria lässt es geschehen, dass er sie auf seinen Schoß zieht. „Sie scheinen mir nicht recht bewandert in den profanen Dingen des Lebens. Wenn ich mir Sie vornehme, heißt das, ich tu Ihnen weh, um unser Mauserl zu überzeugen, dass sie mir verrät, wo Ionelas Geld ist. Aber, ehrlich gesagt: Ich habe wenig Hoffnung, dass sie wirklich was dazu zu sagen hat. Dann hätte ich Ihnen ganz umsonst wehgetan. Das wäre schade. Also probiere ich es umgekehrt." Er lächelt gewinnend. „In der Hoffnung, dass sie den Weg zur Bank dann schneller finden."

„Sie können nicht ernsthaft glauben, dass Sie mit solchen Methoden davonkommen!"

„Das kommt drauf an", mit einer Hand greift er Maria zwischen die Beine, mit der anderen knetet er ihre Brust, „wie gern Sie das Mauserl haben, wie viel es Ihnen wert ist, dass sie nicht in den Häfn wandert und ich sie nicht vor Ihren Augen vernasche."

„Benehmen Sie sich doch wie ein Mensch!"

„Ach, Menschsein kann so vieles heißen. Zuerst ist der Mensch auf seinen Vorteil bedacht." Der Kärntner öffnet seinen Gürtel. „Worst Case für mich: Ich hab jetzt meinen Spaß und liefere das Schatzi dann bei der Polizei ab."

„Wie kommen Sie überhaupt darauf, dass die Belohnung noch aufrecht ist? Der Täter wurde doch verurteilt."

„Hm!" Der Kärntner zögert. „Ach, was soll's! Ich tu meine Bürgerpflicht auch ohne Belohnung, wenn sich hier nicht noch was ergibt." Er öffnet Knopf und Reißverschluss, nimmt Marias Hand und legt sie auf seinen erigierten Schwanz. „Zieh dich aus, Mauserl." Seine Stimme fast traurig, als handelte er gegen seinen Willen.

Maria hält den Atem an. Alles friert ein. Entsetzt schaut Max ihr in die Augen. Hilflos. Zum ersten Mal sieht er das Leben so, ihr Leben, hält sie fest mit seinem Blick.

„Wird's bald!", fordert der Kärntner und öffnet ihren Hosenknopf.

Max springt auf oder will aufspringen, sich auf den anderen stürzen, doch er stemmt sich viel zu langsam hoch, hält sich wackelig auf den Beinen, macht einen Schritt auf den Kärntner zu, die Fäuste geballt. Der wirft Maria im Aufstehen ab, dass sie gegen die Tischkante prallt und sich gerade noch abstützen kann, während der Schlangenstern auf sie zukommt und ihr Atem Asche und Kippen über den Tisch wirbelt. Aus dem Augenwinkel sieht sie die Faust des Kärntners ausfahren und Max am Kiefer treffen. Mit einem erstickten Laut taumelt er zurück, stößt gegen die Armlehne, greift haltsuchend nach der Stehlampe und kracht mit ihr zu Boden. Der Glasschirm zerspringt, Splitter spritzen, einer trifft Max an der Stirn.

„Wer nicht hören will ...", sagt der Kärntner.

Maria packt den Aschenbecher, stößt sich ab und schwingt herum. Blind schlägt sie aufwärts, erwischt das Kinn – ein erstaunter Blick –, holt aus und rammt ihm den Glasbrocken von unten gegen die Nase und gleich noch einmal, weil er immer noch wankend steht.

Es ist still, bis auf das Dröhnen in ihren Ohren und ihren Atem, der sie ganz ausfüllt, sie schweben lässt, am Boden gehalten nur vom Gewicht des Aschenbechers in ihrer Hand.

Max hat sich nicht bewegt. Natürlich lebt er, ist ja nur gestürzt. Von solch einer kleinen Wunde an der Stirn, aus der ein dünnes Rinnsal sich den Weg durch die Täler seiner Stirnfaltenlandschaft sucht, schon halb vertrocknet auf dem Weg, von so einer Wunde stirbt man nicht.

Zum Kärntner mag sie nicht schauen. Er ist langsam gefallen, erst in den Knien eingeknickt, dann wie in Zeitlupe zu Boden gepoltert. Wie er gefallen ist, das hat sie erinnert an die Bäume im Eichschlager Wald. Er ist gefallen wie eine Eiche, wie ein Laubbaum jedenfalls, keinesfalls wie eine Fichte. Manchmal hat sie sich eingebildet, die Bäume im Fallen schreien zu hören, doch es ist wohl nur der Nachhall der Motorsägen gewesen. Ob der Kärntner geschrien hat, kann sie nicht sagen, weil sie nach dem zweiten Aufprall des Aschenbechers gar nichts mehr gehört hat. Das Geräusch der zermalmten Knochen, der platzenden Haut, des zerberstenden Fleisches hat über ihre Hand und den Arm eine Erschütterung durch ihren ganzen Körper getrieben, unter der sie immer noch bebt.

Der Aschenbecher hängt sich schwer an ihre Hand, jetzt, da ihr das Schweben vergangen ist. Doch so voller Blut und Barthaare kann sie ihn nicht zurück auf den Tisch stellen oder gar unter das Sofa.

„Maria, bist du okay?"

Immerhin hört sie wieder etwas, wenn es auch klingt, als hätte sie Watte im Ohr.

Max zieht sich den Ärmel über die Hand, wischt Splitter aus dem Weg und setzt sich auf. „Was rede ich – wie kannst du okay sein. Es tut mir so leid …" Er bricht ab.

Es wird zu viel geben, was ihm leidtut, angefangen von der Begegnung mit ihr. Auf Händen und Knien rutscht er auf den Kärntner zu, setzt sich auf die Fersen und schaut auf ihn hinunter. Er schluckt, zwingt sich noch eine Sekunde länger hinzusehen – aus Respekt, wie sie ihn kennt –, bevor er den Blick abwendet.

„Ist er tot?", fragt sie.

Max seufzt. Seine Hand schwebt über dem Brustkorb des Liegenden. Er zieht sie zurück, greift nach dem Handgelenk. „Wahrscheinlich. Ich bin nicht sicher, vielleicht nur bewusstlos. Meine Hand zittert zu sehr, um den Puls zu fühlen. Kannst du?"

Maria schüttelt den Kopf.

„Wir könnten ihm einen Spiegel vor Mund und Nase halten, sehen, ob er atmet." Widerstrebend schaut er erneut auf das zerschlagene Gesicht. „Aber die Nase ist – nicht mehr da. Es sieht aus, als hätte sich das Nasenbein in den Schädel ...", er wendet sich ab. „Wir sollten ..." Er holt tief Luft, legt die Hände übereinander auf den Brustkorb des Kärntners und pumpt.

Maria schreit auf.

Max hält inne, sieht sie an, legt den Kopf in den Nacken, sieht ihr wieder in die Augen. „Du hast recht. Dann müssen wir sichergehen." Steif steht er auf, umrundet den Bewusstlosen, bückt sich, um ihn an der Schulter über das Parkett zu schieben, bis er inmitten der Scherben liegt. Wieder zieht er sich den Ärmel über eine Hand, findet einen Splitter, etwa fünf Zentimeter lang und spitz wie ein Dolch. Max holt tief Luft, setzt den Stachel an die Halsschlagader des Kärntners, schließt die Augen und stößt zu. Dann dreht er ihn auf die Seite, dass es aussieht, als wäre er in die Scherbe gefallen.

Blut fließt, doch längst nicht so viel, wie Maria erwartet hat. Anstatt pulsierend zu sprudeln, rinnt es einfach aus. Das Herz hat schon vor dem Stich nicht mehr geschlagen.

Max zieht sich auf das Sofa wie auf einen rettenden Fels inmitten gefährlicher Stromschnellen und streckt die Hand aus, um auch sie zu retten. „Gib mir den Aschenbecher."

Dass sie ihn immer noch festhält, hat sie inzwischen vergessen, auch, dass sie wie angewachsen dasteht. Sie reicht ihm das Ding. Mit dem Pullover wischt er über die breite Kante und fasst ihn an, wie sie ihn gehalten hat, greift noch einmal nach, schwingt ihn durch die Luft. Dann stellt er ihn auf den Tisch und greift nach seinen Zigaretten.

„Setz dich, lass uns nachdenken."

„Gleich." Sie geht neben dem Toten in die Knie, ohne seinen Kopf anzusehen und bemerkt, dass ihr Hosenschlitz genauso offensteht wie seiner. Hastig schließt sie ihren. Dann greift sie in seine vordere Hosentasche und holt das Telefon heraus, das er Max abgenommen hat, reicht es ihm.

„Jetzt warte doch kurz", drängt Max, „lass uns nachdenken, welche Geschichte wir erzählen müssen. Jeder Fehler kann uns den Kopf kosten." Schmerzlich verzieht er das Gesicht. „Sinnbildlich gesprochen."

Doch eines muss sie jetzt noch wissen. Wie vorhin Max stülpt sie sich den Ärmel über die Hand, zieht ungeschickt das Portemonnaie aus der Gesäßtasche des Kärntners und klappt es auf. „Helmut Stockinger heißt er, geboren am 12.8.1964 in Wels", liest sie von seinem Führerschein ab, der zuoberst in einem transparenten Plastikfach steckt. Der Kärntner ist ein Oberösterreicher. Sie steckt die Geldtasche zurück, zieht ihm die Hose zurecht und schließt auch seinen Hosenschlitz. Erschöpft klettert sie in den Fauteuil, in dem sie zuletzt auf seinem Schoß gesessen ist, die Hand an seinem Penis.

„Ich hab noch nie einen Toten gesehen." Max steckt sich eine neue Zigarette an der ersten an. Seine Hände zittern noch immer. „Heerscharen von Erschlagenen, Erschossenen, Erstochenen, Vergifteten im Film bereiten nicht wirklich darauf vor. Man riecht sie nicht. Diesen Geruch, ich glaube, den krieg ich nie wieder aus der Nase."

„Ja, das Blut. Soll ich es wegputzen, bevor es einzieht und das Parkett ruiniert?"

Er schaut sie an wie eine Unbekannte, wendet den Blick ab, schaut wieder her. Wahrscheinlich sucht er nach der Maria, die sie vor einer Stunde noch für ihn gewesen ist, einer, die nicht ans Putzen denkt, nachdem sie einen Menschen erschlagen hat.

Die Luft bleibt ihr weg. „Es tut mir so leid!" Auf einmal strömen die Tränen. Schon wieder ist etwas zu Ende, schon wieder kein Zurück.

„Papa? Hallo, ich bin's!"

Vor Schreck versiegen die Tränen wieder. Max zieht scharf die Luft ein. Maria hat kein Klingeln gehört, kein Klopfen, keinen Schlüssel, nichts.

„Seid ihr jetzt zu sprechen? Ich war vorhin schon ..." Im Zimmer angekommen kreischt Sigrun auf, rennt quer durch den Raum. „Uah! Iiih!" Entsetzt starrt sie auf den Kärntner, der keiner mehr ist. „Ist der ...?"

„Tot", sagt Max.

„Das gibt's doch nicht! Vor einer Stunde habt ihr noch wild ... Papa!" Sigrun quietscht fast jenseits der Hörschwelle. Hechelnd hält sie sich beide Hände vor den Mund. Dann dreht sie sich um und rennt zurück in die Küche.

„Sigrun", ruft Max gefasst. „Komm her! Ich kann alles erklären."

Doch Sigrun scheint es gerade noch rechtzeitig ins Klo geschafft zu haben. Sie kotzt. Es dauert eine Weile, bis Maria sie in der Küche den Mund spülen hört. Mit einem Glas Wasser in der Hand betritt sie zögernd das Wohnzimmer. Max klopft auf die Sitzfläche neben sich. Sie wirft sich nicht temperamentvoll in die Kissen wie sonst, sondern faltet sich steif auf den angewiesenen Platz. Ungläubig starrt sie auf den blutigen Aschenbecher, in dem bereits vier Zigaretten liegen, weil Maria die Kippen wieder eingesammelt hat, die sie vorhin verstreut hat.

„Das ist doch Fake, oder? Ein kranker, verspäteter Halloween-Scherz, weil ihr euch geärgert habt, dass ich immer alles besser weiß, oder?" Hoffnungsvoll sucht Sigrun im Gesicht ihres Vaters nach Bestätigung. „Oder, Papa? Bitte, gib es zu! Gleich springt der Typ auf oder er ist gar nicht echt. Aber es ist genug jetzt, honestly!" Sie verzieht das Gesicht und hält sich die Hand vor Mund und Nase. „Bah, der Geruch!"

Max legt ihr den Arm um die Schultern. „Es tut mir leid, dass du das sehen musst, mein Kind. Ich werde dir alles erklären. Aber zuerst ..."

Er klingt so sicher auf einmal. Erleichtert lächelt Maria ihn an.

„Maria, pack deine Sachen! Du musst so schnell wie möglich verschwinden. Du darfst nicht auch noch in diese Geschichte verwickelt werden."

Sie hat so sehr gehofft, dass ihm etwas Besseres einfällt. „Aber wohin soll ich?"

„Was wird das, Papa? Ihr wart doch gerade noch so glücklich. Warum jagst du sie jetzt weg? Und was heißt: ... *nicht auch noch ...?*"

„Später, mein Kind, das ist jetzt zu kompliziert. Wir müssen schnell sein. Geh heim in dein Elternhaus, Maria! Nur so kann ich dich wiederfinden, oder hast du eine bessere Idee? Mir werden sie nichts tun. Ich bin krank, ich bin unbescholten, und der Widerling hat mich in meiner Wohnung überfallen. Es war Notwehr." Er deutet auf seinen angeschwollenen Kiefer.

„Und wenn Maria von einem Tag auf den anderen verschwindet, soll das nicht verdächtig sein?", fragt Sigrun.

„Nein, weil wir sagen werden, dass sie schon vor zwei Tagen gegangen ist. Nach dem letzten Besuch von Philipp und Tamara ist ihr klar geworden, dass es ihr doch zu viel wird mit mir altem Mann. Die Intimpflege." Sein schelmisches Lächeln wirkt so deplatziert, dass Sigrun zurückschreckt. „Erspar mir deine Empörung, mein Kind. Niemand von uns wollte das hier. Der Mann hat sich das selbst zuzuschreiben. Du hast dich immer mokiert über mein lauwarmes Leben, also beschwer dich jetzt nicht, wenn es heiß hergeht."

„Du hast einen Menschen getötet, Papa."

„Sehr ungern, das wirst du mir wohl glauben. Du musst mir vertrauen, dass ich unser aller Wohl im Blick habe."

„Vertrauen ist ein gutes Stichwort, Papa! Du erzählst mir jetzt, was hinter der ganzen Sache steckt!"

„Sonst? Enterbst du dich wieder einmal?"

"Papa! Sei nicht so fröhlich! Das ist doch voll der Horror!"

"Ich bin nicht fröhlich, sondern hysterisch. Das ist meine Interpretation von Panik." Das Vibrato in seiner Stimme gibt ihm Recht. "Na schön, eine Kurzversion, während Maria sich fertig macht. Maria?"

Vor lauter Erleichterung, dass Max alles in die Hand nimmt, hat Maria sich zurückgelehnt, *literally* würde Sigrun sagen. Noch nicht einmal aufgestanden ist sie. Jetzt aber. Auf dem Weg ins Bad hört sie ihn erzählen. Sie lässt die Türen offen, während sie sich mit einem feuchten Handtuchzipfel Blutspritzer aus dem Gesicht wäscht und von den Händen rubbelt. Ein zweites Mal verrät sie sich nicht auf diese Weise.

Eine geglättete Version ihrer Geschichte erzählt er, hält sich an die Eckpunkte der Wahrheit, beziehungsweise das, was er davon kennt, wie er sie verstanden hat oder verstehen will. Still an die Wand gelehnt kann sie sich nicht lösen, lauscht diesem Märchen von einer, die von einer Hölle in die nächste gerät, alle Zumutungen überwindet, an jeder Schwierigkeit wächst und dabei immer hilfsbereit und sanft bleibt. Sie geht in ihr Zimmer. Während sie hastig ihre Sachen in den kleinen Rollkoffer stopft, der sie schon die ganze Reise lang begleitet, spinnt sie die Geschichte weiter. Wie die tragische Heldin am Ende ihrer Kräfte schließlich der arglosen Prinzessin begegnet, die sie zu ihrem Vater, dem gütigen, aber todkranken König bringt, der sie bei sich aufnimmt. Sie stopft die restliche Wäsche in eine blaue Ikea-Tasche. Noch kann es ein gutes Ende nehmen.

Als sie ihr Gepäck in den Flur trägt, stürzt Sigrun auf sie zu und umarmt sie. "Ich hatte ja keine Ahnung! Ich bewundere dich so sehr! An deiner Stelle wäre ich längst in der Psychiatrie gelandet. Bestimmt wird alles gut!"

Maria kommt vor, als sei sie in einem anderen Film

gelandet, nicht im falschen, sondern vielleicht endlich im richtigen. Max wartet auf dem Sofa.

„Ich bin so weit." Sie setzt sich neben ihn. Ausgerechnet jetzt, da sie ohne Sorge zurück in ihr altes Leben könnte, sich sogar dorthin retten muss, will sie nichts weniger.

„Lass uns bitte einen Moment allein, Sigrun." Er nimmt Marias Hände. „Es ist, wie es ist, meine Liebe." Er schnieft. „Ich will nicht sagen, dass die Zeit mit dir eine Bereicherung war, weil ich hoffe, dass wir uns bald wiedersehen." Seine Halsschlagader pulsiert heftig.

„Wie?"

„Wenn ich das, was jetzt kommt, in Freiheit überlebe, werde ich Urlaub in Eichschlag machen. Hast du eine Empfehlung für ein Quartier?"

Sie lächelt. Das alles wird ihm vorkommen wie ein böser Traum, sobald er es überstanden hat. Und ihr vielleicht ebenso. „Kommst du auf einem weißen Pferd?"

„Naturgemäß. Bis dahin solltest du wissen, wie unsere Geschichte lautet: Ionela Stoica, von mir Maria genannt, hat mich vor wenigen Tagen verlassen, weil sie sich einer Beziehung mit einem kranken, alten Mann nicht gewachsen fühlte. Ihr gewalttätiger Ex, der mir körperlich deutlich überlegen ist, taucht auf. Er will sie und das Geld, dass sie ihm angeblich gestohlen hat, zurück und kann nicht glauben, dass sie weitergezogen ist. Er gerät in einen Furor und schlägt mich nieder. Ich wehre mich mit dem Aschenbecher, treffe unglücklich, er fällt noch unglücklicher, fertig.

Im Schock bringe ich nichts anderes zustande, als eine Zigarette nach der anderen zu rauchen, bis meine beherzte Tochter zufällig vorbeikommt und alles Weitere in Gang setzt. Wir bleiben so nah an der Wahrheit wie möglich. Das minimiert die Fehlerquellen."

Maria schlingt die Arme um seinen Hals, will ihn küssen, doch er dreht den Kopf weg, tätschelt ihren Rücken.

„Ich kann das jetzt nicht, bin zu angespannt. Ich hoffe nur, die Rettung bringt ein Beruhigungsmittel. Du musst gehen! Sigrun schaut, ob die Luft rein ist, und ruft dann Rettung und Polizei." Er legt ihre Linke kurz an seine Wange, küsst ihre Handfläche.

„Nicht einmal telefonieren können wir", sagt sie. „Ich werde das Handy loswerden müssen. Es ist unter Ionelas Namen angemeldet."

„Wir können uns schreiben." Er bewegt die Hand in Schlingen durch die Luft. „Mit Briefen rechnet doch keiner."

Sie nickt. Dann steht sie auf und geht.

Die Kirchturmuhr zeigt 15:03, als der Bus mit neun Minuten Verspätung neben den blinden Fenstern der alten Apotheke am Kirchplatz zum Stehen kommt. Zischend öffnen sich die Türen. Maria hievt den Koffer hinaus, bleibt mit der prallen Ikea-Tasche an der Tür hängen, reißt daran und steht mitten in Eichschlag im eisigen Wind.

„Ja, das ist doch ... Ist das nicht? Bist du nicht?" Maria erkennt die vermummte Frau an der mottenzerfressenen Pelzmütze, die sie seit mindestens dreißig Jahren trägt. Die Witwe vom ehemaligen Fischerei- und Jagdbedarf Ableidinger, der jetzt Brunner heißt, fährt jeden Mittwoch nach Retz zum Kartenspielen. Maria nickt ihr zu. Der Busfahrer hupt. Die Ableidinger steigt ein.

Die Kirche, das Pfarrhaus, in dem jetzt ein Schriftsteller aus Wien wohnt, die Volksschule mit der dreieckigen Grünfläche davor, die Bankfiliale, die Verkehrsinsel mit den Altglas- und Kunststoffcontainern, das Hinweisschild zum Minimarkt, das Café Rafi, dahinter in der zweiten Reihe die Türme von Lagerhaus und Freiwilliger Feuerwehr. Und keine Seele auf der Straße. Es scheint sich nicht viel verändert zu haben. Der Kirchenwirt hat immer noch geschlossen, aber jemand hat die Bretter entfernt, mit denen das Tor seit vierzehn, fünfzehn Jahren vernagelt war. Wo sie den Lack vor der Witterung geschützt haben, ist die dunkelgrüne Farbe noch intakt. Neben Maria, an der Tür der alten Apotheke, hängt ein Plakat in Orange und Türkis: Kunstapotheke. Feierliche Eröffnung demnächst. Und auf dem Dach vom Bayer prangt eine glänzende Solaranlage.

Sie schleift den Koffer über den Asphalt. Schon nach wenigen Metern blockiert Rollsplitt die Räder. Eine knappe Viertelstunde wird sie schon brauchen, zu Fuß in die Mühlengasse. Früher ist sie jeden Weg mit dem Auto gefahren. In der blauen Tasche kramt sie nach Wollmütze und Handschuhen. Es ist gute fünf Grad kälter als in der Stadt.

Als sie wieder aufblickt, steht Rafaela vor dem Café, den Mund sperrangelweit offen. Aus ihren Händen baumelt eine Lichterkette aus Plastiksternen. Sie trägt einen synthetisch glänzenden Pullover mit Rentiermotiv.

„Jessas Maria!", stößt sie mit einer Atemwolke aus. Seit der gemeinsamen Hauptschulzeit derselbe Gruß, jeden Morgen um 7:10 an der Haltestelle.

„D'Ehre", antwortet Maria wie immer schon.

„Wo bist denn gewesen die ganze Zeit?"

Maria zuckt mit den Schultern.

Rafaela hält die Lichterkette in die Höhe. „Ich hab mir gedacht, ich häng die noch dazu." Sie deutet auf den geschmückten Christbaum, der in einem Pflanzgefäß vor dem Café steht. „Ist doch weihnachtlicher als nur die Schneemänner, meinst nicht?"

Maria nickt.

„Geh, komm rein auf einen Kaffee und ein Punschkrapferl!" Rafaela schaltet die Lichterkette ein und drapiert sie nachlässig über die kleine Tanne. Am Ärmel zieht sie Maria durch die Tür, fasst sie an beiden Oberarmen und mustert sie von oben bis unten. „Heilige Maria! Lass dich anschauen! Gut schaust aus!" Sie beutelt Maria ein bisschen und schüttelt den Kopf. „Heast!" Immer noch kopfschüttelnd verzieht sie sich hinter die Theke. „Leg ab!"

Maria schält sich aus Handschuhen, Mütze und Mantel, stellt sich neben den Schwedenofen und fährt sich durch die Haare.

„Passt dir, die neue Frisur!"

„Findest?", fragt Maria in das Zischen der Kaffeemaschine. „Was ist denn so geredet worden?"

„Ach, weißt eh. Entführt, womöglich von Aliens – der Sobek Andi natürlich –, im Löschteich ertrunken, im Wald erschlagen, zurück zum Exmann. Was man halt so redet."

Der Milchschäumer faucht und spuckt.

Obwohl der Ofen eine Gluthitze verbreitet, fröstelt Maria. Vor fünf Stunden hat sie noch Milch geschäumt für Max und den Kärntner, der keiner war und jetzt gar nichts mehr ist. Außer tot. Ein ganz anderes Leben.

„Jetzt setz dich schon!" Rafaela stellt zwei Silbertabletts mit je einem Cappuccino, einem Wasserglas und einem Mandelkeks auf den Tisch neben dem Ofen. „Das mit dem Auto im Wald war schon komisch. Ich hab gehofft, du bist nach Amerika oder Australien. Hast ja immer schon wegwollen und auf einmal hast können."

Maria nickt.

„Und wo warst wirklich?"

„Am Mond oder am Mars ... Ich kann mich nicht erinnern."

„Ernsthaft?"

Maria zuckt mit den Schultern.

„Und jetzt ist dir wieder eingefallen, dass du da hergehörst?"

„So ungefähr."

„Arg!" Rafaela schaut sie mit offenem Mund an. „Gedächtnisverlust! Der Schock wahrscheinlich."

„Muss wohl. Haben sie mich gesucht?"

„Am Anfang schon. Wegen dem Begräbnis und allem, dem Erbe. Weißt eh noch, dass deine Mutter ...?"

Maria nickt.

„Es hat sogar Gerüchte gegeben – kannst dir eh vorstellen. Aber sie war ja so lang schon krank." Rafaela stellt einen glänzenden rosa Punschwürfel vor Maria auf den Tisch. „Das Auto haben s' natürlich abtransportiert. Keine Ahnung, wo das gelandet ist. Aber das Haus ist noch da." Sie lacht. „Kalt wird es halt sein. Hast noch den Schlüssel?"

Maria greift in die Umhängetasche und zieht ihn heraus. „Der Ersatzschlüssel sollt auch noch unterm Holzstoß liegen."

„Ich weiß nicht, ob sie den zurückgelegt haben. Da war eine, die hat einbrechen wollen, wahrscheinlich eine Zigeunerin, hat der Alfred gemeint. Der hat sie erwischt. Sie wäre eine Freundin von dir, hat sie gesagt. Aber da kann ja jeder kommen. Siehst, wir schauen aufeinander."

„Was hat er gemacht mit ihr?"

„Nichts, nur weggejagt."

Wenn sie jetzt weiter nach Ionela fragt, ist die Geschichte vom Gedächtnisverlust hinfällig. Nur sie kann das gewesen sein. Sorgsam sticht Maria die Zuckerglasur von der Seite des Punschwürfels ab und lässt sie im Mund schmelzen.

„Weißt, was das ist?", fragt Rafaela. „Ein echtes Weihnachtswunder ist das! Ich ruf den Pfarrer an."

Anmerkungen

Rumänische Betreuer:innen, die monatelang bei ihren Pfleglingen ausharren, fern von Familie und Freunden, weil die Ablöse nicht nach Österreich einreisen darf. Ansteckungshalber isolierte Seniorenheime, in denen sich eine Notbesatzung noch gesunder Angestellter bemühte, nicht nur die übliche Arbeit zu leisten, sondern auch die Zuwendung ausbleibender Angehöriger so gut wie möglich zu ersetzen. Fälle, in denen all das auf herzzerreißende Weise schiefging.

Als zu Beginn der Corona-Pandemie der Pflegenotstand für alle sichtbar wurde, als sich in den Abendnachrichten an der Grenze zurückgewiesene Pfleger:innen auf Bahnsteigen drängten, beschloss ich, das Thema literarisch aufzugreifen.

Bei der Recherche bin ich auf einige Fakten gestoßen, die beim Lesen konstruiert erscheinen mögen. So wird in dem Empfehlungsschreiben, mit dem Maria ihren ersten Job als Pflegerin findet, recht unverblümt die Bereitschaft zu sexuellen Dienstleistungen nahegelegt. Der Satz *Ihr besonderes Augenmerk galt seiner, auch intimen, Körperpflege und seinem Wohlbefinden* ist dabei eins zu eins von der Website einer männlich geführten Agentur für 24-Stunden-Pflege entnommen, auf der Beispiele gelungener Empfehlungsschreiben angeführt werden. Traurig, aber wahr. http://www.pflege24stunden.com/pflege-referenzen.html

Andere Beispiele der Respektlosigkeit gegenüber den Menschen, die unsere Nächsten betreuen, habe ich Erfahrungsberichten entnommen. So auch den häufigen Anspruch, tatsächlich rund um die Uhr für Bagatelldienste wie das Aufschütteln eines Kissens zur Verfügung zu stehen.

Einerseits bietet die Sorgearbeit vielen die Möglichkeit, von unbezahlter Arbeit zu bezahlter zu wechseln. Andererseits verstärken sich bestehende Ungleichheiten nicht nur entlang der Gendergrenzen und die Arbeit findet oft unter ausbeuterischen Bedingungen statt. Der Frauenanteil liegt weit über 90 Prozent. Weltweit ist die Migration im Dienst der Pflegeindustrie zu einem der größten Wirtschaftsfelder geworden. Vermittler:innen diktieren die Bedingungen und streifen einen erheblichen Teil des Profits ein. Dem Care-Gain in den reichen Ländern steht dabei der Care-Drain in den Herkunftsländern gegenüber, wo Kinder ihre Mütter oft monatelang nicht sehen und Familien auseinandergerissen werden.

Ohne hier alle Aspekte der Pflegemigration beleuchten zu können, hoffe ich, neben spannender Unterhaltung vielleicht auch Ihren Blick für die Ungerechtigkeit der Verhältnisse und die Härten geringgeschätzter Care-Arbeit zu öffnen, die in all ihren Facetten im Zentrum unserer gesellschaftlichen Aufmerksamkeit stehen sollte.

Handlung und Personen in diesem Buch entspringen meiner Fantasie. Ebenso verhält es sich mit den ländlichen Handlungsorten. Wo sich die Handlung in die Städte verlagert, habe ich mich großteils an die realen Gegebenheiten gehalten und lediglich Details verfremdet. Eine Ausnahme bildet lediglich das Frauenhaus Innsbruck, das ich zur Sicherheit der dort Schutz suchenden Frauen und Kinder nicht wiedererkennbar darstellen will und kann.

Mein Dank geht an:

... Gabi Plattner vom Innsbrucker Frauenhaus, die mir in sehr angenehmen virtuellen Gesprächen wertvolle Einblicke in die Abläufe und den Alltag im Frauenhaus vermittelt hat.

... alle Pflegerinnen, die meine Schwiegermutter im Lauf der Zeit betreut haben und mich so für das Thema sensibilisiert haben.

... die IG24 Interessengemeinschaft der 24h-Betreuer_innen, die sich auch über Spenden für ihre wichtige Arbeit freut. https://ig24.at/

... meine Tochter, die mir die Härten unbezahlter Care-Arbeit als Alleinerzieherin mit Liebe – ihrer und meiner – belohnt hat.

... Family und Friends.

... Andreas Pittler, der Max Gasparini mit einem sehr passenden Beruf versorgt hat.

... alle, die ich zu erwähnen vergessen habe.

... und mit großer Schlussfanfare: Linda Müller und die Haymons, die den Roman zum Buch und die Arbeit daran zum reinen Vergnügen machen.

Gefördert durch ein Arbeitsstipendium des BMKOES (Bundesministeriums für Kunst, Kultur, öffentlichen Dienst und Sport)

Auflage:
4   3   2
2026 2025 2024 2023

© 2023
HAYMON krimi
Innsbruck-Wien
www.haymonverlag.at

Alle Rechte vorbehalten. Kein Teil des Werkes darf in irgendeiner Form (Druck, Fotokopie, Mikrofilm oder in einem anderen Verfahren) ohne schriftliche Genehmigung des Verlages reproduziert oder unter Verwendung elektronischer Systeme verarbeitet, vervielfältigt oder verbreitet werden.

ISBN 978-3-7099-8210-5

Inhaltliche Betreuung und Lektorat: Haymon Krimi / Linda Müller
Projektleitung: Haymon Krimi / Verena Friedl
Buchinnengestaltung nach Entwürfen von himmel. Studio für Design und Kommunikation, Innsbruck/Scheffau – www.himmel.co.at
Umschlaggestaltung und -motive: Bürosüd – www.buerosued.de
Satz: Da-TeX Gerd Blumenstein, Leipzig
Autorinnenfoto: Teresa Wagenhofer

Gedruckt auf umweltfreundlichem,
chlor- und säurefrei gebleichtem Papier.

Gudrun Lerchbaum, geboren in Wien und aufgewachsen zwischen Wien, Düsseldorf und Paris, ist nicht nur eine facettenreiche Autorin – sie hat schon Glasfasermatten verladen, als Aktmodell posiert, Weihnachtskarten designt und viele Jahre als Architektin und freischaffende Künstlerin gearbeitet.

Ihr literarisches Schaffen ist gekennzeichnet durch starke Frauenfiguren, die ihren Weg finden, und durch das Aufgreifen sensibler gesellschaftlicher Fragestellungen inmitten einer packenden Handlung. Ihre Sprache fesselt, rüttelt wach, zeichnet und verwischt Konturen von Protagonist*innen, die uns auch nach dem Lesen noch lange begleiten – etwa jene aus Gudrun Lerchbaums zuletzt erschienenem Roman ›Das giftige Glück‹ (Haymon 2022).